Slam

Nick Hornby

Slam

Traduit de l'anglais
par Francis Kerline

ÉDITIONS FRANCE LOISIRS

Titre original : *Slam*

Édition du Club France Loisirs,
avec l'autorisation des Éditions Plon

Éditions France Loisirs,
123, boulevard de Grenelle, Paris
www.franceloisirs.com

ISBN : 978-2-298-01900-1

1

Donc tout baignait. En fait, je dirais même que ce qui arrivait depuis six mois était bonnard dans l'ensemble.

Exemple : maman avait plaqué Steve, son fiancé pourrave.

Exemple : Mme Gillett, ma prof de dessin, m'avait pris à l'écart après le cours pour me demander si j'envisageais d'aller en fac d'arts plastiques.

Exemple : j'avais réussi deux nouveaux trucs de skate, d'un seul coup, après des semaines à me ridiculiser en public. (Je suppose que vous êtes pas tous des skateurs, donc je vais mettre les points sur les *i* tout de suite, histoire d'éviter un terrible malentendu. Skate = skateboard. On dit jamais skateboard, d'habitude, donc c'est la seule fois que j'emploierai le mot dans toute cette histoire. Et si malgré ça vous persistez à m'imaginer en train de faire l'andouille sur la glace sous prétexte que skate veut dire patin, faut vous en prendre à votre propre stupidité.)

Et en plus de ça, j'ai rencontré Alicia.

Je me dis qu'il serait peut-être bon que vous sachiez certaines choses à mon sujet avant que j'attaque sur maman et Alicia et tout. Si vous saviez des choses sur moi, il y en a peut-être dedans qui pourraient vous intéresser. Mais, en regardant ce que je viens d'écrire, vous en savez déjà pas mal ou, du moins, vous avez pu vous faire une idée. Vous avez pu deviner que ma mère et mon père vivaient pas ensemble, pour commencer, sauf si vous pensiez que mon père était le genre de personne qui s'en fout que sa femme ait des jules. Eh ben, il est pas comme ça. Vous avez pu deviner que je skate et vous avez pu deviner que ma matière forte à l'école était le dessin, sauf si vous pensiez que j'étais le genre de personne que les profs prennent toujours à l'écart pour lui dire de s'inscrire en fac dans leur matière. Comme si les profs se disputaient mes talents, voyez. « Non, Sam ! Oubliez le dessin ! Faites de la physique ! » « Oubliez la physique ! Ce serait une tragédie pour l'espèce humaine si vous laissiez tomber le français ! » Et qu'après ils commencent à se taper dessus.

Ouais, bon. Ce genre de choses m'arrive jamais, vraiment jamais. Je peux vous jurer que j'ai jamais, jamais été à l'origine d'une bagarre entre des profs.

Et pas besoin d'être Sherlock Holmes ou ce que je sais pour piger qu'Alicia était une fille qui représentait beaucoup pour moi. Heureusement qu'il y a des choses que vous savez pas et que vous pouvez pas deviner, des choses bizarres, des choses qui ne sont jamais arrivées qu'à moi seul dans toute l'histoire du monde, sauf erreur. Si vous étiez capables de tout deviner à partir de ce premier petit paragraphe, je commencerais à me soupçonner de pas être une personne incroyablement compliquée et intéressante, ha ha.

C'était il y a deux ans, cette époque où tout baignait, j'avais quinze piges, presque seize. Je veux pas avoir l'air pathétique et je cherche vraiment pas à me faire plaindre, mais cette impression que ma vie tournait rond était une nouveauté pour moi. J'avais jamais eu cette impression avant, et je l'ai pas vraiment eue depuis. Je dis pas que j'ai été malheureux. C'est plutôt que, avant ça, il y avait toujours quelque chose qui craignait quelque part – un truc qui me prenait la tête. (Et des prises de tête, j'en ai eu pas mal après, comme vous allez voir, mais on n'en est pas encore là.) Par exemple, mes parents étaient en train de divorcer, et ils s'engueulaient. Ou alors ils venaient de divorcer, mais ils s'engueulaient quand même, parce qu'ils ont continué à s'engueuler longtemps après leur divorce. Ou c'étaient les maths qui allaient pas – je déteste les maths – ou je voulais sortir avec une fille qui voulait pas sortir avec moi... Tout ça venait plus ou moins de s'arranger, comme ça tout d'un coup, sans prévenir, comme la météo des fois. Et cet été, le fric avait commencé à remonter. Ma mère bossait et mon père était moins vache avec elle, ce qui veut dire qu'il nous donnait ce qu'il aurait dû nous donner depuis le début. Enfin, vous voyez. Ça aidait.

Si je veux raconter cette histoire comme il faut, sans rien cacher, alors il y a quelque chose que je peux pas passer sous silence, parce que c'est important. J'y viens. Je sais que ça a l'air idiot, et c'est pas mon genre en principe, franchement. Je veux dire, je crois pas aux fantômes, voyez, ou à la réincarnation ou à rien de louche comme ça, mais là... c'était un truc qui avait commencé à se produire et... N'importe. Je vais le dire et après vous en penserez ce que vous voudrez.

Je parle à Tony Hawk, et Tony Hawk me répond.

Il y en a parmi vous, probablement ceux qui pensaient que je passe mon temps à faire des ronds sur des patins à glace, qui ont jamais entendu le nom de Tony Hawk. Bon, je vous mets au parfum, mais vous devriez déjà savoir. Ne pas connaître Tony Hawk, c'est pas comme ne pas connaître Robbie Williams ou, mettons, même Tony Blair. C'est pire, si on réfléchit bien. Parce que des hommes politiques et des chanteurs, il y en a des masses, il y a des centaines d'émissions de télé. George Bush est peut-être même plus célèbre que Tony Blair, et Britney Spears ou Kylie plus célèbres que Robbie Williams. Mais il y a un seul skateur, vraiment, et son nom est Tony Hawk. Enfin bon, il est pas le seul. Mais il est LE numéro un. C'est le J. K. Rowling des skateurs, le Big Mac, le iPod, la X-box. La seule excuse pour pas connaître TH, la seule que j'accepterai, c'est que vous vous intéressez pas au skate.

Quand je me suis mis au skate, ma mère m'a acheté un poster de Tony Hawk sur Internet. C'est le cadeau le plus cool que j'aie jamais reçu, et c'était même pas le plus cher. Il est allé direct sur le mur de ma chambre et j'ai pris l'habitude de lui raconter des choses. Au début, je parlais que de skate à Tony – je lui parlais des problèmes que j'avais ou des figures que j'avais réussies. La première fois que j'ai réussi un rock'n roll, j'ai couru dans ma chambre pour le lui dire, parce que je savais que ça ferait plus d'effet à un Tony Hawk en photo qu'à ma mère en vrai. Je dénigre pas ma mère, attention, mais elle percute pas du tout. Quand je lui disais des trucs de ce genre, elle essayait de faire l'épatée mais, dans ses yeux, ça brillait pas vraiment. Elle faisait : Oh, c'est formidable. Mais si je lui avais demandé ce qu'est un rock'n roll, elle aurait pas été cap de le dire. Alors à quoi bon ? Tony, lui, il savait. C'est peut-être pour ça que ma mère m'avait acheté le poster, pour que j'aie quelqu'un à qui en parler.

Il a commencé à me répondre peu après que j'ai lu ce bouquin, là, *Hawk – Activité : skateboard*. Je savais déjà plus ou moins quelle voix il avait et ce qu'il allait me dire en gros. Pour être franc, je savais plus ou moins *tout* ce qu'il allait me dire quand il me parlait, parce que ça sortait de son livre. Je l'avais lu quarante ou cinquante fois quand on a commencé à se parler, et je l'ai relu encore depuis. A mon avis, c'est le meilleur livre qu'on ait jamais écrit, et pas seulement pour les skateurs. Tout le monde devrait le lire, parce que, même si vous aimez pas le skate, il y a toujours un enseignement à en tirer. Tony Hawk a connu des hauts et des bas, il a traversé des mauvaises passes, comme n'importe quel homme politique ou musicien ou vedette de série télé. Enfin bon, comme je l'avais lu quarante ou cinquante fois, je me souvenais à peu près de tout par cœur. Donc, par exemple, quand je lui ai parlé des rock'n roll, il a dit : « Ils ne sont pas trop difficiles. Mais c'est une bonne base pour apprendre l'équilibre et le contrôle de sa planche sur une rampe. Bravo, mec ! »

Le « Bravo, mec ! » était de la vraie conversation,

si vous voyez ce que je veux dire. Ça, c'était nouveau. Ça, je l'ai inventé. Mais le reste, c'étaient des mots qu'il avait déjà employés, plus ou moins. D'accord, pas plus ou moins. Exactement. Je regrettais de connaître le livre aussi bien, d'ailleurs, parce que, sinon, j'aurais pu zapper la partie où il dit : « Ils ne sont pas trop difficiles. » Je me serais passé d'entendre ça, vu qu'il m'avait fallu genre six mois pour les réussir. J'aurais préféré qu'il dise seulement : « Ah ! c'est une bonne base pour apprendre l'équilibre et le contrôle de sa planche sur une rampe ! » Mais ça aurait pas été honnête de sauter le « Ils ne sont pas trop difficiles ». Quand vous pensez à Tony Hawk parlant de rock'n roll, vous l'entendez dire : « Ils ne sont pas trop difficiles. » En tout cas, moi, je l'entends. C'est comme ça, et puis c'est tout. Vous pouvez pas réécrire l'histoire et zapper des passages parce que ça vous arrange.

Au bout d'un moment, je me suis mis à lui parler d'autres trucs aussi – de l'école, de maman, d'Alicia, de n'importe quoi, et j'ai découvert qu'il avait des choses à me dire là-dessus aussi. Ses paroles sortaient encore de son livre, mais le livre est sur sa vie, pas seulement sur le skate, donc ce qu'il dit se limite pas aux sacktaps et aux shove-it.

Par exemple, si je lui racontais que je m'étais énervé sans raison avec ma mère, il disait : « J'ai été ridicule. Je ne comprends pas que mes parents ne m'aient pas ligoté avec du ruban adhésif, enfoncé une chaussette dans la bouche et envoyé au coin. » Et quand je lui ai parlé d'une grosse castagne à l'école, il a dit : « Je ne me mêlais pas aux bagarres, parce que j'étais heureux avec Cindy. » Cindy était sa copine de l'époque. Ce que disait Tony Hawk n'était pas toujours aussi utile, faut le reconnaître, mais c'était pas sa faute. Si ce que disait le livre ne tombait pas tout à fait juste, alors j'étais obligé d'arranger un peu les phrases pour que ça corresponde. Et le plus étonnant, c'est que, une fois que ça correspondait, ça avait toujours du sens, si on réfléchissait vraiment à ce qu'il disait.

A partir de maintenant, au fait, Tony Hawk est TH. C'est comme ça que je l'appelle. Généralement on l'appelle l'Homme-oiseau, rapport à Hawk[1] et tout ça, bon, d'accord, mais ça fait un peu trop américain pour moi. Et puis, les gens par ici sont des moutons, ils croient que Thierry Henry est le seul sportif dont les initiales sont TH. Eh ben, non, je dois remettre leurs pendules à l'heure. Les lettres TH sont comme mon code secret personnel.

Mais si je mentionne ici mes conversations avec TH, c'est parce que je me rappelle lui avoir dit que tout baignait. Il y avait du soleil et j'avais passé presque toute la journée à Grind City, qui est, comme vous le savez peut-être ou peut-être pas, une piste de skate à une section de bus de chez moi. Je veux dire, vous savez sûrement pas que c'est à une section de bus de chez moi, parce que vous savez pas où j'habite, mais vous avez dû entendre parler de la piste de skate si vous êtes branché, ou si vous connaissez quelqu'un qui est branché. N'importe, Alicia et moi on est allés au ciné dans la soirée, et c'était peut-être la troisième ou

1. *Hawk* : faucon (toutes les notes sont du traducteur).

quatrième fois qu'on sortait ensemble, et j'étais vraiment, vraiment accro à elle. Quand je suis rentré, ma mère regardait un DVD avec son amie Paula et elle avait l'air contente, mais c'était peut-être dans mon imagination. Peut-être que c'était moi qui étais content, parce qu'elle regardait un DVD avec Paula et pas avec Steve le fiancé pourrave.

« Comment était le film ? elle m'a demandé.

— Oh, pas mal, ouais, j'ai dit.

— Tu l'as vraiment regardé ? » a dit Paula, et je suis parti dans ma piaule, parce que j'avais pas envie de ce genre de conversation avec elle. Je me suis assis sur le lit, j'ai regardé TH et j'ai dit : « Ça se passe plutôt bien. »

Et il a dit : « La vie est belle. Nous avons emménagé dans une nouvelle maison, plus grande, sur un lagon, proche de la plage et, chose importante, avec un portail. »

Comme je l'ai dit, les réponses de TH tombent pas toujours parfaitement juste. C'est pas sa faute. C'est seulement que son livre est pas assez long. Je voudrais qu'il ait un million de pages, a) parce que alors je l'aurais probablement pas encore fini, b) parce que alors il aurait quelque chose à me dire sur tout.

Et je lui ai parlé de ma journée à Grind City, des figures que j'avais travaillées, et aussi de trucs que j'évite normalement dans mes conversations avec TH. Je lui ai un peu parlé d'Alicia, et de comment ça se passait du côté de maman, et de Paula qui était assise à la place de Steve. Il avait pas grand-chose à me dire là-dessus mais, je sais pas pourquoi, j'ai eu l'impression que ça l'intéressait.

Ça vous paraît dément ? Probablement, mais je m'en fous, en fait. Qui n'a jamais parlé à quelqu'un dans sa tête ? Qui n'a jamais parlé à Dieu, ou à un animal, ou à une personne aimée qui est morte, ou peut-être juste à soi-même ? TH... Il était pas moi. Mais il était celui que je voulais être, ce qui faisait de lui la meilleure version de moi-même, et c'est pas une mauvaise chose d'avoir la meilleure version de vous-même debout face à vous sur le mur de votre chambre pour vous surveiller. Ça vous rappelle que vous devez pas vous laisser aller.

N'importe, tout ce que je veux dire ici, c'est qu'il y a eu un moment – peut-être un jour, peut-être plusieurs, je me souviens plus – où tout semblait parfaitement en place. Et, évidemment, c'était le moment idéal pour tout foutre en l'air.

2

Deux choses encore, avant de continuer. D'abord, ma mère avait trente-deux ans à l'époque dont je parle. Elle a trois ans de plus que David Beckham, un an de plus que Robbie Williams, quatre ans de moins que Jennifer Aniston. Elle connaît toutes les dates. Si vous lui demandez, elle peut vous sortir une liste beaucoup plus longue. Mais il y a pas de noms vraiment jeunes dans sa liste. Elle dit jamais : « J'ai quatorze ans de plus que Joss Stone », par exemple. Elle connaît seulement des gens à peu près de son âge qui en jettent.

Pendant un temps, je me suis pas vraiment rendu compte qu'elle était pas assez vieille pour être la mère d'un ado de quinze ans mais, surtout l'an dernier, ça a commencé à faire un peu bizarre. D'abord, j'ai grandi de dix centimètres, donc il y avait de plus en plus de gens qui croyaient qu'elle était ma tante, ou même ma frangine. Et en plus de ça... Je sais pas bien comment dire. Voilà ce que je vais faire. Je vais répéter une conversation que j'ai eue avec Rabbit, un mec que je connais par le skate. Il a dans les deux ans de plus que moi et il va à Grind City aussi, et on se rencontre de temps en temps à l'arrêt de bus avec nos skates, ou à la

Cuvette, qui est l'autre endroit où on skate quand on n'a pas le courage de pousser jusqu'à Grind City. C'est pas vraiment une cuvette. C'est une sorte d'étang en ciment qui a été construit pour faire joli devant les appartements du quartier, mais qu'ils ont fini par vider, parce qu'ils ont eu la trouille que des mômes se noient dedans. Si vous voulez mon avis, ils auraient plutôt dû avoir la trouille que les mômes boivent la flotte, parce qu'il y avait des gens qui pissaient dedans en revenant du pub ou d'ailleurs. Maintenant il est à sec, donc si vous cherchez un endroit pour skater quand vous avez seulement une heure ou deux devant vous, c'est impec. On est trois à y aller tout le temps – moi, Rabbit et Rubbish, qui sait pas vraiment skater, c'est pour ça qu'on l'appelle Rubbish[1], mais qui au moins a du bon sens. Si vous voulez apprendre quelque chose sur le skate, observez Rabbit. Si vous voulez une conversation qui soit pas complètement nulle, parlez à Rubbish. Dans un monde parfait, il y aurait des mecs avec la technique de Rabbit et le cerveau de Rubbish, mais, comme vous le savez, on vit pas dans un monde parfait.

Donc ce soir-là j'évoluais dans la Cuvette, et il y avait Rabbit et... Comme je l'ai dit, Rabbit est pas exactement un cerveau, mais n'empêche. Voilà ce qu'il a dit.

« Yo, Sam », il a dit.

Je vous ai informés que mon nom était Sam ? Bon, maintenant vous savez.

1. *Rubbish* : déchet.

« Ouais ?

— Comment ça va, mec ?

— Ça va.

— Bon. Eh, Sam. Je sais ce que je voulais te demander. Tu connais ta mère ? »

Vous voyez ce que je voulais dire, rapport au côté un peu con de Rabbit ? Oui, je lui ai répondu. Oui, je connaissais ma mère.

« Elle sort avec quelqu'un en ce moment ?

— Ma mère ?

— Ouais.

— Pourquoi tu veux savoir si ma mère sort avec quelqu'un en ce moment ? je lui ai demandé.

— Ça te regarde pas », il a dit. Et il a rougi.

J'en croyais pas mes oreilles. Rabbit voulait sortir avec ma mère ? Tout d'un coup, je me suis vu entrant dans l'appartement et les trouvant tous les deux enlacés sur le divan en train de regarder un DVD, et j'ai pas pu m'empêcher de me marrer. Ma mère était pas très douée pour choisir ses copains, mais elle était pas débile.

« Qu'est-ce qu'y a de marrant ? a dit Rabbit.

— Oh, rien, non, non. Mais... Tu crois qu'elle a quel âge, ma mère ?

— Quel âge ? Je sais pas.

— Devine. »

Il a regardé dans le vide, comme pour essayer de la voir en l'air.

« Vingt-trois ? Vingt-quatre ? »

Cette fois, j'ai pas ri. Rabbit était tellement con que ça allait au-delà du rire.

« Bon, j'ai dit. Je vais te donner un tuyau. Quel âge j'ai ?

— Toi ? »

Il voyait pas le rapport. « Ouais, moi.

— Je sais pas.

— OK. J'ai quinze ans.

— D'accord. Et alors ?

— Et alors, mettons qu'elle avait vingt ans quand elle m'a eu. » J'allais pas lui dire son âge exact. Ça aurait peut-être pas été assez vieux pour le décourager.

« Ouais. » Il a pigé tout d'un coup. « Oh, mec. C'est ta mère. J'avais jamais percuté. Je veux dire, je savais que c'était ta mère, mais j'ai jamais, comment... fait le calcul. Merde. Ecoute, lui dis pas que je t'ai demandé, OK ?

— Pourquoi ? Elle serait flattée.

— Ouais, mais bon, quoi. Trente-cinq. Elle est sûrement en manque. Et je veux pas une copine de trente-cinq balais. »

J'ai haussé les épaules.

« Comme tu veux. »

Et ça s'est arrêté là. Mais vous voyez ce que je veux dire, non ? Et Rabbit est pas le seul. Mes autres potes l'avoueraient jamais, mais je vois bien, à la façon dont ils lui parlent, qu'ils la trouvent bonne. Moi, je lui trouve rien, mais, avec quelqu'un de sa famille, on peut pas se rendre compte, hein ? Peu importe ce que je pense, d'ailleurs. Le truc, c'est que j'ai une mère de trente-deux ans que les mecs – *les mecs de mon âge* – matent.

Maintenant, l'autre chose que je voulais dire. L'histoire

de ma famille, pour ce que j'en sais, est toujours la même histoire, encore et encore. Quelqu'un – ma mère, mon père, mon grand-père – commence par se dire qu'il va vachement bien réussir à l'école, qu'ensuite il ira à la fac, peut-être, et qu'il se fera un max de thune. Mais, au lieu de ça, ils font une connerie et ils passent le reste de leur vie à essayer de réparer leur erreur. Des fois, on a l'impression que les enfants réussissent toujours mieux que leurs parents. Vous savez... le père d'un mec était mineur de charbon, ou dans le genre, mais le fils va jouer dans un club de Ligue 1 ou gagne *Pop Idol*[1] ou invente Internet. Les histoires comme ça vous font croire que tout le monde peut s'élever. Mais, dans notre famille, ils ratent toujours la première marche. En fait, la plupart du temps, ils trouvent même pas l'escalier.

Pas besoin d'être un génie pour deviner la gaffe que ma mère de trente-deux ans a faite. *Idem* pour mon père de trente-trois. Le père de ma mère, lui, a commis l'erreur de croire qu'il allait être footballeur. C'est comme ça qu'il devait ramasser un paquet de fric. On lui a offert une place dans une équipe espoir des Queen's Park Rangers, au temps où les Rangers étaient bons. Alors il a lâché l'école, il a signé et il a tenu deux ans. Aujourd'hui, ils font passer des examens aux jeunes, il dit, pour qu'ils puissent se raccrocher à quelque chose s'ils se plantent. A lui, ils lui ont rien fait passer et, à dix-huit piges, il s'est retrouvé à la rue, sans métier, sans expérience. Ma mère pense qu'elle

1. Version anglaise de « La Nouvelle Star ».

aurait pu aller à l'université mais, au lieu de ça, elle s'est mariée juste avant ses dix-sept ans.

Tout le monde pensait que ma connerie à moi ce serait le skate, et je me tuais à leur dire que ça risquait pas. Tony Hawk est passé pro à quatorze ans mais, même en Californie, ça lui a pas rapporté un rond au début. Comment j'allais passer pro à Islington ? Qui allait me payer ? Et pourquoi ? Alors ils ont arrêté de se prendre la tête pour ça et ils ont commencé à se braquer sur mes études. Je savais que ça comptait beaucoup pour eux. Ça comptait beaucoup pour moi aussi. Je voulais être le premier dans l'histoire de la famille à dégotter un diplôme de quelque chose pendant ma scolarité. (Ma mère a eu un diplôme après coup, mais c'est parce qu'elle a raté l'école à cause de ma naissance.) Etre le premier à bousculer le schéma. Mme Gillett qui me demandait si j'envisageais de faire arts plastiques à la fac... Ça, c'était quelque chose. J'ai foncé à la maison pour le dire à ma mère. J'aurais mieux fait de la fermer.

Alicia n'était pas une fille de mon école. J'aimais mieux ça. J'étais sorti avec des filles de l'école avant, mais ça fait bébé, des fois. Elles vous écrivent des messages et, même si elles sont pas dans votre classe, vous les rencontrez cinquante fois par jour. Vous en avez marre avant même d'être arrivé à quelque chose, pratiquement. Alicia allait à St Mary and St Michael, et j'aimais bien l'entendre parler de profs que je connaissais pas et de mecs que je rencontrerais jamais. Ça en faisait plus à raconter. On s'emmerde vite avec

21

quelqu'un qui connaît déjà tous les boutons sur la tronche de Darren Holmes.

La mère d'Alicia connaissait ma mère par la mairie. Ma mère bosse à la mairie et la mère d'Alicia est conseillère municipale, ce qui est comme Premier ministre, sauf que vous gouvernez pas tout le pays. Vous gouvernez seulement une petite partie d'Islington. Ou de Hackney ou ce que je sais. Pour le dire franchement, c'est un peu du pipeau. Vous êtes pas là pour larguer des bombes sur Ben Laden ou ce genre de truc. S'agit juste de discuter sur comment faire pour que les ados aillent dans les bibliothèques, et c'est comme ça que ma mère a connu la mère d'Alicia.

N'importe, c'était l'anniversaire de la mère d'Alicia, elle faisait une fête et elle a invité ma mère. Et elle a aussi demandé à ma mère de m'amener. D'après ma mère, Alicia avait dit qu'elle avait envie de me rencontrer. J'y ai pas cru. Qui peut dire des trucs pareils ? Pas moi. Et pas Alicia non plus, maintenant que je la connais. J'aimerais rencontrer TH, et Alicia aimerait rencontrer, je sais pas, Kate Moss ou Kate Winslet ou n'importe quelle nana célèbre et bien sapée. Mais vous allez pas raconter que vous avez envie de rencontrer le fils de quelqu'un que votre mère connaît à la mairie. Si vous voulez mon avis, la mère d'Alicia essayait de lui trouver des copains. Ou du moins elle essayait de lui trouver des copains, peut-être même un mec, qui lui convenaient à elle. Enfin, c'était foireux, quoi.

Je sais pas vraiment pourquoi j'y suis allé, quand j'y repense. En fait, c'est pas entièrement exact. J'y suis allé parce que j'ai dit à ma mère que je voulais pas y aller et que je voulais pas rencontrer les filles qui lui plaisaient. Et elle m'a dit : « Oh si, crois-moi. »

Et elle était vachement sérieuse en disant ça, ce qui m'a surpris. Je l'ai regardée.

« Comment tu le sais ?

— Parce que je l'ai vue.

— Et, dans ton idée, c'est le genre qui me plairait ?

— Dans mon idée, c'est le genre que tous les garçons aiment.

— Tu veux dire qu'elle couche ?

— Sam !

— Excuse-moi, mais c'est ce qu'on comprend.

— Ce n'est pas du tout ce que j'ai dit. J'ai été très claire. J'ai dit que tous les garçons l'aiment. Je n'ai pas dit qu'elle aime tous les garçons. Tu saisis la nuance ? »

Maman pense toujours que je suis macho, alors j'essaie de faire gaffe – pas seulement avec elle, mais avec tout le monde. Il y a des filles pour qui ça compte. Si vous dites quelque chose qui est pas macho devant ces filles-là, elles vous aiment mieux. Par exemple, un de vos potes se met à déblatérer comme quoi les filles sont des connes, et vous dites : « Pas *toutes* », eh ben ça peut vous mettre en valeur. A condition qu'il y ait des filles qui écoutent, évidemment. Sinon, ça sert à rien.

Maman avait raison, pourtant. Elle avait pas dit qu'Alicia couchait. Elle avait juste dit qu'Alicia était sexy, et ça fait une différence, quand même. J'aime pas qu'elle me corrige comme ça. N'empêche, ça m'a intéressé. Maman qui décrit une fille comme sexy... Ça rendait la chose officielle, presque. Et j'avais bien

23

envie, je crois, de voir à quoi ressemblait une fille officiellement sexy. Ça voulait pas dire que je voulais lui parler. Mais je voulais voir.

Je cherchais pas une copine, je pensais pas à ça. J'étais jamais sorti plus de sept semaines de suite avec une fille, et encore, sur les sept il y en a trois qui comptent pas, parce qu'on se voyait pas. Je voulais la plaquer et elle voulait me plaquer, alors on s'évitait. Comme ça, on restait implaqués. Autrement, ç'avait été deux semaines par-ci, trois semaines par-là. Je savais que plus tard il faudrait que j'essaye de m'accrocher plus, mais j'aimais mieux faire du skate avec Rabbit que rester assis dans un McDonald sans rien dire avec une fille que je connaissais pas très bien.

Ma mère s'est sapée pour la fête, et elle était super classe. Elle avait mis une robe noire, elle s'était maquillée et on voyait qu'elle faisait des efforts.

« Comment tu me trouves ? elle a dit.

— Ouais, pas mal.

— Pas mal dans le sens bien ou pas mal dans le sens passable ?

— Un peu mieux que passable. Mais pas bien dans le sens vraiment bien. »

Elle voyait que je la chambrais, alors elle a fait semblant de me coller une baffe derrière l'oreille.

« Approprié ? »

Je savais ce que ça voulait dire, mais j'ai tiré la tronche comme si elle m'avait parlé en japonais, et elle a soupiré.

« Elle fête ses cinquante ans, elle a dit. J'ai l'air convenable ? Ou déplacée ?

— Cinquante ?

— Oui.

— Elle a cinquante ans ?

— Oui.

— Ah, la vache. Mais alors sa fille, elle a quel âge ? Dans les trente ou quoi ? Qu'est-ce que je vais aller faire avec une nana de trente berges ?

— Seize. Je te l'ai dit. C'est normal. Tu fais un enfant à trente-quatre ans, comme j'aurais dû faire, et quand il en a seize tu en as cinquante.

— Donc elle était plus vieille que toi maintenant quand elle a eu cette fille.

— Alicia. Oui. Et ça n'a rien de bizarre, je te dis. C'est normal.

— Je suis content que t'aies pas cinquante ans.

— Pourquoi ? Quelle différence ça fait pour toi ? »

Elle avait raison, au fond. Ça faisait pas une grande différence pour moi.

« J'aurai trente-trois ans quand tu fêteras tes cinquante.

— Et ?

— Je pourrai me soûler. Et tu pourras rien dire.

— C'est le meilleur argument que j'aie jamais entendu pour avoir un gosse à seize ans. En fait, c'est le seul argument que j'aie jamais entendu pour avoir un gosse à seize ans. »

J'aimais pas quand elle disait des trucs comme ça. A croire que c'était ma faute, finalement. Comme si je l'avais persuadée de me laisser sortir dix-huit ans trop tôt. C'est le problème quand vous êtes un enfant non désiré, ce qui était mon cas, regardons les choses en

25

face. Vous êtes obligé de vous répéter que c'était leur idée, pas la vôtre.

Ils habitaient dans une de ces grandes vieilles baraques du côté de Highbury New Park. J'étais encore jamais allé par là. Maman connaît des gens qui habitent dans des endroits comme ça, à cause du boulot et de son groupe de lecture, mais pas moi. On vivait à huit cents mètres environ, mais j'avais jamais eu aucune raison de croiser Alicia en chemin avant de la rencontrer. Chez elle, tout était différent de chez nous. C'était une grande maison et chez nous c'était un appartement. C'était vieux et chez nous c'était neuf. C'était en désordre et un peu poussiéreux, et chez nous c'était propre et net. Et ils avaient des bouquins partout. Je dis pas qu'on en avait aucun chez nous. Mais maman en avait peut-être une centaine et moi dans les trente. Eux, ils en avaient dix mille chacun ou, en tout cas, c'est l'impression que ça faisait. Il y avait une bibliothèque dans l'entrée, il y en avait d'autres dans l'escalier et encore des livres entassés par-dessus. Et les nôtres étaient tous neufs, les leurs tous vieux. Je préférais nettement chez nous, sauf que j'aurais aimé qu'on ait plus de deux chambres. Quand je pensais à l'avenir, à quoi ça ressemblerait, je voyais ça pour moi : une maison avec des tas de chambres. Je savais pas à quoi elles me serviraient, parce que je voulais vivre seul, comme un skateur que j'avais vu sur MTV une fois. Il avait une baraque giga, avec une piscine, un billard et une piste de skate miniature intérieure avec des murs capitonnés, une rampe verticale et un half-pipe. Et il avait pas de copine qui vivait avec lui, pas de parents,

26

rien. Je voulais quelque chose dans le même genre. Je savais pas comment me procurer ça, mais n'importe, j'avais un but.

Maman a dit bonjour à Andrea, la mère d'Alicia, et puis Andrea m'a emmené là où Alicia était assise pour lui dire bonjour. Alicia n'avait pas tellement l'air de vouloir dire bonjour. Elle était vautrée sur un divan et regardait un magazine, comme s'il y avait pas eu de fête, et quand sa mère et moi on s'est approchés elle a réagi comme si la soirée la plus chiante de sa vie venait de virer encore pire.

Je sais pas pour vous mais moi, quand mes parents organisent une rencontre comme ça, je décide aussi sec que la personne qu'ils veulent me coller est la plus grosse conne de Grande-Bretagne. Je m'en fous si elle ressemble à Britney Spears comme elle était avant ou si elle pense que *Hawk — Activité : skateboard* est le meilleur livre jamais écrit. Si c'est l'idée de ma mère, alors je suis pas intéressé. Parce que le truc bien, avec les amis, c'est qu'on les choisit soi-même. C'est déjà assez mortel de pas pouvoir choisir sa famille, ses tantes, ses oncles, ses cousins et tout ça. Si en plus je pouvais pas choisir mes copains, je crois que je parlerais jamais à personne. Je préférerais encore vivre sur une île déserte, à condition qu'elle soit en ciment et que j'aie un skate. Un îlot directionnel désert, ha ha.

N'empêche. Que je veuille parler à personne, ça me regardait, mais elle, pour qui elle se prenait, assise là à me snober en tournant les yeux de l'autre côté ? Elle avait sûrement jamais entendu parler de Tony Hawk, ou Green Day, ou rien de cool, alors de quel droit elle faisait ça ?

J'ai pensé la snober aussi. Elle était enfoncée dans le divan, les jambes tendues, et elle gardait les yeux fixés sur le buffet devant le mur d'en face. Je me suis enfoncé pareil, j'ai tendu les jambes et j'ai maté l'étagère à côté de moi. On était tellement bien calés qu'on devait ressembler à des figurines en plastique, le genre qu'on reçoit en cadeau dans un Happy Meal chez McDo.

Je me foutais de sa gueule et elle le savait mais, au lieu de me snober encore plus, ce qui aurait été une solution, elle s'est mise à se marrer. Et, pendant qu'elle se marrait, j'ai senti quelque chose qui cédait en moi. Tout d'un coup, j'ai voulu désespérément me faire aimer de cette fille. Et, vous devez déjà vous en douter, ma mère avait raison. Elle était officiellement canon. Elle aurait pu avoir un certificat de canon officiel de la municipalité d'Islington, si elle avait voulu, et sans avoir besoin de se faire pistonner par sa mère. Elle avait – elle a toujours – ces immenses yeux gris qui, une ou deux fois, m'ont carrément causé une douleur physique, quelque part entre la gorge et la poitrine. Et elle a ces fantastiques cheveux couleur paille qui ont toujours l'air d'être décoiffés et cool en même temps, et elle est grande mais pas maigre et plate comme beaucoup de grandes, et pas plus haute que moi, et puis il y a cette peau, qui est, je sais pas, comme la peau d'une pêche et tout... Je suis nul pour décrire les gens. Tout ce que je peux dire, c'est que, quand je l'ai vue, j'en ai voulu à maman de pas m'avoir attrapé par la gorge et remonté les bretelles. D'accord, elle m'avait donné un indice. Mais elle aurait dû faire beaucoup plus. Elle aurait dû faire, genre : « Si tu ne viens pas, tu le regretteras à chaque minute de ta vie, imbécile. »

« Je pensais que tu me regardais pas, j'ai dit à Alicia.

— Tu t'imagines que c'est tes grimaces qui m'ont fait rire ?

— Si c'est pas mes grimaces, alors ça va pas dans ta tête. Je vois pas ce qu'il y a de drôle ici, autrement. »

C'était pas la stricte vérité. Elle aurait pu rire de voir son père danser, pour commencer. Et il y avait des tas de pantalons et de chemises qui étaient plutôt marrants.

« Peut-être que je riais parce que je me suis rappelé quelque chose.

— Quoi ?

— Je sais pas. Des choses drôles, il y en a plein, pas vrai ?

— Alors tu riais de plein de choses en même temps ? »

Et on a continué comme ça un moment, à dire des vannes. Je commençais à me détendre. J'avais réussi à la faire parler et, une fois que j'ai réussi à faire parler une fille, son compte est bon, elle peut plus m'échapper. Mais elle a arrêté de parler.

« Qu'est-ce qu'il y a ?

— Tu penses que tu es prêt du but, pas vrai ?

— Qu'est-ce qui te fait dire ça ? » J'étais scié. C'était exactement ce que je pensais.

29

Elle a ri. « Quand tu t'es mis à me parler, t'avais pas un seul muscle détendu. Et maintenant tu es tout... » Elle a relâché ses jambes et ses bras comme pour imiter quelqu'un qui regarde la télé chez lui sur un canapé. « Eh bien, c'est pas le cas. Pas encore. Et peut-être jamais.

— OK, j'ai dit. Merci. » Je me sentais comme un môme de trois ans.

« C'est pas ce que je voulais dire. Je voulais juste dire, si tu veux, que tu as encore des efforts à faire.

— J'ai peut-être pas envie de faire plus d'efforts.

— Je suis sûre que c'est pas vrai. »

Je me suis tourné vers elle, pour voir si elle était sérieuse, et j'ai compris qu'elle me chambrait à moitié, donc je pouvais lui pardonner d'avoir dit ça. Elle avait l'air plus âgée que moi, mais j'ai décidé que c'était parce qu'elle avait l'habitude que les mecs tombent amoureux d'elle en deux secondes chrono.

« Tu préférerais être où, en ce moment ? » elle m'a demandé.

Je savais pas trop quoi dire. Je connaissais la réponse. La réponse était qu'il y avait aucun endroit où j'aurais préféré être. Mais si je le disais, j'étais mort.

« Je sais pas. Sur une piste de skate, peut-être.

— Tu fais du skate ?

— Ouais. Pas du patin, attention. Du skateboard. » Je sais, j'avais dit que j'emploierais plus jamais ce mot, mais des fois c'est obligé. Tout le monde n'est pas aussi cool que moi.

« Je sais ce qu'est le skate, merci. »

Elle marquait trop de points. Encore un peu et

j'aurais eu besoin d'une calculette pour faire l'addition. Mais j'avais pas envie de parler de skate avant de savoir ce qu'elle en pensait.

« Et toi ? Tu préférerais être où ? »

Elle a hésité, comme si ça l'avait gênée de répondre.

« En fait, j'aimerais être ici, sur ce divan... »

Pour la deuxième fois, elle avait l'air de savoir ce que je pensais, sauf que cette fois c'était encore mieux. Elle avait deviné la réponse que je voulais faire et elle la donnait à ma place, comme si c'était la sienne. Son score allait atteindre un milliard de points.

« ... Exactement ici. Mais avec personne d'autre dans la pièce.

— Oh. » Je me suis senti rougir. Je savais pas quoi dire. Elle m'a regardé et elle s'est marrée.

« Personne d'autre, elle a dit. Y compris toi. »

Un milliard de points en moins. D'accord, elle devinait ce que je pensais, mais elle voulait se servir de ses super-pouvoirs pour faire le mal, pas le bien.

« Excuse-moi si c'est pas très poli. Mais je déteste quand mes parents invitent des gens. Ça me donne envie de regarder la télé toute seule. Je suis chiante, hein ?

— Non. Bien sûr que non. »

Certaines personnes auraient trouvé qu'elle l'était. Elle aurait pu aller n'importe où dans le monde pour ces quelques secondes et elle avait choisi sa propre maison pour pouvoir regarder *Pop Idol* sans être emmerdée. Seulement ces personnes n'auraient pas compris pourquoi elle avait dit ça. Elle l'avait dit pour me bâcher. Elle savait que, pendant une seconde, j'avais cru qu'elle allait dire un truc romantique. Elle savait que j'avais espéré entendre : « Exactement ici, mais avec personne d'autre dans la pièce à part toi. » Et elle avait sucré les trois derniers mots pour m'écœurer. Ça m'a paru assez futé, je dois dire. Cruel, mais futé.

« Alors t'as pas de frères et sœurs ?

— Quel rapport ?

— Parce que, si tes parents n'avaient pas invité des gens, t'aurais eu une chance d'être seule dans la pièce.

— Ah. Ouais, je suppose. J'ai un frère. Il a dix-neuf ans. Il est en fac.

— Il fait des études de quoi ?

— Musique.

— Quel genre de musique tu aimes ?

— Oh, très douce. »

Sur le moment, j'ai vraiment cru qu'elle aimait la musique très douce, et puis j'ai compris qu'elle se foutait de moi et de mes tentatives pour relancer la conversation. Elle commençait à me courir. Soit on parlait, soit on parlait pas. Mais, si on parlait, alors lui demander quel genre de musique elle aimait, ça me paraissait normal, comme question. Peut-être pas incroyablement original mais, à l'entendre, c'était comme si je lui avais demandé de se déshabiller.

Je me suis levé.

« Où tu vas ?

— Je crois que je te fais perdre ton temps, désolé.

— Ça va. Rassieds-toi.

— Tu peux faire *semblant* qu'il y a personne d'autre

32

ici, si tu veux. Tu peux rester assise toute seule et rêver.

— Et toi, qu'est-ce que tu vas faire ? Tu vas parler à qui ?

— A ma mère.

— Aaaah. Super. »

Je l'ai rembarrée.

« Ecoute, tu es canon. Mais l'ennui, c'est que tu le sais et tu t'imagines que ça te donne le droit de traiter les gens comme des merdes. Eh ben, je regrette, mais je suis pas client. »

Et je l'ai plantée là. Un de mes plus grands moments : tous mes mots étaient justes, je pensais tout ce que j'avais dit et j'étais content de l'avoir dit. C'était pas pour frimer. Elle m'a vraiment, carrément gonflé pendant environ vingt secondes. Après ces vingt secondes, je me suis calmé et j'ai commencé à chercher un moyen de renouer la conversation. Et en espérant que la conversation déboucherait sur autre chose – un baiser, et puis un mariage après deux semaines à sortir ensemble. Mais j'en avais marre de me sentir comme ça devant elle. J'étais trop nerveux, j'avais trop peur de faire une gaffe, j'étais pathétique. Si on devait se reparler, c'était à elle de le vouloir.

Ma mère tchatchait avec un mec et elle était pas tellement emballée de me voir. J'ai eu l'impression qu'elle avait pas encore abordé la question de mon existence, si vous voyez ce que je veux dire. Je sais qu'elle m'aime mais, de temps en temps, exactement dans ce genre de situation, elle oublie comme par hasard de mentionner qu'elle a un fils de quinze ans.

« Voici mon fils, Sam », a dit ma mère. Mais je voyais bien qu'elle aurait préféré me présenter comme son frère. Ou son père. « Sam, voici Ollie.

— Ollie », j'ai fait, et je me suis marré. Il m'a regardé de travers et maman a eu les boules, alors j'ai essayé de m'expliquer.

« Ollie », j'ai répété, comme s'ils avaient capté. Mais ils captaient pas.

« Tu sais bien, j'ai dit à ma mère.

— Non, elle a dit.

— Comme la figure de skate. » Parce qu'il y a une figure de skate qui s'appelle un ollie.

« Et c'est drôle ? Vraiment ?

— Ouais », j'ai fait. Mais j'en étais plus très sûr. Je crois que j'accusais encore le coup de ma conversation avec Alicia, j'étais pas au mieux.

« Son prénom est Oliver, elle a dit. Enfin, je suppose. » Elle l'a regardé et il a fait oui de la tête. « Tu n'as jamais entendu le prénom Oliver ?

— Si, mais...

— Eh bien, le diminutif, c'est Ollie.

— Ouais, je sais, mais...

— Et s'il s'était appelé Mark ?

— Pas drôle.

— Non ? Pourtant... Mark. Marque ! Comme une marque sur un pantalon ! Ha ha ha ! » elle a fait.

N'allez jamais à une fête chez des gens avec votre mère.

« Une marque sur ton pantalon ! » elle a répété.

Alicia s'est pointée vers nous et j'ai regardé ma mère d'un air de dire : « Répète "Marque sur ton

34

pantalon" encore une fois et Ollie va entendre des trucs que tu veux pas qu'il sache. » Elle a pigé, je crois.

« Tu vas pas t'en aller, hein ? a dit Alicia.

— Je sais pas. »

Elle a pris ma main et m'a ramené vers le divan.

« Assieds-toi. Tu as eu raison de me laisser en plan. Je sais pas pourquoi j'étais comme ça.

— Si, tu le sais.

— Alors pourquoi ?

— Parce que les gens te laissent faire.

— On peut repartir de zéro ?

— Si tu veux », j'ai dit.

J'étais pas sûr qu'elle en soit capable. Vous savez ce qu'on dit, qu'il faut pas s'amuser à loucher parce que, s'il y a un courant d'air, on restera comme ça toute sa vie ? Eh ben, pareil, je me disais qu'il y avait peut-être eu un courant d'air et qu'elle allait rester chiante et crâneuse toute sa vie.

« Bon, elle a dit. J'aime le hip-hop, mais pas trop. Les Beastie Boys et Kanye West. Un peu de hip-hop, un peu de soul. Justin Timberlake. Tu connais REM ? Mon père adore et il m'a branchée. Et je joue du piano, donc j'écoute aussi du classique des fois. Voilà. Ça ne m'a pas tuée, hein ? »

J'ai rigolé. Et puis, c'était réglé. A partir de ce moment, elle a arrêté de me traiter comme un ennemi. Tout d'un coup, j'étais un ami. Pour retourner la situation, il m'avait suffi de la laisser en plan.

Valait mieux être un ami qu'un ennemi, y avait pas photo. J'avais encore toute une soirée à me farcir et, au moins, avoir une amie, ça me permettait de parler à quelqu'un. J'allais pas rester planté à écouter maman rire comme une baleine des grosses vannes d'Ollie, je pourrai passer le temps avec Alicia. Donc, à court terme, j'étais content. Mais à long terme, c'était moins sûr. Ce que je veux dire, c'est pas qu'Alicia n'aurait pas été sympa comme amie. Au contraire, elle aurait fait une amie super. Elle était marrante, et je connaissais pas beaucoup de gens comme elle. Mais, à ce stade, j'avais pas vraiment envie d'être son pote, si vous voyez ce que je veux dire, et j'avais peur que le côté « bon copain » m'empêche d'espérer autre chose. Je sais que c'est faux. Maman me dit toujours qu'il faut commencer par l'amitié, avant tout le reste. Mais il m'avait semblé que, à mon arrivée, elle m'avait regardé comme un fiancé potentiel et que c'était pour ça qu'elle avait tapé la provoc. Donc je me demandais pourquoi maintenant elle rengainait ses armes. Parce que les filles peuvent être comme ça. Des fois vous savez que vous avez une touche avec une fille parce qu'elle cherche la bagarre. Si le monde était moins tordu, ce serait pas comme ça. Si le monde était normal, le fait qu'une fille soit sympa avec vous serait bon signe, mais dans le monde réel c'est pas le cas.

Vu la suite des événements, le fait qu'Alicia soit sympa avec moi était un bon signe, donc peut-être que le monde n'est pas aussi tordu que je pensais. Et j'ai compris que c'était un bon signe presque immédiatement, parce qu'elle a commencé à parler de trucs qu'on pourrait faire. Elle a dit qu'elle voulait venir à Grind City pour me voir sur mon skate et puis elle m'a demandé si je voulais aller au ciné avec elle.

Là, j'ai eu le tournis. C'était comme si elle avait déjà décidé qu'on allait sortir ensemble, mais ça aurait été trop beau, non ? Et puis, comment ça se faisait qu'elle avait pas de mec ? Alicia aurait pu avoir tous ceux qu'elle voulait, à mon avis. En fait, c'était même sûr qu'elle en avait un.

Donc, quand elle a parlé de ciné, j'ai essayé de faire le mec blasé, quoi, juste pour voir comment elle réagirait.

« Faut que je voie si je suis libre, j'ai dit.

— Comment ça ?

— Ben, le soir, j'ai souvent des devoirs. Et, le week-end, en principe, je fais beaucoup de skate.

— Comme tu voudras.

— Bon, mais, euh, faut que je trouve quelqu'un pour m'accompagner ? »

Elle m'a regardé comme si j'étais fou ou débile.

« Qu'est-ce que tu veux dire ?

— Je veux pas me retrouver seul avec toi et ton mec », j'ai dit. Vous captez l'astuce ? C'était une manière détournée de me rencarder sur la situation.

« Si j'avais un mec, je te demanderais pas de venir, quand même. Si j'avais un mec, tu serais pas assis ici maintenant, et moi non plus, sûrement.

— Je pensais que t'avais un mec.

— Pour quelle raison ?

— Comme ça. Pourquoi t'en as pas, d'ailleurs ?

— On a rompu.

— Ah. Quand ?

— Mardi. J'ai le cœur brisé, comme tu vois.

— Vous êtes sortis ensemble combien de temps ?

— Deux mois. Mais il voulait coucher avec moi, et moi j'étais pas partante pour ça.

— Bien. »

J'ai regardé mes godasses. Cinq minutes plus tôt, elle voulait pas que je sache quelle musique elle écoutait, et maintenant elle me parlait de sa vie sexuelle.

« Il changera peut-être d'avis, j'ai fait. Pour ce qui est de coucher, je veux dire.

— Ou peut-être moi.

— Bien. »

Etait-elle en train de me dire qu'elle pouvait changer d'avis pour ce qui est de coucher en général ? En d'autres termes, qu'elle pouvait envisager de coucher avec moi ? Ou voulait-elle dire qu'elle pouvait envisager finalement de coucher avec lui ? Et, si c'était ça, qu'est-ce que je devenais dans l'histoire ? Etait-il possible qu'elle sorte avec moi et puis que, d'un instant à l'autre, elle décide que le moment était venu de me plaquer pour aller faire l'amour avec lui ? Ça me paraissait important à savoir, mais je voyais pas comment obtenir l'information.

« Eh, elle a dit. Tu veux monter dans ma chambre ? Regarder la télé ? Ecouter de la musique ? »

Elle s'est mise debout et m'a fait lever. Qu'est-ce que ça signifiait ? Qu'elle avait déjà changé d'avis, qu'elle était partante pour coucher ? C'était pour ça qu'on montait ? Est-ce que j'allais perdre mon pucelage ? J'avais l'impression de regarder un film que je pigeais pas.

J'avais été tout près de faire l'amour une ou deux fois, mais je m'étais dégonflé. Faire l'amour à quinze ans, c'est du lourd quand on a une mère de trente et un. Et la fille avec qui je sortais, Jenny, arrêtait pas de me répéter que tout se passerait bien, mais je voyais pas ce qu'elle voulait dire, franchement, et je me demandais si c'était une de ces filles qui veulent un bébé, pour des raisons que je comprendrai jamais. Il y avait deux jeunes mères dans mon école et elles se comportaient comme si un bébé était un iPod ou un nouveau portable ou ce que je sais, un genre de gadget qu'elles voulaient pour frimer. Y a des tas de différences entre un bébé et un iPod. Une des plus grosses différences, c'est que personne essaie de vous le chourer. Pas besoin de serrer le bébé dans votre poche quand vous prenez le bus tard le soir. Et, si vous y réfléchissez bien, ça en dit long, parce que les gens sont prêts à vous casser la gueule pour vous chourer tout ce qui peut valoir le coup, ce qui veut dire qu'un bébé vaut pas le coup. N'importe, je voulais pas coucher avec Jenny et elle l'a raconté à certains de ses potes et, pendant un moment, ils se sont payé ma tronche dans les couloirs. Et le mec suivant qui est sorti avec elle... En fait, je préfère pas répéter ce qu'il a dit. C'était idiot et dégueulasse et pas à mon avantage, et c'est tout ce que vous avez besoin de savoir. Après ça, j'ai commencé à me concentrer beaucoup plus sur le skate. Ça me permettait de passer plus de temps tout seul.

Pendant qu'on montait vers sa chambre, j'ai eu un fantasme, j'ai vu Alicia refermer la porte, me regarder et commencer à se défringuer et, pour vous dire la vérité, je savais pas comment j'allais réagir. Je veux dire, y avait un côté positif, évidemment. Mais de l'autre côté, elle pouvait croire que je savais ce que je faisais, et c'était pas le cas. En plus, y avait ma mère en bas et, on sait jamais, elle pouvait débarquer à n'importe quel moment. Y avait la mère et le père d'Alicia aussi, et quelque chose me disait que, si elle avait envie de faire l'amour, ça avait beaucoup à voir avec ce mec qu'elle venait de larguer et pas tellement avec moi.

J'avais eu tort de m'inquiéter. On est entrés dans sa chambre, elle a fermé la porte et, là, elle s'est rappelé qu'il lui restait encore à voir la moitié de ce film intitulé *40 ans, toujours puceau*, alors on a regardé la fin. Je me suis assis dans ce vieux fauteuil qu'elle a et elle s'est assise par terre entre mes guibolles. Au bout d'un petit moment, elle s'est penchée en arrière vers moi, ce qui faisait que je sentais son dos appuyé contre mes genoux. Ça, je m'en suis souvenu plus tard. C'était comme un message. Et puis, quand le film a été terminé, on est redescendus, ma mère commençait juste à me chercher et on est rentrés à la maison.

Mais, pendant qu'on marchait dans la rue, Alicia s'est pointée en courant, pieds nus, et elle m'a filé une carte postale en noir et blanc avec un couple qui se bécotait. J'ai maté la photo et j'ai dû avoir l'air un peu paumé parce qu'elle a roulé des yeux et elle a dit : « Retourne-la. » Et, au dos, y avait son numéro de portable.

« Pour le ciné demain, elle a dit.

— Ah, d'accord », j'ai fait.

Et, quand elle repartie, ma mère a haussé les sourcils jusqu'aux cheveux et a dit :

« Tiens, tiens, tu vas au cinéma demain.

— Ouais. On dirait. »

Ma mère s'est marrée et elle a dit :

« Alors ? J'avais raison ou j'avais pas raison ?

— Tu avais raison. »

Tony Hawk s'est dépucelé à seize ans. Il venait de skater dans une compète appelée « The King of the Mount » dans un endroit appelé Trashmore à Virginia Beach. Dans son livre, il dit que ça a duré moitié moins longtemps qu'un run dans une épreuve de rampe verticale. Un run dans une épreuve de rampe verticale dure quarante-cinq secondes. Donc ça lui a pris vingt-deux secondes et demie. Je suis content qu'il me l'ait dit. J'ai jamais oublié ces chiffres.

***

Le lendemain était un dimanche et je suis allé à Grind City avec Rabbit. Plus exactement, j'ai rencontré Rabbit à l'arrêt de bus, donc on s'est tapé le trajet ensemble. Rabbit sait faire des figures que je sais pas faire : il claque des gay twists depuis des siècles et il était sur le point de réussir un McTwist, c'est-à-dire un tour de 540 degrés.

Chaque fois que j'essaie de parler de figures à maman, elle est dépassée par les chiffres. « Cinq cent quarante degrés ? elle a dit quand j'ai voulu lui expliquer le McTwist. Comment tu peux savoir que tu as fait 540 degrés ? » Comme si on passait son temps à compter les degrés un par un. Mais 540, c'est juste 360 plus 180 – autrement dit un tour et demi. Maman a eu l'air déçu quand je lui ai présenté la chose comme ça.

Je crois qu'elle espérait que le skate allait me transformer en génie des maths et que j'étais capable de faire mentalement des calculs que les autres ados peuvent faire seulement avec un ordinateur. TH, entre parenthèses, a réussi un 900. Quand je vous aurai dit que c'est pratiquement impossible, vous commencerez peut-être à comprendre pourquoi il mériterait qu'on donne son nom à un pays.

Les McTwists, c'est vraiment balèze, et j'ose pas encore y penser, surtout parce qu'on se prend du bitume plein la gueule en s'exerçant. Impossible à tenter sans s'étaler toutes les deux minutes, mais c'est ça, la force de Rabbit. Il est tellement buté que ça le gêne pas de bouffer du bitume. Il a dû perdre au moins trois cents dents en faisant du skate. Je suis étonné que les responsables de Grind City n'aient pas encore pensé à planter ses ratiches sur le haut des murs pour empêcher les gens d'entrer la nuit, comme y en a qui le font avec des bouts de verre cassé.

N'empêche que j'ai pas passé une bonne journée. J'étais distrait. J'arrêtais pas de penser à la soirée au ciné. Je sais que ça paraît con, mais je voulais pas rappliquer avec une grosse lèvre enflée toute rouge, et les statistiques montrent que les lèvres enflées m'arrivent plus souvent le dimanche que n'importe quel autre jour de la semaine.

En tout cas, Rabbit a remarqué que je me limitais à claquer quelques ollies et il s'est amené.

« Qu'est-ce qu'y a ? T'as perdu ton biberon ?

— Quelque chose comme ça.

— Qu'est-ce qui peut arriver de pire ? Voilà

comment je vois la chose. Je me suis retrouvé aux urgences une quinzaine de fois à cause du skate. Eh ben, le pire, c'est le trajet jusqu'à l'hosto, parce que tu dégustes. T'es allongé, tu râles, tu gémis et t'as du sang partout. Et tu dis : à quoi bon ? Mais ensuite ils te filent un truc contre la douleur. Sauf si t'es dans les vapes. Là, t'en as pas besoin. Pendant un certain temps.

— Ça se tient.

— C'est ma philosophie, quoi. La douleur peut pas te tuer, tu vois. Sauf si elle est vraiment craignos.

— Ouais. Merci. Ça donne à réfléchir.

— Ah ouais ? »

Il a eu l'air étonné. Je crois pas que quelqu'un ait jamais dit à Rabbit, avant ça, qu'il lui avait donné à réfléchir. C'était parce que j'écoutais pas vraiment.

J'avais pas l'intention de parler. A quoi ça sert de parler avec Rabbit ? Et puis je me suis rendu compte que ça me rendait fou de pas parler d'Alicia et, si je lui en parlais pas à lui, faudrait que je rentre pour en parler à maman ou à TH. Des fois, peu importe à qui on parle, du moment qu'on parle. C'est pour ça que j'ai passé la moitié de ma vie à parler à un poster grandeur nature de skateur. Au moins Rabbit était une personne réelle.

« J'ai rencontré une nana.

— Où ?

— Quelle importance ? (Je voyais déjà que la conversation allait être frustrante.)

— J'essaie de visualiser la scène, a dit Rabbit.

— Dans une soirée chez une amie de ma mère.

— Elle doit être vachement vieille, alors ?

— Non. Elle a mon âge.

— Qu'est-ce qu'elle foutait dans cette soirée ?

— C'est là qu'elle vit, j'ai dit. Elle...

— Elle vit dans une soirée ? Comment c'est possible ? »

Je m'étais gouré. C'était beaucoup plus facile de s'expliquer avec un poster.

« Elle vit pas dans une soirée. Elle vit dans la maison où la soirée avait lieu. C'est la fille de l'amie de ma mère. »

Rabbit a répété ce que je venais de dire, comme si c'était la phrase la plus compliquée de l'histoire de l'humanité.

« Attends... La fille... de l'amie... de ta mère. D'accord. Pigé.

— Bien. On sort ensemble ce soir. On va au ciné. Et j'ai peur de me retrouver avec la gueule défoncée.

— Pourquoi qu'elle veut te défoncer la gueule ?

— Non, non. J'ai pas dit que j'avais peur *qu'elle* me défonce la gueule. J'ai peur de me la défoncer ici. Un slam. Un gros gadin. Et après, ben, je serai pas à mon avantage, je veux dire.

— Vu, a dit Rabbit. Elle est belle ?

— Très », j'ai dit.

J'étais sûr qu'elle l'était, et pourtant je savais plus exactement quelle tête elle avait. J'avais tellement pensé à elle que je n'arrivais plus à en avoir une image claire dans mon esprit.

« Aïe, a dit Rabbit.

— Qu'est-ce que tu veux dire ?

— Ben, faut voir les choses comme elles sont : toi, t'es pas beau.

— Non. Je sais. Merci quand même de me remonter le moral.

— Maintenant que j'y pense, il a dit, t'aurais peut-être intérêt à te défoncer la gueule, en fait.

— Tu peux développer ?

— Ben, regarde, mettons que tu t'amènes avec, je sais pas, deux yeux au beurre noir ou même un pif cassé. Tu peux toujours lui raconter que c'est le skate qui t'a fait cette tronche. Mais si tu t'amènes avec juste ta gueule normale... Quelle excuse tu peux avoir ? Aucune. »

J'en avais ma claque. J'avais essayé de parler à Rabbit, mais c'était sans espoir. Pis que sans espoir, même : c'était déprimant. J'avais carrément le trac à l'idée d'aller au ciné avec Alicia. Je me souvenais pas d'avoir jamais eu un trac pareil, sauf peut-être pour mon premier jour d'école primaire. Et ce crétin me disait que ma seule chance était de me déformer la gueule pour qu'elle puisse pas voir quelle tête j'avais en vrai.

« Tu sais quoi, Rabbit ? T'as raison. Je vais y aller à fond. Des acid drops et des gay twists tout l'après-midi.

— Super, mec. »

Et là, sous ses yeux, j'ai ramassé mon skate, j'ai pris la sortie et je me suis barré dans la rue. Je voulais parler à TH.

Sur le chemin du retour, j'ai réalisé que j'avais encore rien fixé avec Alicia. Quand le bus est arrivé, je suis monté direct à l'étage et je me suis assis à l'avant, tout seul. Puis j'ai sorti sa carte postale de ma poche et j'ai composé son numéro.

Elle a pas reconnu ma voix quand j'ai dit allô et, sur le moment, ça m'a écœuré. Est-ce que j'avais tout inventé ? J'avais pas inventé la fête. Mais peut-être qu'elle s'était pas collée contre moi comme il m'avait semblé, peut-être qu'elle avait simplement parlé de ciné parce que...

« Ah, salut, elle a dit, et je l'ai entendue sourire. J'avais peur que t'appelles pas. » J'étais plus écœuré du tout.

Ecoutez : je sais que vous avez pas envie d'être renseignés sur tous les détails. Ça vous intéresse pas de savoir à quelle heure on s'est fixé rendez-vous, ou des trucs de ce genre. Tout ce que j'essaie de dire, c'est que ç'a été une journée vraiment à part et que je me rappelle absolument tout, à la seconde près. Je me rappelle le temps qu'il faisait, je me rappelle l'odeur du bus, je me rappelle la petite croûte que je grattais sur mon nez pendant que je lui parlais dans mon portable. Je me rappelle ce que j'ai dit à TH quand je suis rentré, comment j'étais fringué pour sortir, comment elle était fringuée, et que tout a été facile quand je l'ai vue. Il y en a peut-être qui vont penser, à cause de ce qui s'est passé ensuite, que c'était minable et crade, typique des histoires d'adolescents modernes. Mais du tout. C'était pas du tout comme ça.

On n'est même pas allés voir un film. On a commencé à parler devant le ciné et puis on est allés prendre un frappuccino au drugstore d'à côté et on est simplement restés assis. De temps en temps, on disait,

46

elle ou moi : « Faudrait qu'on y aille, si on y va. » Mais ni l'un ni l'autre ne faisait mine de se lever. C'est elle qui a eu l'idée d'aller chez elle. Et, le moment venu, c'est elle qui a eu l'idée de faire l'amour. Mais je vais trop vite.

Je crois que, avant cette nuit-là, elle me foutait un peu les jetons. Elle était belle, sa mère et son père étaient des bourges et j'avais peur qu'elle se dise tout d'un coup que c'était pas parce que j'étais la seule personne de son âge à la fête de sa mère qu'on devait sortir ensemble. La fête était finie. Elle pouvait parler avec qui elle voulait maintenant.

Mais elle faisait pas peur, pas vraiment. Pas à la manière bourge. Elle était pas vraiment ce qu'on appelle une tête. Enfin, j'exagère, c'est pas comme si elle était idiote, attention. Mais, avec une mère conseillère municipale et un père prof de fac, on aurait pu penser qu'elle serait plus forte en classe. Elle a passé la moitié de la soirée à parler des cours d'où elle avait été virée, des emmerdes qu'elle s'était attirés et du nombre de fois où elle s'était fait coller. Elle avait été collée le soir de la fête, c'est pour ça qu'elle était là. Toutes ces histoires comme quoi elle voulait faire ma connaissance, c'était du flan, je m'étais pas gouré.

Elle voulait pas faire d'études.

« Toi oui ? elle a dit.

— Ouais. Bien sûr.

— Pourquoi "bien sûr" ?

— Je sais pas. »

Si, je le savais. Mais j'avais pas envie d'aborder l'historique de ma famille. Si elle découvrait qu'aucun

d'entre nous – mes parents, mes grands-parents, mes
arrière-grands-parents, personne – n'était jamais allé
en fac, ça pouvait lui ôter l'envie de rester avec moi.

« Alors qu'est-ce que tu vas faire ? je lui ai demandé.
Après le lycée.

— Je veux pas le dire.

— Pourquoi ?

— Parce que tu vas trouver que j'ai la grosse tête.

— Comment c'est possible ? Puisque tu veux pas
être une tête.

— Il y a plusieurs façons d'avoir la grosse tête,
tu sais. C'est pas obligatoirement une question de
diplômes et tout ça. »

J'étais paumé. Dans tout ce qu'elle pouvait dire,
je voyais rien qui me fasse penser qu'elle avait la
grosse tête, si c'était pas en rapport avec des diplômes,
ou peut-être du sport. Du coup je savais même plus
ce que ça voulait dire, avoir la grosse tête. Ça voulait
dire crâner, non ? Mais crâner par rapport à son intelli-
gence, exact ? Personne a jamais traité TH de grosse
tête parce qu'il était capable de claquer des figures
difficiles.

« Je te jure que je trouverai pas que t'as la grosse
tête.

— Je veux être mannequin. »

OK, d'accord, je voyais ce qu'elle voulait dire. Elle
crânait effectivement. Mais qu'est-ce que j'étais censé
répondre ? Je vais vous dire, la situation était critique.
J'étais sur le point de vous conseiller de jamais sortir
avec une fille qui dit vouloir être mannequin, mais
voyons les choses en face, c'est un peu ce qu'on désire

tous, au fond, pas vrai ? Une fille qui ressemble à un mannequin, mais sans être plate. Autrement dit, si vous êtes avec une fille qui veut devenir mannequin, vous m'écouterez sûrement pas si je vous dis que c'est un mauvais plan. (Ce qu'il faut éviter absolument, c'est de sortir avec les filles moches qui disent vouloir être mannequins. Pas parce qu'elles sont moches, mais parce qu'elles sont folles.)

J'en savais pas long sur le métier de mannequin, et j'en sais encore moins aujourd'hui. Alicia était très belle, je le voyais bien, mais elle était pas mince comme une planche à repasser, et elle avait quelques boutons, donc je savais pas si elle avait une chance d'être la nouvelle Kate Moss. Probablement non, je pensais. Et je savais pas non plus si elle me disait ça parce que c'était vraiment son ambition ou parce qu'elle avait envie de m'entendre lui avouer que je flashais sur elle.

« C'est pas avoir la grosse tête, ça, j'ai dit. Tu pourrais facilement être mannequin, si tu voulais. »

Je savais ce que je disais. Je savais que je venais d'augmenter mes chances avec Alicia sur tous les plans. Je savais pas qui croyait quoi, mais c'était sans importance.

On a couché ensemble pour la première fois ce soir-là.

« Tu as quelque chose ? elle a dit, quand il a été évident qu'on allait avoir besoin de quelque chose.

— Non. Bien sûr que non.

— Pourquoi "bien sûr que non" ?

— Parce que... je croyais qu'on allait au cinéma.

— Et t'as pas toujours quelque chose sur toi ? Pour le cas où ? »

J'ai fait non de la tête. Je connaissais des mecs à l'école qui faisaient ça, mais c'était rien que de la frime, pour la plupart. Juste pour se donner des airs. Y en avait un, Robbie Brady, qui avait dû me montrer la même boîte de Durex au moins quinze fois. J'ai réagi genre ouais, tu parles, n'importe qui peut en *acheter*. Ça mange pas de pain, d'en *acheter*. Mais j'ai jamais rien dit. J'avais toujours cru que, si je devais en avoir besoin, je le saurais longtemps à l'avance, parce que je suis comme ça. Je me dis jamais : tiens, ce soir je vais niquer une nana que je connais pas, alors mieux vaut prévoir une capote. J'avais toujours espéré qu'il y aurait un peu plus de préparation. J'avais toujours espéré qu'on en parlerait à l'avance pour que, le moment venu, on soit prêts, que ça se passe sans lézard et que ça soit super. J'ai jamais aimé les histoires qui se racontaient au bahut. Les mecs étaient toujours contents d'eux, mais ça ressemblait jamais au genre de sexe qu'on lit dans les livres ou qu'on voit dans les films porno. C'était toujours à la va-vite, des fois dehors et des fois avec d'autres gens à côté. Moi, ça m'intéressait pas de faire ça comme ça.

« Ah, t'es bien, comme mec, a dit Alicia. Mon dernier copain, il avait toujours une capote sur lui. »

Vous voyez ? C'est exactement ce que je voulais dire. Il en avait toujours une sur lui et il a jamais pu s'en servir, parce que Alicia aimait pas qu'il lui mette la pression. Des fois, les capotes empêchent vraiment *vraiment* de faire des enfants. Si vous êtes le genre de gusse qui en a toujours une sur lui, alors personne voudra coucher avec vous de toute façon. Au moins j'étais avec une fille qui voulait faire l'amour avec moi. Est-ce que ça m'avançait beaucoup pour autant ? L'ex d'Alicia faisait pas l'amour avec elle parce qu'il trimbalait toujours une capote ; moi, j'allais pas le faire parce que j'en avais pas. Pourtant elle était partante. Donc, au total, j'étais content de ma situation. C'était probablement mieux comme ça.

« Je vais aller en piquer une, a dit Alicia.

— Où ça ?

— Dans la chambre de mes parents. »

Elle s'est levée et elle s'est dirigée vers la porte. Elle était en sous-vêtements avec un gilet par-dessus et, si quelqu'un l'avait vue, pas besoin d'être un génie pour piger ce qui se goupillait dans sa piaule.

« Tu vas me faire tuer, j'ai dit.

— Oh, sois pas ringard », elle a répondu, mais sans expliquer ce qu'il y avait de ringard dans la peur d'être tué. Pour moi, c'était juste du bon sens.

Donc j'ai dû rester environ deux minutes seul dans sa chambre, couché sur son pieu, et j'ai passé ce temps à essayer de me remémorer comment on en était arrivés là. En fait, y a pas grand-chose à raconter. On est entrés, on a dit bonsoir à sa mère et à son père, on est montés et puis voilà, en gros, c'est tout. On en a jamais parlé. On a juste fait ce qu'on voulait faire. Sauf que, elle, j'en étais sûr, c'était à cause de son ex qu'elle voulait le faire. Ça avait pas tellement à voir avec moi. Je veux dire, je pense pas qu'elle aurait voulu si elle avait pas pu me blairer. Mais, quand elle m'avait dit

51

pendant la fête qu'elle pouvait changer d'avis, je voyais maintenant qu'elle voulait se venger. C'était pour lui faire une crasse. Il arrêtait pas de lui demander, elle répondait toujours non, il en a eu marre, il l'a plaquée et, du coup, elle a décidé de coucher avec le premier venu, pourvu qu'il soit à peu près correct. Quelque chose me disait que, si on faisait vraiment l'amour cette nuit, ça resterait pas un secret entre nous. Elle chercherait un moyen de lui faire savoir qu'elle était plus vierge. C'était le but, au fond.

Et tout d'un coup l'envie m'a passé. Je sais, je sais. C'était une fille très belle, qui me plaisait vraiment, et elle venait de m'amener dans sa chambre et elle m'avait fait clairement comprendre qu'on était pas là pour rien. Mais, quand j'ai décodé ce qui se tramait, ça collait plus. On était trois dans sa chambre ce soir-là, moi, elle et lui, et, vu que c'était ma première fois, j'aurais préféré un nombre réduit. Je voulais attendre qu'il ait disparu du paysage, juste pour voir si elle était encore intéressée.

Alicia est revenue en tenant un petit paquet carré argenté.

« Gagné ! elle a dit en l'exhibant.

— T'es sûre qu'elle est, comment dire, encore bonne ? Elle a pas dépassé la date limite ? »

Je sais pas pourquoi j'ai dit ça. Enfin si, j'ai dit ça parce que je cherchais une excuse. Mais il y avait des tas d'excuses possibles, et celle-là était pas excellente.

« Pourquoi elle serait plus bonne ? elle a dit.

— Je sais pas. »

Je savais pas.

« Tu veux dire, parce qu'elle est à mon père et à ma mère ? »

C'était ce que je voulais dire, je suppose.

« Tu crois qu'ils font jamais l'amour ? Que cette capote traîne là depuis des années ? »

J'ai rien dit. Mais c'était ce que j'avais dû penser, et c'était assez tordu, je reconnais. Entendons-nous bien, je savais que les parents des gens faisaient l'amour. Mais je suppose que je voyais mal comment ça marchait chez les parents qui étaient restés en couple. J'imaginais que les parents restés en couple faisaient moins l'amour que les parents séparés. Je crois que c'est le problème des capotes qui m'embrouillait. Pour moi, quand quelqu'un avait des capotes, ça voulait dire qu'il faisait pas l'amour, or ça peut pas être vrai tout le temps, hein ? Y avait forcément des gens qui achetaient des capotes pour s'en servir réellement.

Elle a regardé l'emballage.

« C'est marqué 21/05/09. »

(Si vous lisez ça dans le futur, je précise que toute cette histoire a eu lieu bien avant le 21/05/09. On avait largement le temps d'utiliser cette capote, des années et des années.)

Elle l'a lancée vers moi.

« Allez. On n'a pas tout le temps devant nous.

— Pourquoi ? j'ai dit.

— Parce que l'heure tourne et que mon père et ma mère savent que tu es ici. Dans pas longtemps, ils vont commencer à taper sur la porte. C'est ce qu'ils font

53

d'habitude quand je suis ici avec un garçon et qu'il est tard. »

J'ai dû tirer une drôle de gueule, parce qu'elle s'est agenouillée à côté du pieu et elle m'a embrassé sur la joue. « Excuse-moi. Je l'entendais pas dans ce sens-là.

— Tu l'entendais dans quel sens, alors ? »

Je disais n'importe quoi, sans réfléchir. Je voulais que l'heure tourne encore plus vite, pour que ses parents commencent à taper sur la porte que je puisse me casser.

« Tu veux pas vraiment le faire, hein ? elle a dit.

— Si, bien sûr », j'ai dit. Et puis : « Non, pas vraiment. »

Elle a rigolé.

« C'est pas simplement le trac, alors.

— Je sais pas pourquoi tu veux le faire, j'ai répondu. Tu m'as dit que t'étais pas prête à coucher avec ton ex.

— C'est la vérité.

— Alors comment ça se fait que t'es prête avec moi ? Tu me connais même pas.

— Tu me plais.

— Donc, lui, il te plaisait pas tellement ?

— Non, pas vraiment. Je veux dire, au début, oui. Mais après j'en ai eu marre. »

Je voulais pas poser d'autres questions là-dessus. Ça menait à rien. C'était comme si elle me disait qu'il fallait se dépêcher de coucher ensemble, avant qu'elle en ait marre de moi – comme si elle savait déjà qu'elle ne m'aimerait plus le lendemain, que c'était ce soir ou jamais. D'un autre côté, notez bien, tout le monde est comme ça. Je veux dire, si vous couchez avec quelqu'un, c'est que vous en avez pas marre, et quand vous en avez marre, vous arrêtez.

« Si tu veux rien faire, alors tire-toi, elle a dit.

— D'accord. Je me tire. »

Je me suis levé, elle s'est mise à chialer, je savais pas quoi faire.

« Si seulement j'avais pas dit que je voulais être mannequin ! Je me sens conne, maintenant.

— Ça a rien à voir avec ça, j'ai fait. Ce qu'il y a, c'est plutôt que... on joue pas dans la même division.

— Pas dans la même division ? Qu'est-ce que ça veut dire ? »

Ce que ça voulait dire... Ça voulait dire que ma mère avait seize ans à ma naissance. Dès que les gens connaissaient l'histoire de ma famille, c'était tout ce qu'ils retenaient, tout ce qu'ils entendaient. Je lui avais rien dit là-dessus. Je me suis assis sur le lit et je l'ai prise dans mes bras et, quand elle a arrêté de pleurer, elle m'a embrassé et c'est comme ça qu'on a fini par faire l'amour, alors que j'avais décidé que non. Si j'ai battu le record de TH, ses vingt-deux secondes et demie, ça doit pas être de plus d'une demi-seconde.

Je l'ai dit à TH quand je suis rentré. Fallait que je le dise à quelqu'un, mais c'est pas facile de parler de ça, alors la meilleure solution dans ces cas-là, c'est d'en parler à un poster. Je crois que ça lui a plu. Tel que je le connais, il aurait bien aimé Alicia.

3

Pendant plusieurs semaines, mes trajets vers le lycée ont été comme un rêve. Ma vie a été comme un rêve, pour tout dire. C'était de l'attente, rien d'autre. Je me rappelle avoir attendu un bus la première semaine, le 19, celui qui va de chez moi à chez elle, et avoir pris conscience tout d'un coup que l'attente d'un bus était plus facile que n'importe quoi, parce que je faisais qu'attendre, de toute façon. Quand j'attendais un bus, j'avais rien d'autre à faire, mais ce qui était dur, c'était le reste, l'attente en général. Le petit déj', c'était de l'attente, alors je mangeais pas beaucoup. Dormir, c'était de l'attente, alors je dormais pas beaucoup, et pourtant j'aurais bien voulu, parce que le sommeil était un bon moyen de tuer le temps pendant huit heures. L'école, c'était de l'attente, alors je savais pas de quoi on parlait, ni pendant les cours ni pendant les pauses. Regarder la télé, c'était de l'attente, alors j'arrivais pas à suivre les émissions. Même le skate, c'était de l'attente, vu que j'en faisais seulement quand Alicia était occupée ailleurs.

Mais elle était rarement occupée ailleurs, faut dire. C'est ça qui était incroyable. Elle voulait être avec moi autant que je voulais être avec elle, d'après mes impressions.

On faisait jamais grand-chose. On regardait la télé dans sa chambre, ou des fois en bas, surtout quand ses parents étaient sortis. On allait se balader à Clissold Park. Vous voyez ces séquences, dans les films, quand ils montrent des couples qui rigolent, qui se tiennent la main et qui s'embrassent dans des tas d'endroits différents avec une chanson en fond sonore ? On était pareils, plus ou moins, sauf qu'on allait pas dans des tas d'endroits différents. Trois au total, disons, en comptant la chambre d'Alicia.

On était à Clissold Park quand Alicia m'a dit qu'elle m'aimait. Je savais pas quoi répondre, vraiment, alors je lui ai dit que je l'aimais aussi. Ça aurait été impoli autrement.

« Vraiment ? elle a dit. Tu m'aimes vraiment ?

— Ouais, j'ai dit.

— Je peux pas le croire. Personne m'avait encore jamais dit ça.

— Et toi, tu l'avais déjà dit à quelqu'un ?

— Non. Bien sûr que non. »

Ça expliquait pourquoi personne le lui avait jamais dit, à ce qu'il me semblait. Parce que, si une fille vous dit qu'elle vous aime, vous êtes obligé de lui dire pareil, non ? Ce serait salaud de pas le faire.

De toute façon, je l'aimais. Quelqu'un comme ma mère aurait dit : Oh, t'es qu'un môme, tu sais pas ce que c'est que l'amour. Mais tout ce que je voulais, c'était être avec Alicia, et les seuls moments où j'avais la sensation de me trouver là où je voulais être, c'était quand j'étais avec elle. Je veux dire, ça pourrait bien être ça, l'amour, non ? Quand ma mère parle de l'amour, c'est toujours des soucis, des peines, faut pardonner aux gens, prendre la vie comme elle vient, etc. C'est pas très marrant, c'est clair. Si c'est vraiment ça, l'amour, celui dont parle ma mère, alors on peut jamais savoir si on aime, pas vrai ? C'est comme si elle avait dit : si t'es vraiment sûr d'aimer quelqu'un, sûr comme je l'étais ces quelques semaines, alors c'est pas possible que tu l'aimes, parce que l'amour, c'est pas ça. Essayer de comprendre ce qu'elle entend par amour, ça prend la tête.

***

Ma mère voulait pas que je passe tout mon temps avec Alicia. Elle a commencé à se faire du mouron au bout de deux semaines. Je lui avais jamais dit pour le sexe, mais elle savait que pour moi c'était du sérieux, et pour Alicia aussi. Et elle savait que j'étais dans un rêve, parce qu'elle le voyait de ses propres yeux.

Un soir, je suis rentré tard et elle m'attendait.

« Si on restait ici demain soir ? elle a dit. Pour regarder un DVD ? »

J'ai rien dit.

« Ou alors on pourrait sortir, si tu veux. Je t'emmènerais à Pizza Express. »

J'ai toujours rien dit.

« Pizza Express et le cinéma. Qu'est-ce que tu en penses ?

— Non, ça ira », j'ai dit, comme si elle m'offrait

quelque chose pour être sympa avec moi. Je veux dire, en un sens, c'était ça. Elle m'offrait une pizza et un film. Mais, d'un autre côté, elle essayait de m'empêcher de faire ce que je voulais, et elle le savait, et je le savais.

« Je vais te présenter la chose autrement, elle a dit. On va passer la soirée ensemble demain. Qu'est-ce que tu voudrais faire ? Je te laisse choisir. »

C'est ça, le problème, avec moi. Je suis pas un mauvais gars. Vous trouvez peut-être que coucher avec Alicia était une mauvaise action, mais je l'ai pas ressenti comme ça, donc ça compte pas comme mauvais. Une mauvaise action, c'est ce qu'on fait en sachant que c'est mal. A l'école, y a des mecs qui envoient chier les profs et qui cherchent des crosses aux gars qui sont supposés pédés, ou qui cherchent des crosses aux profs et qui envoient chier les gars qui sont supposés pédés... Je peux pas faire ça, moi, j'ai jamais pu. Je sais pas mentir, et je sais encore moins voler. J'ai essayé de chourer de la thune dans le sac de ma mère une fois, je me suis écœuré moi-même et j'ai tout remis à sa place. C'est comme une maladie, au fond, de pas vouloir être mauvais. Je veux dire, je déteste Ryan Briggs plus que n'importe qui au monde. C'est un enfoiré, un sale type violent et dangereux. Mais quand je le vois cogner un gars pour lui piquer son téléphone ou dire à un prof d'aller se faire mettre, eh ben, quelque part je l'envie, vous savez. Il a pas la maladie. C'est pas compliqué d'être lui. La vie serait plus facile si je m'en foutais, mais c'est pas le cas. Et je savais que ce que me demandait ma mère n'était pas complètement nul. Elle me demandait de passer une soirée sans Alicia et elle m'offrait quelque chose en échange. J'ai essayé de pas voir les choses de cette façon, sa façon, mais j'ai pas pu, donc j'étais emmerdé.

« Alicia peut venir ?

— Non. C'est le but, justement.

— Pourquoi ?

— Parce que tu la vois trop.

— Qu'est-ce que ça peut te faire ?

— Ce n'est pas sain. »

C'est vrai que j'étais pas souvent en plein air, mais c'était pas ce qu'elle voulait dire. Je savais pas ce qu'elle voulait dire, d'ailleurs.

« Qu'est-ce que ça veut dire, "pas sain" ?

— Ça bloque le reste.

— C'est quoi, le reste ?

— Les copains. Les devoirs. La famille. Le skate... Tout. La vie. »

C'est le contraire qui était vrai, parce que la vie commençait avec Alicia. Tout le reste dont elle parlait, c'était l'attente.

« Juste un soir, elle a dit. T'en mourras pas. »

***

Bon, ça m'a pas tué. Quand je me suis réveillé le lendemain, après Pizza Express et le ciné, j'étais toujours vivant. Mais ç'a été comme une de ces tortures qui sont censées être pires que la mort, à ce qu'on raconte, parce qu'on aimerait mieux être mort que les endurer. Je regrette si j'ai l'air de manquer de respect pour les gens qui ont vraiment enduré ces tortures, mais c'est ce que j'ai connu de pire jusqu'ici. (Et c'est une des raisons qui font que je m'engagerai jamais dans l'armée, au fait. Je détesterais vraiment, vraiment qu'on me torture. Je dis pas que ceux qui s'engagent ont envie de se faire torturer. Mais ils ont dû y penser, non ? Donc, ils ont dû décider que c'était moins affreux que d'autres trucs, comme d'être au chômage ou de travailler dans un bureau. Personnellement, j'aimerais mieux travailler dans un bureau qu'être torturé. Attention, pas d'erreur, j'ai pas dit que je serais content de faire un boulot emmerdant, genre photocopier des bouts de papier chaque jour de la semaine jusqu'à ma mort. Mais, au total, j'aimerais mieux ça que me faire enfoncer des cigarettes dans les yeux. Ce que j'espère, c'est que j'aurai d'autres choix.)

Pendant ces quelques semaines, c'était déjà assez douloureux de me réveiller le matin en sachant que je la verrais pas avant la fin des cours. C'était déjà de la torture. C'était m'arracher les ongles un par un. Mais, le jour de Pizza Express, je me suis réveillé en sachant que je la verrais pas AVANT LA FIN DU LENDE-MAIN, et ça, c'était du niveau des tortures que Ryan Briggs, toujours lui, sortait d'Internet sur son impri-mante. J'ai pas l'intention de m'étendre là-dessus, mais disons que ça mettait en rapport des chiens et des valseuses, comme il les appelait, et pas des valseuses au sens bal-musette, je précise. Rien que d'y repenser, je serre les cuisses.

D'accord, ne pas voir Alicia pendant vingt-quatre

heures, c'était pas comme se faire machiner les bre-loques. Mais c'était comme m'empêcher de respirer. Ou respirer mal, comme si je manquais d'oxygène dans ma bouteille. Pendant toutes ces heures, j'ai été inca-pable de remplir mes poumons, et j'ai même commencé à paniquer, un peu, comme on peut paniquer quand on est au fond de la mer et que la surface est très très loin et que des requins se pointent et... Non, j'exagère encore. Y avait pas de requins. Y avait pas de chiens machineurs et pas de requins. Dans ce cas-là, le requin aurait été ma mère et, franchement, elle est pas comme ça. Elle essayait seulement de m'offrir une pizza. Elle essayait pas de m'arracher le foie avec les dents. Donc je m'arrête là, sur l'idée que la surface était très très loin. Alicia = surface.

« Je peux passer un coup de fil ? j'ai dit à maman en rentrant.

— C'est indispensable ?

— Ouais. »

C'était vrai. C'était indispensable. Y avait pas d'autres manières de le dire.

« On sort bientôt.

— Il est quatre heures et demie. Qui va manger une pizza à quatre heures et demie ?

— Pizza à cinq heures et demie. Film à six heures et demie.

— On va voir quoi ?

— Qu'est-ce que tu dirais de *Brokeback Mountain* ?

— Bien sûr, bien sûr.

— Ça signifie quoi, ce "bien sûr, bien sûr" ?

— C'est ce qu'on dit d'habitude. Quand quelqu'un fait une blague idiote.

— J'ai fait une blague idiote ? »

Et là j'ai compris qu'elle parlait sérieusement. Elle voulait réellement qu'on aille voir *Brokeback Mountain*. On avait déjà commencé à surnommer « Brokeback » un des profs de sciences, parce qu'il était bossu[1] et que tout le monde se doutait qu'il était pédé.

« Tu sais de quoi ça parle, quand même ? j'ai dit.

— Oui. Ça parle d'une montagne.

— Arrête, maman. Je peux pas aller voir ça. Je me ferai massacrer demain.

— Tu te feras massacrer si tu vas voir un film sur des cow-boys homos ?

— Oui. Parce que la question est : pourquoi je vais le voir ? Et y a qu'une seule réponse, pas vrai ?

— Seigneur, a dit ma mère. Ça vole vraiment si bas au lycée ?

— Oui », j'ai dit. Parce que ça volait vraiment si bas.

On s'est mis d'accord pour aller voir autre chose, et puis j'ai appelé le portable d'Alicia et je suis tombé sur sa boîte vocale. J'ai attendu deux minutes, j'ai de nouveau eu sa boîte vocale et ensuite j'ai rappelé toutes les trente secondes environ. Boîte vocale, boîte vocale, boîte vocale. Ne pas pouvoir lui parler, voilà une idée qui m'était jamais venue à l'esprit. Et j'ai commencé à, disons, broyer du noir. Pourquoi elle avait pas allumé son portable ? Elle savait que j'allais tenter de

---

1. *Brokeback* : dos cassé.

la joindre. Elle savait que c'était aujourd'hui notre journée noire. La veille au soir, quand je lui avais dit que ma mère voulait qu'on arrête de se voir pendant toute une soirée, elle avait pleuré. Et maintenant elle avait l'air de s'en foutre complètement, sauf si elle voyait quelqu'un d'autre. Et j'ai commencé à me dire que merde, quoi. Quelle salope. Je peux pas la voir pendant une nuit et, aussi sec, elle sort avec un autre. Y a un nom pour les filles comme ça. Et, de fait, si vous pouvez pas tenir une nuit sans faire l'amour, c'est que vous êtes une nymphomane, pas vrai ? C'est que vous avez un problème. Elle était comme une toxico, sauf que sa dose c'était le sexe.

Vraiment. J'en étais là. Et vous savez ce que j'ai pensé, un peu après, quand je me suis légèrement calmé ? J'ai pensé : c'est pas sain. On peut pas traiter sa copine de salope, de pute et de nympho seulement parce que son chargeur est en panne. (C'est ce qui était arrivé. Elle m'a envoyé un texto plus tard, quand elle s'est branchée sur le chargeur de son père. Et un texto vraiment sympa, en plus.)

N'empêche que j'étais plutôt énervé quand je suis sorti, et donc ça commençait mal. On est allés au multiplex pour voir ce qu'il y avait d'autre que *Brokeback Mountain*, et y avait pas grand-chose. En fait, c'est pas vrai. Y en avait plein que je voulais voir, comme *King Kong* par exemple, et y en avait plein que ma mère voulait voir, comme celui sur le jardinage et celui sur les Japonaises qui se font rétrécir les pieds. Mais y en avait aucun qu'on ait envie de voir tous les deux. On a perdu tellement de temps à discuter que, quand on est arrivés à la pizzéria, toutes les tables étaient prises, si bien qu'on en a acheté une à emporter et qu'on l'a mangée dans le carton en marchant vers le ciné. On a vu un film complètement nul sur un mec qui avale un bout de son téléphone portable et qui, du coup, peut intercepter tous les textos avec son cerveau. Au début, il en profite pour draguer des nanas qui viennent de se faire plaquer par leur mec, puis il capte un message de terroristes qui essaient de faire sauter un pont à New York et, avec une des nanas, il les en empêche. Personnellement, ça m'a pas trop ennuyé. Ça se laissait voir, quoi. Mais maman a détesté et on a eu toute une discussion après. Elle disait que l'idée d'avaler un téléphone portable était ridicule mais, moi, je disais qu'on savait pas ce qui pouvait arriver si on en avalait un morceau et que, donc, c'était pas ce qu'y avait de plus idiot dans le film. Elle m'a même pas laissé dire ce qui, à mon avis, était le plus idiot. Elle m'a juste lancé une vanne comme quoi les jeux vidéo et la télé m'avaient pourri le cerveau.

Mais c'est sans importance maintenant. L'important, c'est que maman a rencontré un mec. Je sais, je sais. A l'origine, le but était qu'on passe une soirée de qualité ensemble et que je voie pas Alicia. Et c'est devenu complètement autre chose. Pour être honnête, la rencontre en question nous a pas pris beaucoup de temps. J'ai même pas su qu'elle avait rencontré un mec avant deux jours plus tard, quand il s'est ramené. (En fait, oui, je savais qu'elle avait rencontré un mec. J'avais juste pas compris qu'elle avait Rencontré Un Mec, si vous voyez ce que je veux dire.) Pendant qu'on attendait nos pizzas à emporter, ils nous ont dit de nous asseoir près de la sortie, à une table réservée aux clients qui consommaient pas sur place. Je suis allé aux toilettes et, quand je suis revenu, maman tchatchait avec ce mec, qui était assis à la table d'à côté avec son môme. Ils parlaient que de pizza, des pizzérias qu'ils préféraient, ainsi de suite. Mais, quand nos cartons à emporter sont arrivés, j'ai dit à maman : « Eh, tu perds pas de temps », et elle a dit : « Non, je vais droit au but », tout ça sur le ton de la blague. Sauf que, au final, c'était pas de la blague. Elle me l'a pas dit sur le moment, mais elle l'avait connu au boulot. Il était parti deux ans plus tôt et il se souvenait d'elle, alors même qu'ils avaient jamais échangé un mot à l'époque. Ils bossaient dans des services différents. Maman travaille à Loisirs et Culture et Mark – oui, Mark, comme une marque sur un pantalon – travaillait à Action sanitaire et sociale. La première fois qu'il est venu, il a dit que, à Islington, il avait jamais de temps à consacrer au côté Sanitaire.

On est rentrés à la maison. Déjà qu'on s'était engueulés au sujet du film, maintenant elle voulait me faire parler d'Alicia.

« Rien à dire là-dessus », j'ai fait. Et puis : « C'est pour ça que je voulais pas sortir. Parce que je voulais pas avoir une Conversation. » J'ai dit ça d'une manière telle qu'on entendait la majuscule. « On peut pas se contenter de sortir simplement ? Sans parler ?

— Alors quand est-ce que je peux te parler ? elle a dit. Tu n'es jamais là.

— J'ai une copine. C'est tout. Rien d'autre à dire.

Vas-y. Demande-moi. Demande-moi si j'ai une copine.

— Sammy...

— Vas-y.

— J'ai droit à une question subsidiaire ?

— Une seule.

— Vous faites l'amour ?

— Et toi ? » j'ai dit.

Ça signifiait : tu peux pas me demander ça. C'est trop personnel. Mais, depuis qu'elle avait rompu avec Steve-la-Glandouille, elle sortait avec personne, donc elle avait pas de mal à répondre.

« Non, elle a dit.

— Bon, mais avant ?

— Qu'est-ce que ça veut dire ? Tu me demandes si j'ai déjà fait l'amour ? Je pensais que tu connaissais la réponse.

— Tais-toi », j'ai dit, parce que j'étais gêné. J'aurais préféré qu'on commence pas avec ça.

« Ne t'occupe pas de moi, elle a dit. Parlons de toi. Tu fais l'amour ?

— Pas de commentaire. C'est mes oignons.

— Donc, c'est oui.

— Non, c'est pas de commentaire.

— Tu me le dirais, sinon.

— Non, je te le dirais pas. N'importe, tout ça, c'était ton idée.

— Comment ça ?

— Alicia. Tu pensais qu'elle me plairait, alors tu m'as fait venir à cette fête. Et elle m'a plu.

— Sam, tu sais que te mettre au monde à l'âge que j'avais...

— Ouais, ouais. Ça t'a foutue dans la merde. »

En principe, j'évite de dire merde devant elle, parce que ça la met en pétard. Pas à cause du mot merde en particulier, mais elle commence à se reprocher d'être une mère adolescente qui n'a pas su élever son gosse proprement, etc., et j'aime pas ça. J'estime qu'elle a bien fait son boulot. Je veux dire, je suis pas le pire des gosses sur terre, quoi. Mais j'ai parlé grossièrement exprès, pour lui faire comprendre qu'elle m'avait blessé, même si c'était pas vraiment le cas, en réalité.

Ça fait drôle de se dire que ma naissance l'a bousillée. Ça me gêne pas, franchement, pour deux raisons. Primo, c'était pas ma faute, c'était la sienne – et celle de papa, de toute façon. Et deuzio, elle s'est rétablie depuis. Elle a rattrapé, plus ou moins, tous les trucs qu'elle avait ratés à cause de moi. On peut même considérer qu'elle s'est dépassée. Elle a jamais été une lumière à l'école, à ce qu'elle dit, mais elle était tellement triste de pas avoir terminé sa scolarité qu'elle s'est démenée deux fois plus que la normale par la suite. Elle a suivi des cours du soir, elle a décroché des certificats, elle a eu un boulot à la mairie. Je dis pas que c'était une bonne idée de me mettre au monde à l'âge qu'elle avait, mais ça a plombé seulement une petite partie de sa vie, pas sa vie entière. N'empêche que ça s'efface pas. Et si je veux tirer un trait sur un sujet quelconque – la question de savoir si j'ai couché avec Alicia, par exemple –, alors j'ai qu'à dire, tout triste et aigri, que j'ai foutu sa vie en l'air. Et ça marche à tous les coups, on tire un trait. Je lui ai jamais dit que des fois j'ai l'impression d'être mis sur le banc de touche à cause de ce qui s'est passé.

« Oh, Sam, je suis désolée.

— Non, ça va. » Mais j'ai répondu ça en prenant un air héroïque, pour qu'elle comprenne que ça allait pas. « En fait c'est pas ça qui te tracasse, hein ?

— Je ne sais pas ce qui me tracasse. Tu peux me la présenter officiellement ?

— Qui ?

— Alicia. Elle peut venir manger à la maison un soir ?

— Si tu veux.

— J'aimerais bien. J'aurais moins peur d'elle, comme ça. »

Peur d'Alicia ! Aujourd'hui je peux m'expliquer la chose mais, à ce moment-là, j'aurais été incapable de trouver les mots. Ma mère avait peur du changement, peur de se retrouver seule, peur que je fasse partie de la vie d'une autre, de la famille d'une autre, que je grandisse et que je sois plus son petit garçon, que je devienne quelqu'un d'autre... Tout ça à la fois ou seulement en partie, je sais pas. Et, on pouvait pas s'en douter à ce moment-là, mais elle avait raison de se faire du mouron. J'aurais dû m'en faire aussi. Je regrette qu'elle m'ait pas interdit de sortir, ce soir-là, elle aurait dû m'enfermer dans ma chambre et jeter la clé.

***

Donc, le lendemain soir, c'était comme si on avait arrêté de respirer depuis deux jours, alors on s'est rempli les poumons l'un de l'autre et on s'est dit des trucs idiots, on s'est comportés comme si on était Roméo et Juliette et que le monde entier était contre nous. Je parle de moi et Alicia, au fait, pas de moi et maman. On a tchatché comme si ma mère m'avait éloigné de Londres pendant un an, alors qu'en réalité elle m'avait seulement emmené à Pizza Express et au cinéma pendant un soir.

Vous vous rappelez ce que je disais avant ? Que raconter une histoire est plus difficile que ça paraît, parce qu'on sait pas ce qu'il faut mettre où ? Eh ben, y a une partie de l'histoire qui se place ici, et y a quelque chose que personne d'autre ne sait, pas même Alicia. La partie la plus importante de cette histoire – le sujet de cette histoire, en fait – ne se produit pas avant un certain temps. Et quand ça s'est produit dans la vraie vie, j'ai fait le mec choqué, stupéfait, bouleversé. Choqué et bouleversé, je l'étais, pour sûr, mais en toute honnêteté je peux pas dire que j'ai été stupéfait. C'est cette nuit-là que ça s'est produit, je le sais. J'ai jamais rien dit à Alicia, mais c'était ma faute. Enfin, c'était moi le principal responsable, c'est évident, mais elle est un petit peu en tort aussi. On hésitait à mettre quelque chose, parce qu'elle disait qu'elle voulait me sentir vraiment et... Oh, je peux pas parler de ça. Je rougis. Mais quelque chose est arrivé. A moitié arrivé. Je veux dire, c'est pas arrivé complètement, parce que j'ai quand même pu me retirer et mettre une capote et faire comme si tout était normal. Mais je savais que c'était pas tout à fait normal, parce que quand la chose censée arriver est finalement arrivée, ça m'a paru bizarre, parce qu'elle était déjà à moitié arrivée avant. C'est la dernière fois que je, enfin vous voyez, que j'entrerai dans ces détails.

« Ça va ? » m'a demandé Alicia. Elle me demandait jamais ça, normalement, donc quelque chose avait dû être différent. Peut-être que la sensation avait été différente pour elle, ou peut être que je m'étais comporté différemment, ou peut-être que je lui avais paru silencieux et distrait après, je sais pas. J'ai répondu que j'allais bien et on n'a pas insisté là-dessus. Est-ce qu'elle a deviné par la suite que c'était cette nuit-là ? Va savoir. On n'en a jamais reparlé.

Ce qui est incroyable, je trouve, c'est qu'on arrive à éviter les emmerdements minute après minute tout au long de la vie sauf pendant, disons, cinq secondes et qu'il suffit de ces cinq secondes pour que tout se casse la gueule ou à peu près. C'est dément, quand on y pense. Je fume pas d'herbe, je chahute pas les profs, je me tiens à l'écart des bastons, j'essaie de faire mes devoirs. Mais j'ai pris un risque, pendant quelques secondes, et les conséquences ont été pires que tout le reste confondu. Une fois j'ai lu une interview d'un skateur, je me rappelle plus qui, et il disait que ce qu'il y a de plus dingue dans le sport, c'est toute la concentration que ça demande. Vous pouvez faire le meilleur skate de votre vie et, au moment où vous commencez à réaliser que c'est le meilleur skate de votre vie, vous vous ramassez. Un bon skate pendant neuf minutes et cinquante-cinq secondes, ça suffit pas, parce les cinq secondes qui restent vous laissent largement le temps de vous ridiculiser à mort. Eh ben, dans la vie, c'est pareil. Ça me paraît injuste, mais c'est comme ça. Est-ce que c'est vraiment mal, ce que j'ai fait ? Pas tant que ça, franchement. Une erreur, c'est tout. On sait qu'il y a des mecs qui refusent de mettre des capotes et on sait qu'il y a des filles qui trouvent que c'est cool d'avoir un bébé à quinze ans... Bon, ça, c'est pas des erreurs. C'est juste de la connerie. Je veux pas passer mon temps à râler contre l'injustice de la vie, mais quand même, comment admettre que leur punition soit identique à la mienne ? C'est pas équitable. J'estime que ceux qui mettent jamais de capotes devraient avoir des triplés ou des quintuplés. Mais ça marche pas comme ça, hein ?

***

Deux soirs plus tard, Alicia est venue dîner à la maison, et ça s'est bien passé. Plus que bien, en fait. Elle a été sympa avec ma mère et ma mère a été sympa avec elle, et elles m'ont charrié en me traitant d'empoté et ça m'était égal, parce que j'étais content que tout le monde soit content.

Mais quand Alicia a demandé à ma mère ce que ça faisait d'avoir un enfant à seize ans, j'ai essayé de changer de sujet.

« On va pas commencer à parler de ça, j'ai dit à Alicia.

— Pourquoi pas ?

— C'est ennuyeux, j'ai dit.

— Oh, j'ai pas eu le temps de m'ennuyer, crois-moi », a répondu ma mère, et Alicia a rigolé.

« Peut-être, mais maintenant c'est ennuyeux, j'ai dit. Parce que c'est du passé. »

C'était idiot à dire, et je l'ai regretté au moment même où c'est sorti de ma bouche.

« Très bien, a fait ma mère. Le passé, c'est de l'histoire, la page est tournée. En-nui-yeux.

— Ouais, parfaitement », j'ai dit. Je le pensais pas, évidemment, parce qu'il y a des tas de passages de l'histoire qui sont pas ennuyeux, comme la Seconde Guerre mondiale, par exemple. Mais je voulais pas m'écraser.

« Seulement voilà, a dit ma mère, ce n'est pas du passé. Tu es toujours là et je suis toujours là et il y a seize ans d'écart entre nous et ça ne changera jamais. Ce n'est pas du passé. »

Et là, je me suis dit qu'elle se doutait même pas à quel point c'était encore d'actualité.

4

C'est pas que les choses aient commencé à tourner mal entre Alicia et moi. C'est juste qu'elles ont cessé d'aller aussi bien. Je peux pas vraiment expliquer pourquoi, pas de façon exacte. Je me suis réveillé un matin et j'avais plus les mêmes sensations, c'est tout. J'étais le premier à le regretter, parce que c'étaient de bonnes sensations, et tout paraissait plat sans elles, mais elles avaient disparu et j'avais aucun moyen de les ressusciter. J'ai bien essayé de faire semblant qu'elles étaient toujours là, mais faire semblant c'est encore pire.

Où étaient-elles passées ? C'était comme si on avait eu une assiette pleine à ras bord devant nous et qu'on l'avait mangée à toute allure et qu'après il restait rien. C'est peut-être comme ça que les couples tiennent ensemble : ils sont pas gourmands. Ils savent que ce qu'ils ont devant eux doit durer longtemps, alors ils se contentent de picorer. J'espère que c'est pas le cas, quand même. J'espère que, quand les gens sont heureux ensemble, ils ont l'impression que quelqu'un rajoute régulièrement du rab dans leurs assiettes. Ce soir-là, le soir après notre séparation forcée, j'ai eu le sentiment qu'on allait rester ensemble toute notre vie et que c'était même pas encore assez long. Et puis, deux ou trois semaines après, on en avait marre l'un de l'autre. En tout cas, moi. On faisait rien d'autre que regarder la télé dans sa piaule et baiser et, après avoir baisé, on n'avait jamais grand-chose à se dire. On se rhabillait, on rallumait la télé, puis je l'embrassais pour lui dire bonne nuit et on se retapait la même routine le lendemain soir.

Maman s'en est aperçue avant moi, je crois. Je me suis remis au skate, en faisant comme si c'était une envie normale et naturelle et, d'ailleurs, en y réfléchissant, c'était probablement pas faux. Si on s'était pas éloignés l'un de l'autre, si on n'avait pas rompu, on en serait sûrement arrivés à une routine de ce genre-là, de toute façon. J'aurais fini par me remettre au skate et par rejouer à des jeux de skate sur la X-box et tout ça. J'avais toujours eu l'impression d'être en vacances quand j'étais avec Alicia, et les vacances ont une fin, alors on serait restés copain-copine mais on aurait eu une vie à côté. Seulement, la vérité, c'est que, quand les vacances se sont terminées, ça s'est terminé entre nous aussi. C'étaient des amours de vacances, ha ha.

N'importe, je suis rentré du skate un après-midi et maman m'a dit : « Tu as le temps de manger quelque chose avant d'aller chez Alicia ? » J'ai dit : « Ouais, ouais. » Et puis : « En fait, je vais pas chez Alicia ce soir. » Et maman a dit : « Ah ? Tu n'y es pas allé hier soir non plus, il me semble. » Et j'ai fait : « Ah bon ? Je me rappelle pas. » Ce qui était assez pathétique, faut reconnaître. Pour une raison ou une autre, je voulais

75

pas qu'elle sache que les choses avaient changé avec Alicia. Ça lui aurait fait plaisir, et je voulais pas ça.

« Ça marche toujours fort ? elle a dit.

— Oh ouais. Superfort. Enfin, pas *aussi* fort, je veux dire, parce qu'on avait des devoirs à faire, des trucs comme ça. Mais... ouais. Fort.

— Ça marche fort, donc. Ça faiblit pas, quoi.

— Non, ça faiblit pas. Ça...

— Quoi ?

— Faiblit pas.

— Alors tu allais dire deux fois la même chose.

— Comment ça ?

— Tu allais dire : "Ça faiblit pas. Ça faiblit pas."

— Ouais, possible. C'est idiot. »

Je sais pas comment ma mère fonctionne avec moi, des fois. Je veux dire, ça devait être complètement évident pour elle, mais elle a préféré me laisser jurer que le noir était blanc, ou que le froid était chaud. Ça aurait rien changé si je lui avais dit la vérité. Mais plus tard, quand j'ai eu besoin de son aide, je me suis rappelé toutes les fois où j'avais été une marionnette.

***

Je crois que je suis retourné chez Alicia le lendemain de cette conversation, parce que si j'avais zappé trois jours de suite, alors maman aurait vraiment su qu'il y avait du mou. Ensuite j'y suis pas allé pendant deux soirs, et puis ç'a été le week-end et, le samedi matin, elle m'a envoyé un texto pour m'inviter à déjeuner. Y avait son frère et ils voulaient faire une sorte de truc

76

familial, et Alicia a dit que je faisais partie de la famille.

J'avais jamais connu personne dans le genre des parents d'Alicia avant de commencer à sortir avec elle et, au début, j'ai trouvé qu'ils étaient vachement cool – je me rappelle que j'aurais même bien voulu avoir un père et une mère comme eux. Le père d'Alicia a dans les cinquante ans et il écoute du hip-hop. Il est pas très fan, je crois pas, mais il pense que ça peut donner quelque chose et il a rien contre le langage et la violence. Il a des cheveux gris, que la mère d'Alicia lui rase dans le cou, et il porte un piercing. Il est prof de littérature dans une fac et elle, quand elle bosse pas à la mairie, elle est prof de théâtre. Ou plutôt elle apprend aux autres comment enseigner le théâtre, quelque chose comme ça. Elle va dans des tas d'écoles différentes pour parler aux profs. Ils sont réglos, je dirais, Robert et Andrea, et ils ont été vraiment sympas au début. Le seul truc, c'est qu'ils me prennent pour un débile. Ils le disent jamais franchement et ils me traitent comme si je l'étais pas. Mais je vous jure qu'ils le croient. Je m'en fous, seulement je suis plus intelligent qu'Alicia. Je dis pas ça pour me faire mousser ; je sais que c'est vrai. Quand on allait au ciné, elle comprenait pas les films, et elle a jamais pigé pourquoi les gens riaient en regardant *Les Simpson*, et il fallait que je l'aide en maths. Ses parents l'aidaient en anglais. Ils s'imaginaient encore qu'elle irait en fac pour faire des études de je sais pas quoi et que ses histoires de mannequin étaient juste un passage par une phase rebelle. A leurs yeux, elle était un génie et, moi, j'étais un brave connard avec qui elle sortait. Ils se comportaient comme si j'étais Ryan Briggs ou un zonard du même niveau, mais ils me dénigraient pas officiellement parce que ça aurait pas été cool.

A ce déjeuner de famille, où j'avais été invité parce que je faisais partie de la famille, j'étais tranquillement assis sans moufter quand son père m'a demandé ce que j'allais faire après le bac.

« Tout le monde n'est pas universitaire, Robert », a dit tout de suite la mère d'Alicia.

Vous voyez le genre ? Elle essayait de me protéger, mais de me protéger contre quoi ? Contre la question de savoir si j'avais un avenir. Je veux dire, tout le monde fait quelque chose après le bac, non ? Même si vous restez chez vous à regarder la télé toute la journée jusqu'à la fin de votre vie, c'est un avenir. Mais ils étaient comme ça avec moi : ne pas parler d'avenir, parce que j'en avais aucun. Et on faisait tous semblant de trouver que c'était très bien de pas avoir d'avenir. En fait, c'est ça qu'elle aurait dû dire, la mère d'Alicia. « Tout le monde n'a pas d'avenir, Robert. »

« Je sais que tout le monde n'est pas universitaire. Je lui demandais juste ce qu'il voulait faire, a dit Robert.

— Il va aller en fac d'arts plastiques, a dit Alicia.

— Oh, a dit son père. Bien. Excellent.

— Tu es bon en dessin, alors, Sam ? a dit sa mère.

— Je suis pas mauvais. J'ai juste peur d'avoir à faire des dissertations à l'université.

— Tu n'es pas très fort en anglais ?

— Pas à l'écrit, non. Ni à l'oral. Pour le reste, ça va. »

C'était censé être une blague.

« C'est juste une question de confiance en soi, a dit sa mère. Tu n'as pas eu les mêmes avantages que beaucoup de gens. »

Je savais pas quoi répondre à ça. J'ai ma propre chambre, une mère qui a un boulot et qui aime lire et qui me tombe dessus quand j'ai pas fait mes devoirs... Franchement, je vois pas tellement les avantages que je pourrais avoir en plus. Même l'absence de mon père a été une bonne chose, parce qu'il est pas du tout porté sur l'éducation. Je dis pas qu'il m'aurait interdit d'essayer de faire des études, mais... En fait, c'est peut-être pas vrai. Ça a toujours fait des histoires entre lui et ma mère. Elle mourait d'envie d'aller en fac, et lui il est plombier, et il a toujours gagné correctement sa vie, et il y a toujours eu cette histoire entre eux, parce que maman considérait qu'il se sentait inférieur et que c'était pour masquer ça qu'il prétendait que les diplômes servaient à rien. Je sais pas. Du point de vue des gens comme les parents d'Alicia, vous êtes un pauvre type si vous aimez pas les livres et les études, et du point de vue des gens comme mon père, vous êtes un pauvre type si vous aimez. C'est pas la lecture qui fait la différence entre quelqu'un de bien et un salaud. C'est si vous êtes un violeur ou un accro du crack et que vous allez agresser des gens. Je sais pas pourquoi ils se mélangent tous les pinceaux comme ça.

« Je crois que Sam plaisantait, maman, a dit Alicia. Il parle très bien. »

J'ai pas trouvé que son intervention m'aidait beaucoup. Ils m'avaient entendu parler. Ils pouvaient juger par eux-mêmes. C'était pas comme si le sujet avait été mes talents de skateur, puisque, là, ils m'avaient jamais vu à l'œuvre. Mais s'ils avaient besoin de se faire préciser que j'étais capable de parler, alors là, vraiment, j'étais mal barré.

« Je sais qu'il parle bien, a répondu sa mère. Mais, parfois, si on... Si on n'a pas... »

Alicia s'est mise à rigoler.

« Vas-y, maman. Essaie de finir ta phrase d'une manière pas trop blessante pour Sam.

— Oh, il sait très bien ce que je veux dire. »

Je savais, en effet, mais ça signifie pas que ça me plaisait.

J'aimais bien Rich, son frangin. J'aurais pas cru, parce qu'il joue du violon et, en principe, tout mec jouant du violon est un petit con à lunettes. Pourtant, il a pas l'air d'un petit con. Il porte des lunettes, d'accord, mais elles sont cool et c'est un marrant. Remarquez, en y réfléchissant, si je dis ça, c'est parce qu'il m'aime bien aussi. M'aimait bien, en tout cas. Aujourd'hui, je suis plus trop sûr. Et c'est pas pareil, hein ? Je veux dire, ça avait rien de pathétique. C'était pas parce qu'il avait aucun autre ami au monde, pas du tout. Il m'aimait bien parce que j'étais OK, et sûrement aussi parce qu'il connaissait pas beaucoup de mecs étrangers au Royaume des petits cons, rapport au violon, à l'école de musique et tout.

Après, on est allés dans la chambre d'Alicia tous les trois, elle, Rich et moi, elle a mis un CD, je me suis assis sur le lit à côté d'elle et Rich s'est assis par terre.

« Bienvenue dans la famille, a dit Rich.

— Dis pas ça, a fait Alicia. Je le reverrai jamais.

— Ils sont pas si nuls », j'ai répondu, mais ils l'étaient, vraiment. Et, pour être franc, c'était pas seulement les parents d'Alicia qui me tapaient sur les nerfs. Quand je suis sorti de la maison, cet après-midi-là, je me suis demandé si j'y retournerais un jour.

Ensuite, je suis allé à la Cuvette un moment et j'ai tourné sur mon skate. Celui qui a inventé le skate est un génie, à mon avis. Londres est un obstacle pour tous les autres sports. Les espaces verts où on peut encore jouer au foot, ou au golf, ou n'importe, sont minuscules et le béton les bouffe petit à petit. Donc, c'est des sports qu'on pratique *malgré* la ville et, franchement, il vaut mieux habiter ailleurs, à la campagne ou en banlieue ou dans un endroit comme l'Australie. Mais le skate, on en fait *à cause* de la ville. Plus on a de béton, d'escaliers, de rampes, de bancs et de trottoirs, mieux c'est. Et quand le monde sera complètement bétonné, on sera les seuls athlètes restant, y aura des statues de Tony Hawk un peu partout et, aux jeux Olympiques, y aura que du skate, un million de compétitions différentes de skate, et alors les gens regarderont vraiment. Moi, je regarderai, en tout cas. Je suis allé sur la rampe pour fauteuils roulants à l'arrière de l'immeuble qui fait le coin et j'ai claqué quelques figures – rien de faramineux, juste quelques flips et heelflips. Et j'ai pensé à Alicia, à sa famille, et j'ai commencé à répéter mentalement ce que j'allais lui dire pour lui expliquer que je voulais la voir moins souvent, ou peut-être même plus du tout.

Ça me faisait drôle, vraiment. Si vous m'aviez dit, le

soir de la fête, que j'allais sortir avec Alicia, qu'on allait coucher ensemble et que j'en aurais marre... eh ben, j'aurais pas compris. Ça m'aurait paru insensé. Avant de faire l'amour pour la première fois, vous savez pas d'où ça va venir et vous imaginez pas un instant que vous allez larguer la fille qui vous a fait ce cadeau. C'est pas pensable. Une belle fille veut coucher avec vous et ça vous *ennuie*? Comment c'est possible?

Tout ce que je peux dire, c'est que, croyez-le ou non, l'amour est comme tout ce qui est bien : une fois qu'on y a goûté, on n'a plus envie d'en faire tout un plat. Ça existe, c'est génial et tout, mais c'est pas pour autant qu'on va se mettre à balancer tout le reste par la fenêtre. Si, pour coucher régulièrement, il fallait que je me tape le snobisme du père d'Alicia, que je renonce au skate et à mes potes, alors j'étais pas sûr de le désirer tant que ça. Je voulais une copine qui couche avec moi, mais je voulais une vie aussi. Je savais pas – je sais toujours pas – si beaucoup de gens arrivaient à concilier les deux. Mon père et ma mère avaient pas réussi. Alicia était ma première copine sérieuse, et ça marchait pas pour nous non plus. En fait, j'avais tellement rêvé de coucher avec une fille que j'avais laissé tomber trop de trucs en échange. J'avais dit à Alicia : d'accord, si tu couches avec moi, je renonce au skate, aux copains, aux devoirs et à ma mère (parce qu'elle me manquait, au fond, d'une certaine façon). Oh, et si ta mère et ton père veulent me traiter comme un bouffon toxico, pas de souci de ce côté-là non plus. Du moment que... tu te déshabilles. Et je commençais à me rendre compte que je payais la facture.

Quand je suis rentré, maman était assise à la table de la cuisine avec le mec de Pizza Express. Je l'ai reconnu tout de suite, mais je pigeais pas ce qu'il faisait là. Et j'ai pas pigé non plus pourquoi il a lâché la main de ma mère quand je suis entré.

« Sam, tu te souviens de Mark ?

— Ouais, ouais, j'ai dit.

— Il est passé pour... » Comme elle trouvait pas de bonne raison à me donner, elle a pas insisté. « Il est passé prendre le thé.

— Bien », j'ai dit. Mais je crois que j'ai dû dire ça sur un ton genre « Et puis ? », parce qu'elle a continué :

« Mark et moi, on a travaillé ensemble, autrefois. Et, après notre rencontre par hasard chez Pizza Express, il m'a appelée au bureau. »

Bien, j'ai pensé. Et pourquoi ça ? Je suppose que je savais pourquoi, en réalité.

« Tu étais où, Sam ? » a dit Mark, sur un ton genre copain-copain. Et moi j'ai fait le genre je-vois-le-genre. Oncle Mark.

« Je faisais du skate.

— Du patin ? Il y a une patinoire par ici ? »

Maman a capté mon regard et on a rigolé tous les deux, parce qu'elle sait que je déteste quand les gens confondent skate et patin. (« Pourquoi ne pas dire simplement que tu fais du skateboard ? Ou de la planche à roulettes ? elle me dit toujours. De quoi tu as peur ? De te faire arrêter par la Police des Branchés ? »

83

Et je réponds toujours que le mot « skateboard » me plaît pas, alors elle estime que j'ai ce que je mérite.)

« Qu'est-ce qu'il y a de drôle ? a demandé Mark, avec l'air du type tout disposé à se fendre la poire pourvu que quelqu'un lui explique la vanne.

— C'est pas du patinage. C'est du patinage sur une planche.

— Du skateboard ?

— Ouais.

— Ah. » Il a eu l'air déçu. C'était pas une vanne si drôle que ça, finalement.

« Ton fils a un skateboard ?

— Non, pas encore. Il n'a que huit ans.

— C'est pas trop jeune, j'ai dit.

— Tu pourrais peut-être lui apprendre », a dit Mark. J'ai fait un bruit, quelque chose comme « Ergh », qui était censé signifier « Ouais, OK » sans avoir l'air trop malpoli.

« Où il est aujourd'hui ? j'ai demandé.

— Tom ? Il est chez sa mère. Il ne vit pas avec moi, mais je le vois presque tous les jours.

— On envisageait de manger un morceau, a dit ma mère. Un curry à emporter, par exemple. Ça t'irait ?

— Ouais, OK.

— Pas d'Alicia, ce soir ?

— Ho ho, a fait Mark. Et qui est Alicia ? »

Il en rate pas une, ce mec, j'ai pensé. Ce « ho ho » me plaisait pas beaucoup. Il voulait déjà être mon pote alors qu'il me connaissait même pas.

« Alicia est sa chérie, a dit maman.

— C'est sérieux ? a demandé Mark.

— Pas vraiment », j'ai dit.

Et, exactement au même moment, maman a dit : « Extrêmement. » Alors on s'est regardés, et cette fois c'est Mark qui s'est marré. Pas nous.

« Tu m'avais dit que ça allait toujours fort entre vous, a dit maman.

— Ouais, j'ai dit. Ça va toujours fort. C'est juste moins sérieux qu'avant. » Et puis j'en ai eu marre de raconter des salades, alors j'ai dit : « Je crois qu'on va rompre.

— Oh, elle a fait. Je suis désolée.

— Ouais, j'ai dit. Bof. »

Qu'est-ce qu'il y avait d'autre à dire ? Je me sentais un peu con, évidemment, parce que le soir où maman avait rencontré Mark était justement le soir où elle avait essayé de m'expliquer que je m'emballais trop.

« Qui a pris cette décision ? elle a dit.

— Personne, en fait.

— Vous en avez parlé ?

— Non.

— Alors comment tu le sais ?

— C'est une impression.

— Si tu ne veux plus d'elle, tu dois le lui dire », a répondu maman.

Elle avait raison, bien sûr, mais je l'ai pas fait. J'ai juste arrêté d'aller la voir, j'ai laissé mon portable éteint et j'ai pas répondu à ses textos. Elle a sûrement fini par piger.

***

Une nuit, elle m'a envoyé un message très triste. Ça disait juste... En fait, j'ai pas envie de vous répéter ce que ça disait. Vous finiriez par avoir pitié d'elle et c'est pas ce que je veux. Quand j'ai dit, tout à l'heure, qu'on en avait eu marre l'un de l'autre... eh ben, c'était pas vrai. Moi, j'en avais marre, mais elle non, pas encore, je le voyais bien. Ou du moins, elle *pensait pas* en avoir marre. Elle avait pas paru tellement enthousiasmée de me voir, les dernières fois. N'importe, j'ai essayé d'en parler à TH.

« Tu trouves que je me conduis mal ? je lui ai dit.

— J'étais un imbécile et je voulais plus de liberté, il a dit. (Lisez : je voulais me payer du bon temps avec les filles en tournée.) »

Je savais de quoi il parlait. Il parlait de quand sa copine Sandy était venue habiter avec lui et puis était repartie. C'est dans son livre, c'est pour ça qu'il dit « Lisez » et qu'il y a une partie entre parenthèses. Est-ce qu'il voulait me dire que j'étais un imbécile ? C'était stupide, de vouloir plus de liberté ? J'arrivais pas à savoir. Peut-être qu'il me disait rien. Peut-être que j'avais lu son livre trop souvent.

5

Le plus marrant, c'est que le fait de sortir avec Alicia avait rehaussé mon statut à l'école, surtout avec les filles. Des gars m'avaient vu avec elle au ciné et ils avaient raconté à d'autres que je sortais avec une fille canon, et je crois que tout le monde m'a regardé d'un autre œil après ça. C'était comme si Alicia m'avait relooké. Je crois que c'est pour ça que je me suis retrouvé au McDo avec Nikki Niedzwicki, le soir de la veille de mes seize ans. (C'est bien comme ça que ça s'écrit. Elle me l'a marqué en toutes lettres en me donnant son numéro de portable.) C'est exactement le genre de fille qui m'aurait pas regardé deux fois avant Alicia. Elle sortait avec des mecs plus âgés, d'habitude, probablement parce qu'elle faisait cinq ans de plus que notre âge. Elle dépensait un max de thunes en fringues et elle était toujours maquillée.

Quand on est allés au McDo, elle m'a dit qu'elle voulait un bébé, et j'ai su que je coucherais jamais avec elle, pas même avec cinq capotes.

« Pourquoi ça ? j'ai dit.

— Je sais pas. Parce que j'aime les bébés ? Parce que je suis pas vraiment intéressée par les études ? Et que je pourrai toujours trouver un boulot quand le bébé sera plus grand ? »

C'était une de ces personnes qui posent tout le temps des questions. Ça me rend dingue.

« Ma mère a eu un bébé à seize ans.

— Voilà, c'est bien ce que je veux dire, elle a répondu.

— Quoi ?

— Eh bien, elle doit être un peu comme une copine pour toi, ta mère, non ? C'est ce que je veux avec mon gosse. Je veux pas avoir, genre, cinquante ans quand il en aura seize ? Tu peux pas sortir avec eux, alors, hein ? En boîte et tout ? Parce que tu gênerais ? »

Ah d'accord, j'ai failli dire. C'est ça le truc. Sortir en boîte, en boîte, en boîte. Si vous pouvez pas sortir en boîte avec votre mère, à quoi elle sert ? J'ai voulu rentrer chez moi et, pour la première fois depuis notre rupture, j'ai regretté Alicia. En tout cas, j'ai ressenti de la nostalgie. Je me suis rappelé comment ça avait été génial, le soir où on n'était pas allés au ciné parce qu'on avait trop de choses à se dire. Où étaient passés tous ces mots-là ? Ils avaient été aspirés par la télé d'Alicia. Je voulais les récupérer.

J'ai raccompagné Nikki chez elle, mais je l'ai pas embrassée. J'avais la trouille. Si elle tombait enceinte dans les deux semaines à venir, je voulais pas lui laisser un échantillon de salive qu'elle aurait pu utiliser comme preuve contre moi. On est jamais trop prudent.

« Est-ce que je me suis gouré ? j'ai demandé à TH en rentrant. Tu crois que j'aurais dû rester avec Alicia ?

— Tout ce qui, dans ma vie, ne tournait pas autour du skate était un casse-tête pour moi », il a répondu. Il parlait encore de Sandy, sa première fiancée sérieuse, mais ça aurait pu être sa façon à lui de me dire : « Qu'est-ce que j'en sais ? Je suis qu'un skateur. » Ou même : « Je suis qu'un poster. » J'ai décidé qu'il me conseillait de m'en tenir au skate pour le moment et de laisser tomber les filles. Après ma soirée avec Nikki, ça me paraissait un excellent conseil.

Sauf que j'ai pas eu l'occasion de le mettre en pratique. Le lendemain, jour de mes seize ans, ma vie a commencé à changer.

La journée a débuté avec des cartes de vœux, des cadeaux et des beignets – maman était déjà allée à la boulangerie quand je me suis réveillé. Mon père devait venir pour le thé et le gâteau dans l'après-midi et, le soir, je vous le donne en mille, maman devait m'emmener chez Pizza Express et au ciné. J'ai reçu le premier texto d'Alicia juste après le petit déj' – il disait seulement : « FO KE JE TE VOI URGENT A. »

« Qui c'était ? a dit maman.

— Oh, personne.

— Une Mlle Personne ? » Elle devait penser à Nikki, parce qu'elle savait qu'on était sortis la veille au soir.

« Pas vraiment », j'ai dit. Je savais que c'était idiot, parce que soit c'était une fille, soit c'en était pas une, à moins de parler des mecs qui se déguisent en filles, mais je m'en foutais. Une partie de moi paniquait. Et c'était moins ma tête que mes tripes – je crois que mes tripes avaient déjà pigé, alors que ma tête savait pas encore. Ou faisait semblant de pas savoir. J'avais jamais oublié cette fois où quelque chose était à moitié arrivé, avant que je mette une capote. La partie de moi qui paniquait n'avait jamais vraiment cessé de paniquer depuis ce jour-là.

Je suis allé m'enfermer dans la salle de bains et je lui ai renvoyé un message. J'ai dit : « PAS OJORDUI C MON ANNIV S. » Si j'avais une réponse à ça, ça signifiait que j'étais dans la merde. J'ai tiré la chasse et je me suis lavé les mains, pour faire croire à maman que j'étais réellement allé faire quelque chose et, avant même que j'ouvre la porte, j'ai entendu un bip sur mon téléphone. Le texto disait juste : « URGENT, NOTRE STARBUCKS 11 H. » Et là, tout a pigé en moi – tripes, tête, cœur, ongles.

J'ai répondu « OK ». Je voyais pas comment j'aurais pu faire autre chose, alors que pourtant j'aurais vraiment préféré faire autre chose.

En retournant dans la cuisine, j'avais envie de m'asseoir sur les genoux de ma mère. Je sais que ça fait nul et bébé, mais c'était plus fort que moi. Le jour de mes seize ans, j'avais pas envie d'avoir seize ans, ni quinze, ni quatorze. Je voulais en avoir trois ou quatre, être trop jeune pour faire des conneries, à part gribouiller sur les murs ou renverser son assiette.

« Je t'aime, maman », j'ai dit en m'asseyant devant la table.

Elle m'a regardé comme si j'étais devenu ouf. Je veux dire, ça lui faisait plaisir, mais elle était vachement surprise.

« Je t'aime aussi, mon chéri », elle a dit. J'ai essayé

de pas m'étouffer. Si Alicia avait à me dire ce que je pensais qu'elle avait à me dire, je risquais d'attendre longtemps avant que maman me répète ça. Même d'attendre longtemps avant qu'elle le ressente.

Pendant le trajet, j'ai essayé de négocier toutes sortes d'arrangements avec le destin. Vous savez, le genre : « Si c'est OK, je ferai plus jamais de skate. » Comme si ça avait un rapport avec le skate. J'ai même proposé de plus jamais regarder la télé, de plus jamais sortir, de plus jamais manger au McDo. La question du sexe s'est pas posée, parce que je savais déjà que je ferais plus jamais l'amour, donc c'était pas un arrangement intéressant pour Dieu. Autant Lui promettre de plus jamais aller sur la Lune ou courir à poil dans Essex Road. Le sexe, c'était fini pour moi, définitivement, aucun doute.

Alicia était assise derrière le long comptoir dans la vitrine, le dos tourné à la salle. J'ai vu sa figure en entrant, sans qu'elle me voie, elle était pâle, elle avait l'air effrayé. J'ai essayé de penser à d'autres causes possibles. Peut-être que son frangin avait des ennuis. Peut-être que son ex l'avait menacée, ou m'avait menacé, moi. Je craignais pas de me faire péter la gueule. Même si c'était un tabassage en règle, je serais rétabli dans quelques mois, probablement. Supposons qu'il me casse les deux bras et les deux jambes... je serais remis sur pied pour Noël.

Je suis pas allé lui dire bonjour tout de suite. J'ai fait la queue pour me payer à boire. Si ma vie devait changer, je voulais faire durer encore peu mon ancienne vie. Il y avait deux personnes avant moi, et j'espérais qu'elles allaient passer les commandes les plus longues et les plus compliquées que Starbucks ait jamais entendues. Par exemple un cappuccino en exigeant qu'on retire toutes les bulles à la main, une à une. Je me sentais mal, évidemment, mais je préférais encore me sentir mal sans certitude. Tant que j'étais dans la queue, je pouvais encore imaginer qu'il s'agissait seulement d'un tabassage mais, une fois que je lui aurais parlé, il en serait plus question.

La femme devant moi voulait un torchon pour essuyer du jus d'orange que son gosse avait renversé sur la table. Et je trouvais pas de commande difficile. J'ai demandé un frappuccino. Au moins la glace prenait un certain temps. Et quand j'ai eu ma boisson, il a bien fallu que j'aille m'asseoir à côté d'Alicia au comptoir.

« Salut, j'ai dit.

— Bon anniversaire », elle a dit. Et puis : « J'ai du retard. »

J'ai capté tout de suite ce qu'elle voulait dire.

« Mais non, tu étais là avant moi », j'ai fait. J'avais pas pu résister. J'essayais pas d'être drôle, et j'étais pas lourd. Je retardais juste l'échéance, je m'accrochais au vieux Sam. Je voulais pas voir arriver l'avenir, et ce qu'Alicia se préparait à dire était l'avenir.

« J'ai du retard dans mes règles », elle a rectifié, direct, et c'était fini. L'avenir était arrivé.

« Bon, j'ai fait. Je me doutais que tu allais me dire ça.

— Pourquoi ? »

Je voulais pas lui dire que je flippais depuis cette fameuse fois.

« Pour que ce soit aussi sérieux, je voyais pas d'autre explication », j'ai répondu. Apparemment, elle a gobé. « Tu es allée chez le docteur ?

— Pourquoi ça ?

— Je sais pas. C'est pas ce qu'on fait ? » J'essayais de parler d'une voix normale, mais tout sortait de travers. Je chevrotais, j'étais enroué. Je me rappelais pas la dernière fois que j'avais chialé, mais j'étais tout près de chialer maintenant.

« Non, je crois pas, elle a dit. Je crois qu'on achète un test de grossesse.

— Bon. T'en as acheté un ?

— Non. Je voulais que tu viennes avec moi.

— T'en as parlé à quelqu'un ?

— Oh, ouais. Sûr. Je l'ai dit à tout le monde. Tu me prends pour une conne ou quoi ?

— T'as combien de retard ?

— Trois semaines. »

Personnellement, ça me paraissait beaucoup, mais qu'est-ce que j'en savais ?

« Tu avais déjà eu trois semaines de retard avant ?

— Non. Loin de là. »

Et me voilà à court de questions. A court de questions réellement posables, je veux dire. Parce que j'aurais voulu en poser du genre : « Qu'est-ce qui va m'arriver ? » « Est-ce que tes parents vont me tuer ? » « Ça t'ennuie si je vais quand même en fac ? » « Je peux rentrer chez moi, maintenant ? » Ce genre-là. Mais c'étaient des questions qui me concernaient, moi, et j'étais sûr que j'étais censé poser des questions qui la concernaient, elle. Elle et le problème.

« Ça s'achète dans une pharmacie ? » Ça, c'était une bonne question. Je me foutais de savoir où ça s'achetait, mais ça me donnait quelque chose à dire.

« Ouais.

— C'est cher ?

— J'en sais rien.

— Viens, on va se renseigner. »

On a aspiré le reste de nos boissons en suçant nos pailles et on a reposé les gobelets sur le comptoir tous les deux en même temps. J'y repense encore, des fois. Je sais pas pourquoi. En partie parce que le bruit de succion avait un côté gamin, alors qu'on avait fait ça parce qu'on était pressés de découvrir si on allait être parents. Et en partie parce que le fait d'avoir reposé nos gobelets exactement au même moment pouvait passer pour un bon signe. C'était pourtant pas le cas. C'est peut-être pour ça que c'est gravé dans ma mémoire.

Il y avait une petite pharmacie juste à côté du Starbucks, alors on y est allés, mais on est ressortis en vitesse quand Alicia a repéré une amie de sa mère à l'intérieur. Elle nous a repérés aussi, la vieille, et vous pouvez être sûrs qu'elle a cru qu'on venait acheter des capotes. Ha ! Des capotes ! On avait largement dépassé ce stade, ma bonne dame ! N'empêche, on a compris qu'on pourrait jamais aller dans une pharmacie de cette taille – pas seulement par peur d'être repérés, mais parce que aucun de nous deux n'oserait demander ce qu'on voulait. Des capotes, c'était déjà difficile, mais des tests de grossesse, c'était encore une catégorie au-dessus sur l'échelle des blêmes et du trac. On en est allés au Superdrug un peu plus loin, parce qu'on pensait que ça irait vite.

Le moins cher était à 9,95 livres.

« T'as combien sur toi ? a dit Alicia.

— Moi ?

— Oui. Toi. »

J'ai fouillé dans mes poches.

« Trois livres. Et toi ?

— Un billet de cinq... et soixante pence en petite monnaie. L'un de nous va devoir aller chercher du fric.

— Si tu me l'avais dit tout de suite quand je suis arrivé, je me serais pas payé une conso. » Je savais qu'elle aurait pas pu me le dire tout de suite, vu qu'elle savait pas que j'étais là et je voulais pas qu'elle le sache.

« C'est trop tard, maintenant. Alors, qui y va ?

— Je peux pas, j'ai dit. Je me suis déjà barré en douce une fois. Je peux pas disparaître une deuxième fois. Je suis censé passer la journée avec ma mère et mon père. »

Elle a soupiré. « D'accord. Attends ici.

— Je vais pas faire le poireau une demi-heure. » Alicia habitait à dix minutes à pied. Dix minutes pour y aller, dix minutes pour revenir, dix minutes pour persuader celui ou celle qui devait raquer.

« Retourne au Starbucks, alors. Mais sans consommer. On n'a pas les moyens.

— Tu peux pas soutirer un billet de cinq ? Pour que je sois pas obligé de rester là sans boire ? »

Elle soupiré encore, elle a râlé intérieurement, mais elle a pas dit non.

Je suis retourné au Starbucks, j'ai dépensé mes trois livres, attendu vingt-cinq minutes, puis je suis rentré chez moi. Et j'ai éteint mon portable. Et je l'ai laissé éteint.

***

Mon anniversaire est l'un des seuls jours de l'année où on peut voir ma mère et mon père ensemble dans la même pièce. Ils font semblant d'être restés copains, que le passé est le passé, etc., mais ils se revoient jamais, sauf occasion spéciale impliquant ma pomme. Si j'avais été la vedette de l'équipe de foot ou, mettons, le premier violon de l'orchestre de l'école ou ce que je sais, ils auraient sûrement rappliqué pour me voir. Mais, heureusement pour eux, je fais rien, à part avoir des anniversaires. Je me suis inscrit à quelques compètes de skate, mais je leur en ai jamais parlé. Les tournois sont assez durs comme ça, j'ai pas besoin de me taper en plus leurs engueulades pour savoir qui a dit quoi à qui quinze ans plus tôt.

J'étais dans un état d'esprit idéal pour mon thé d'anniversaire, comme vous imaginez. Et toute la conversation tournait autour de leur vie quand j'étais bébé et, même s'ils évitaient de revenir sur les emmerdes que je leur avais causés, ils finissaient toujours par rappeler que, pendant que ma mère passait ses exams à l'école, ma grand-mère marchait de long en large dans les couloirs en me faisant sauter dans ses bras. (Elle a raté les maths parce qu'elle a dû s'arrêter au milieu pour m'allaiter et, même après, je me suis pas calmé.)

96

Quand ce genre d'histoires ressort, y en a toujours un des deux qui dit : « Bah, heureusement qu'on peut en rire aujourd'hui... » Ce qui sous-entend, si vous y réfléchissez, qu'y avait pas de quoi en rire à l'époque. Cet anniversaire-là a été le premier où j'ai réalisé à quel point ç'avait pas dû être drôle. Et quand ils parlaient pas de comment c'était dur quand j'étais petit, ils parlaient de moi quand j'avais grandi, et c'était pas croyable comme le temps avait passé vite, et bla bla bla. Et ça m'aidait pas non plus. Je me sentais pas adulte – j'avais encore envie de grimper sur les genoux de ma mère – et je trouvais pas que le temps avait passé vite. Ils parlaient de ma vie entière qui, pour moi, semblait durer depuis toujours. Et si Alicia était enceinte, ça signifiait... je voulais pas y penser. Je voulais pas penser au lendemain, ou au surlendemain, encore moins aux seize années à venir.

J'ai pas touché au gâteau, bien sûr. Je leur ai dit que j'avais mal au ventre, et maman s'est rappelé que j'avais foncé aux toilettes après le petit déj', pour envoyer un texto à Alicia. Je suis resté assis à picorer dans mon assiette en les écoutant raconter leurs histoires et en tripotant mon portable dans ma poche. Mais j'étais pas tenté de le rallumer. Je voulais faire durer mon ancienne vie un jour de plus.

J'ai soufflé les bougies.

« Un discours ! a dit mon père.

— Non.

— C'est moi qui en fais un, alors ?

— Non.

— Il y a seize ans aujourd'hui, a dit mon père, ta

mère était à l'hôpital Whittington et faisait un potin d'enfer.

— Merci, a dit ma mère.

— Je suis arrivé en retard, parce que j'étais sur un boulot avec Frank, Dieu ait son âme, et j'avais pas de portable à l'époque, et il a fallu des siècles pour que quelqu'un retrouve ma trace.

— Frank est mort ? a dit ma mère.

— Non, mais je le vois plus. Bref, j'ai pris un bus qui remontait Holloway Road et vous savez comment ça roule. On n'avançait pas. Alors je suis descendu pour continuer à pinces et, quand je suis arrivé, j'étais couvert de sueur. J'avais dix-sept ans et je soufflais comme un petit vieux. Je fumais encore des roulées. Enfin bon. Je me suis assis sur un des parterres de fleurs devant l'hosto pour reprendre ma respiration et...

— J'adore cette histoire, a dit ma mère. On l'entend chaque année. Et, chaque année, Sam et sa mère passent à l'as. Il y a eu un seul héros ce jour-là. Une seule personne qui a souffert pour son premier-né. L'homme qui a remonté tout Holloway Road en courant.

— Aux dernières nouvelles, les femmes ont pris le pouvoir dans le monde, a dit mon père. Les hommes ont encore le droit de parler. Peut-être que, pour ton prochain anniversaire, fils, on sera tous en taule et bâillonnés. Profitons de notre liberté tant qu'elle dure. »

En regardant mon père et ma mère aujourd'hui, on n'arrive pas à croire qu'ils ont vécu dans le même quartier et dans le même siècle, encore moins qu'ils ont été mariés... Encore moins que... Bon, mieux vaut pas gamberger là-dessus. Elle a suivi sa voie, il a suivi la sienne et... En fait, c'est faux. Ma mère est restée ici et mon père est allé à Barnet. Et pourtant ma mère a fait du chemin et mon père a fait du surplace.

Ils ont une seule chose en commun, et cette chose vous parle en ce moment. Ils s'adresseraient pas la parole si j'étais pas là, et je peux pas dire que ça me rende fier, vraiment. Il y a des gens qui feraient mieux de pas s'adresser la parole.

Vous devinez à quoi j'ai pensé pendant tout l'après-midi. J'avais l'impression que c'était plus mon anniversaire. Que c'était celui d'un autre, un autre qui était pas encore né. On était trois cet après-midi-là. Combien on serait pour mes dix-sept ans ?

On est pas sortis le soir finalement. J'ai dit à maman que j'étais encore barbouillé. On a regardé un DVD, elle a mangé des œufs brouillés sur du pain grillé et puis je suis monté dans ma piaule pour parler à Tony.

« Alicia est peut-être enceinte », je lui ai dit. Et puis : « J'ai la trouille.

— Elle m'a appelé pour me dire qu'elle avait fait le test et que j'allais être papa, a répondu Tony.

— Quel effet ça t'a fait ? » je lui ai demandé. Je connaissais la réponse, mais je voulais que la conversation continue.

« J'avoue que c'était plutôt inattendu, mais j'étais heureux quand même.

— Tu avais vingt-quatre ans quand tu as eu Riley.

99

Et tu gagnais ta vie. Tu pouvais te permettre d'être heureux. »

Maintenant on en vient à la situation dont j'ai déjà parlé, la situation où je sais pas si ce qui est arrivé est vraiment arrivé.

« C'est bizarre, une figure, a dit TH. Je suis extrêmement fier de certaines de celles que j'ai inventées, mais il y en a d'autres qui me font rire rétrospectivement et je me demande ce que j'avais en tête à l'époque. »

Je l'ai regardé. Je savais de quoi il parlait : de figures de skate. Il dit ça à la fin de son livre, avant de passer en revue toutes les figures. Mais pourquoi me sortir ça ? Je lui posais pas de questions sur le skate.

« Ouais, d'accord, merci beaucoup, mec », j'ai dit. Il me gonflait. On pouvait pas parler de choses sérieuses avec lui, bien qu'il soit papa lui-même. J'essayais de lui expliquer que le monde allait s'écrouler et, lui, il me parlait de kick-flips, de McTwists et de retournements frontaux piqués. J'ai décidé de décrocher le poster, qu'Alicia soit enceinte ou non. Il était temps de passer à la suite. S'il était si génial, pourquoi il pouvait pas m'aider ? Je l'avais traité comme un dieu, mais c'était pas un dieu. Il était rien. Rien qu'un skateur.

« Pourquoi les gars du parc ont cessé de me tabasser, je ne le saurai jamais, a dit TH. Je suis un vrai imbécile parfois.

— Tu l'as dit », j'ai répondu.

Et alors TH m'a joué un drôle de tour, donc c'est probablement un dieu après tout.

6

Je sais que ça paraît idiot mais, normalement, quand quelque chose vous est arrivé, vous le savez, non ? Eh ben, moi pas. Plus maintenant. L'essentiel de l'histoire que je vous raconte m'est arrivé, c'est sûr, mais il y a deux ou trois petits passages, des passages bizarres, sur lesquels je suis pas absolument affirmatif. Je suis certain de pas les avoir rêvés, mais je le jurerais pas sur le livre de Tony Hawk, qui est ma bible. On en vient justement à un de ces passages maintenant, alors autant vous avertir carrément. Ce sera à vous de juger. Supposons que vous ayez été enlevés par des extraterrestres pendant la nuit, et redéposés dans votre lit avant le petit déj'. Si ça vous arrivait, vous vous demanderiez le matin en mangeant vos céréales : est-ce que ça s'est vraiment passé ? Et vous chercheriez des preuves. J'en suis là. J'ai pas trouvé de preuves, et je cherche encore.

Voici ce qui, d'après moi, est arrivé. Je me rappelle pas être allé au lit ou m'être endormi ; tout ce que je me rappelle, c'est mon réveil. Je me suis réveillé au milieu de la nuit. J'étais pas dans mon propre lit, et il y avait quelqu'un couché avec moi, et un bébé pleurait.

« Oh, merde. » La personne au lit avec moi était Alicia.

« C'est ton tour », elle a dit.

J'ai pas moufté. Je savais pas où j'étais, ni même quand c'était, et je savais pas ce que « ton tour » voulait dire.

« Sam, elle a fait. Réveille-toi. Il est réveillé. C'est ton tour.

— D'accord, j'ai dit. Mon tour pour quoi ?

— Il peut pas avoir déjà faim. Donc soit il a un rot qui passe pas, soit il a une couche sale. Il a pas été changé depuis qu'on est allés se coucher. »

Donc ce bébé devait être le mien, et c'était un garçon. J'avais un fils. Voilà où ça m'avait mené de pas allumer mon portable. J'étais sous le choc, sidéré, et je suis resté sans voix un petit moment.

« Impossible, j'ai dit.

— Comment ça, impossible ?

— Je sais pas le faire. »

Je me rendais compte que, vu de son côté, ça avait l'air chelou. J'avais pas beaucoup de temps pour réca-pituler la situation mais, apparemment, Alicia était allée se coucher avec un Sam différent, on est d'ac-cord ? Elle avait dû aller se coucher avec un type qui, au moins, savait qu'il était père. Et, s'il savait qu'il était père, alors il avait probablement déjà débloqué un rototo et changé une couche. L'ennui, c'était que j'étais pas ce Sam-là. J'étais l'ancien Sam. J'étais le Sam qui avait éteint son portable pour éviter de savoir si son ex-copine était enceinte ou non.

« Tu es réveillé ?

— Pas tout à fait. »

Elle m'a balancé un coup de coude. En plein dans les côtes.

« Aïe.

— Tu es réveillé maintenant ?

— Pas tout à fait. »

Je savais que j'allais prendre un nouveau coup de coude, mais l'autre option était de me lever et risquer de malmener ce bébé.

« Aïe. Aïe. Ça fait mal.

— Tu es réveillé maintenant ?

— Pas tout à fait. »

Elle a allumé la lampe de chevet et m'a zieuté. Elle était moche à voir, franchement. Elle avait pris du poids, elle avait la figure beaucoup plus potelée, les yeux gonflés de sommeil et les cheveux gras. Je voyais qu'on était dans sa chambre, mais il y avait du changement. On dormait dans un lit à deux places, par exemple, alors que le sien était à une place. Et elle avait enlevé son poster de Donnie Darko pour mettre des trucs de gosse à la place. Je voyais un affreux alphabet animal rose et bleu.

« Qu'est-ce que t'as ? elle a dit.

— Je sais pas. C'est comme si je continuais à dormir même quand tu me tapes. En ce moment, je dors. Je parle en dormant. »

Je mentais, en fait.

Le bébé pleurait toujours.

« Va chercher ce foutu bébé. »

J'étais complètement paumé, visiblement, mais je commençais à y voir un peu plus clair. Je comprenais,

103

par exemple, que je pouvais pas demander quel âge il avait, ni comment il s'appelait. Ça l'aurait rendue soupçonneuse. Et ça servait à rien d'essayer de lui expliquer que j'étais pas le Sam qu'elle croyait et que quelqu'un, peut-être Tony Hawk le skateur, m'avait collé dans une espèce de machine à voyager dans le temps, pour des raisons qui étaient les siennes.

Je me suis levé. Je portais un T-shirt d'Alicia et le caleçon que j'avais mis ce matin, ou je sais plus quel matin. Le bébé dormait dans un petit berceau au pied du lit. Il avait la figure toute rouge d'avoir pleuré.

« Sens son derrière, a dit Alicia.

— Quoi ?

— Sens son derrière. Pour voir s'il faut le changer. »

Je me suis penché pour approcher ma figure. Je respirais par la bouche pour m'empêcher de sentir quoi que ce soit.

« Il est sec, je pense.

— Alors berce-le un peu dans tes bras. »

J'avais vu des gens faire ça avec des bébés. Ça semblait pas trop difficile. Je l'ai soulevé par les aisselles et sa tête est partie en arrière, comme s'il avait pas eu de cou. Il chialait encore plus fort maintenant.

« Qu'est-ce que tu fais ? a dit Alicia.

— Je sais pas », j'ai répondu. Et je savais vraiment pas. Aucune idée.

« T'es devenu fou ?

— Un peu.

— Tiens-le comme il faut. »

Je savais pas ce que ça signifiait, de toute évidence,

mais j'avais une hypothèse. J'ai mis une main derrière sa tête, l'autre derrière son dos, je l'ai serré contre ma poitrine et je l'ai bercé de haut en bas. Au bout d'un moment, il a arrêté de pleurer.

« Pas trop tôt, a dit Alicia.

— Et maintenant qu'est-ce que je fais ?

— Sam !

— Quoi ?

— T'as un Alzheimer ?

— Fais comme si.

— Il dort ? »

J'ai regardé sa tête. Comment savoir ?

« Je sais pas.

— Regarde. »

J'ai déplacé délicatement la main qui tenait sa tête, et sa tête s'est renversée sur le côté. Il s'est remis à pleurer.

« Oui, je crois qu'il dormait. Plus maintenant. »

Je l'ai de nouveau serré contre ma poitrine pour le bercer, et il s'est calmé. J'ai pas osé m'arrêter, cette fois, alors j'ai continué à le bercer, Alicia s'est rendormie et je me suis retrouvé seul dans le noir avec mon fils sur les bras. Ça me déplaisait pas. Fallait que je réfléchisse à des tas de choses. Par exemple : est-ce que j'habitais ici maintenant ? Quel genre de papa j'étais ? Est-ce que je m'entendais bien avec Alicia ? Est-ce que papa et maman m'avaient pardonné ? Qu'est-ce que je faisais de mes journées ? Est-ce que j'allais revenir un jour à ma propre époque ? J'étais incapable de répondre à ces questions, bien sûr. Mais, si réellement j'avais été projeté dans le futur, alors je serais fixé le lendemain. Au bout d'un petit moment, j'ai reposé le bébé dans son berceau et je suis retourné me coucher. Alicia a mis un bras sur moi et j'ai fini par me rendormir.

***

En me réveillant peu à peu, j'étais convaincu d'avoir fait un rêve vraiment bizarre. J'ai étiré mes jambes sous les draps, juste pour voir si je touchais Alicia et, comme y avait rien, j'ai ouvert les yeux. La première chose que j'ai vue, c'est l'alphabet animal sur le mur. Alors j'ai regardé le bout du lit et j'ai vu le berceau vide. J'étais toujours dans la chambre d'Alicia.

Je me suis levé et j'ai enfilé le fute que j'ai vu étalé sur le fauteuil d'Alicia. C'était le mien, je l'ai reconnu, mais la chemise qui était en dessous était neuve. Ça devait être un cadeau de Noël, parce que je me voyais pas acheter ça. Je mets jamais de vraies chemises avec des boutons, parce que les boutons m'énervent.

Je suis allé dans la cuisine, juste pour voir s'il y avait quelqu'un, et ils étaient tous là – Alicia, sa mère, son père, Rich. Le bébé était là aussi, bien sûr. Il était vautré sur les genoux d'Alicia, avec une petite cuiller en plastoc dans le poing, et il regardait les lumières au plafond.

« Eh, bonjour, Belle au Bois dormant, a dit la mère d'Alicia.

— Bonjour », j'ai dit. J'ai failli dire « Bonjour, Mme Burns », mais je savais pas si je l'appelais encore

106

comme ça et je voulais pas commencer la journée avec cette histoire d'Alzheimer.

« Tu étais tellement bizarre cette nuit que je t'ai laissé dormir, a dit Alicia. Tu te sens mieux ?

— Je sais pas. Quelle heure il est ?

— Presque *huit* heures », elle a dit, comme si c'était presque déjà midi. « Roof a bien tenu. »

Je voyais absolument pas ce qu'elle entendait par là[1].

« Ah ouais ? » j'ai fait. Ça semblait assez neutre comme réponse.

« Ouais. Jusqu'à sept heures et quart. Tu es un bon garçon, Roof, hein ? Oh oui. » Et elle a soulevé le bébé et lui a fait une bise sur le ventre.

Ce bébé – mon bébé, le bébé d'Alicia, *notre* bébé – s'appelait Roof. Qui avait eu cette idée ? Qu'est-ce que ça voulait dire ? Peut-être que j'avais mal entendu. Peut-être que c'était un garçon nommé Ruth. Tant qu'à faire, je crois que j'aurais encore préféré Ruth à Roof. Au moins Ruth était un nom.

« Quel est le programme du jour ? a dit le père d'Alicia.

— Je vais à la fac cet après-midi et Sam gardera Ruth », a dit Alicia. En vérité, elle a dit Roof, mais je voulais m'en tenir à Ruth pour le moment. Le fait d'avoir un prénom de fille lui poserait pas de problèmes avant d'aller à l'école, et ensuite il se ferait casser la gueule.

« Tu vas à la fac ce matin, Sam ?

1. *Roof* : toit.

— Je crois. » J'en savais rien, évidemment, vu que je savais même pas que j'étais inscrit en fac, ni où se trouvait la fac en question, ni quelles études je faisais.

« Ta mère vient t'aider cet après-midi, n'est-ce pas ?

— Ah bon ?

— Oui. Tu m'as dit qu'elle avait pris son après-midi.

— Ah. Exact. Elle vient ici ou c'est moi qui vais là-bas ?

— Je ne connais pas vos arrangements. Tu n'as qu'à l'appeler.

— Ouais. C'est ce que je vais faire. »

La mère d'Alicia m'a tendu une tasse de thé.

« Dépêche-toi de déjeuner si tu ne veux pas être en retard à l'université », elle a dit.

Il y avait des bols, du lait et des céréales sur la table, alors je me suis servi et personne n'a rien dit. Au moins j'avais fait quelque chose de normal. J'avais l'impression de jouer à un jeu dont tout le monde connaissait les règles sauf moi. Je pouvais dire n'importe quoi à n'importe quel moment, faire une faute et être éliminé. J'ai gambergé. Les cours commençaient probablement à neuf heures, et il me fallait probablement une demi-heure pour y aller. A Londres, il faut généralement une demi-heure pour aller où que ce soit. J'ai décidé de sortir de la maison à huit heures et demie. En attendant, j'essaierais de me tenir à l'écart.

Je suis donc allé aux toilettes, alors que j'en avais pas besoin, je me suis enfermé et j'y suis resté plus longtemps que la normale.

« Tu vas bien ? elle a dit quand je suis enfin sorti.

« — Un peu mal au ventre.

— Tu es en forme pour aller en cours ?

— Ouais, ouais.

— Tu peux pas sortir comme ça. Va mettre ton manteau. »

Mon parka était accroché avec tous les autres manteaux dans le hall. J'ai fait ce qu'on me disait, je l'ai mis. Puis je suis retourné dans la cuisine, en espérant que quelqu'un me dirait quelque chose du genre : « Dépêche-toi, Sam, tu dois prendre le bus numéro 4 pour aller à l'université Machin et te rendre en salle 19 pour le cours d'arts plastiques. » Mais personne n'a rien dit de ce genre, alors j'ai dit au revoir à tout le monde et je suis sorti.

Comme je savais ni quoi faire ni où aller, j'ai mis le cap sur la maison. Y avait personne, et j'avais pas les clés, donc c'était une perte de temps, mais perdre mon temps était un peu le but, alors ça me gênait pas. J'ai traîné la savate dans le coin. Rien n'avait changé. Pas de scooter volant en vue, rien dans ce goût-là. C'était juste le futur, vous comprenez, pas Le Futur.

Tout en glandouillant, je me suis beaucoup remué les méninges. C'était presque toujours la même idée qui revenait, encore et encore : j'ai un bébé, j'ai un bébé, j'ai un bébé. Ou : je vais avoir un bébé, je vais avoir un bébé, je vais avoir un bébé. (Voyez, je savais pas si j'en avais déjà un ou si j'allais en avoir – si le présent était maintenant, si mon ancienne vie était finie ou si TH allait me reprojeter en arrière à un moment ou à un autre.) Et je me demandais comment j'en étais arrivé à habiter dans la maison d'Alicia et à partager

109

son lit, et si je pouvais me procurer les résultats d'une course de chevaux ou du prochain « Loft Story » ou autre chose pour pouvoir parier dessus si jamais j'étais renvoyé dans mon époque réelle.

Et puis, je me suis demandé pourquoi TH m'avait fait ce coup, à supposer que ce soit lui. Voilà comment je voyais les choses : s'il l'avait fait un peu plus tôt, avant que je couche avec Alicia, ça aurait eu un sens. Ça aurait pu être un avertissement. Si j'avais été projeté par magie dans le futur à ce moment-là, j'aurais pensé, genre, Aaaargh ! je veux pas de bébé maintenant ! On n'a pas intérêt à coucher ! Mais c'était trop tard pour un avertissement. Dans mon époque réelle, il y avait probablement un texto sur mon portable disant que mon ex-copine était enceinte, alors qu'est-ce que ça m'apprenait de plus ? C'était comme si TH me disait : Yo, couillon ! T'aurais pas dû baiser ! Mais ça me paraissait salaud de sa part, et ça lui ressemblait pas. C'était pas un salaud.

J'allais rentrer quand j'ai vu Rabbit assis sur le perron de son immeuble. Il avait son skate aux pieds, il fumait et apparemment c'était pas une clope.

« Yo, Sammy ! Où t'étais ? »

Sur le moment je voulais pas lui parler, parce que je me disais que je pourrais parler à personne sans avoir l'air d'un con. Et puis j'ai réalisé que Rabbit était la personne idéale à qui parler, justement. Impossible d'avoir l'air con en parlant à Rabbit, sauf s'il y avait un témoin. Parce que Rabbit, lui, il remarquerait pas. Je pouvais lui dire n'importe quoi et : a) il comprendrait pas, b) il oublierait de toute façon.

Par exemple :

« Sam, il a dit en me voyant venir vers lui. Je voulais te demander. Elle a quel âge, ta mère ?

— On en a déjà parlé, Rabbit.

— Ah ouais ?

— Ouais. »

Il a haussé les épaules. Il s'en souvenait toujours pas, mais il était prêt à me croire sur parole.

« C'était quand, la dernière fois qu'on s'est vus ? je lui ai dit.

— Je sais pas. Ça fait un bail, je dirais.

— J'ai un enfant ?

— Oh, Sammy, Sammy. C'est le genre de trucs que tu devrais te rappeler. Même moi j'oublierais pas ça. »

J'en étais pas si sûr, mais j'ai pas fait de commentaire.

« C'est pas que j'aie oublié, j'ai dit. Mais je me rappelais plus si je te l'avais dit ou non.

— T'as pas eu besoin de me le dire. Je t'ai vu des tas de fois avec lui. Tu l'amènes voir ta mère, non ? Le petit... comment il s'appelle déjà ?

— Ruth.

— Naan. Ruth ? Arrête.

— Roof ?

— C'est ça. Roof. Drôle de blase. Ça vient d'où ?

— Je sais pas. Une idée d'Alicia.

— Je me demandais si ça venait de, tu sais, de là où... C'est comment, le mot ?

— Je sais pas.

— Tu connais Brooklyn Beckham ?

— Ouais.

— Ils disent que c'est là qu'il, tu sais...

— J'ai du mal à te suivre, Rabbit.

— David Beckham et Posh Spice ont niqué à Brooklyn. Et neuf mois plus tard, ils avaient un mioche. C'est comment, le mot ? Brooklyn a été... nanana... à Brooklyn.

— Conçu.

— Tout juste. Je me demandais si le tien avait été conçu sur le toit.

— Ah. Non.

— Une idée comme ça.

— Donc tu m'as vu souvent par ici ?

— Ouais.

— Mais j'habite plus ici.

— Non. Tu t'es installé chez ta copine quand elle a eu le bébé, à ce que j'ai entendu dire.

— Entendu dire par qui ?

— Toi. C'est toi qui me l'as dit, je crois. A quoi tu joues ? Tu connais pas ta propre vie ?

— Je vais être franc avec toi, Rabbit. Ce qui se passe, c'est que j'ai été projeté un an en avant dans le temps.

— Ouah.

— Ouais. Aujourd'hui même. Donc, dans ma tête, je suis encore l'an dernier. Et je sais pas ce qui m'est arrivé. Je savais même pas que j'avais un môme, alors j'ai un peu les jetons. J'ai besoin d'aide. Toutes les infos que tu pourras me donner.

— D'accord. Vu. Des infos.

— Ouais. Tout ce qui pourrait m'être utile d'après toi.

— Qui a gagné « La Ferme des célébrités » avant que t'as été projeté ?

— C'est pas exactement ce que je cherche, pour tout te dire, Rabbit. J'essaie de découvrir ce qui m'est arrivé à moi. Pas au reste du monde, tu vois.

— J'en sais pas plus. T'as eu un môme et t'es allé habiter chez ta copine. Et puis t'as disparu. » Et il a fait un bruit de disparition, genre Pffft.

Là, j'ai eu froid dans le dos, comme si j'avais vraiment cessé d'exister.

« Je suis content que t'as pas disparu, du coup, a dit Rabbit. Parce que tu serais pas la première personne que je connais qui a été dématérialisée. Y avait un nommé Matthew, j'étais en train de le regarder et il a...

— Merci, Rabbit. A plus. » J'étais pas d'humeur.

« Ouais. Sûr. »

En retournant chez Alicia, j'ai trouvé deux pièces de deux livres dans ma poche, alors je me suis arrêté au McDo pour bouffer quelque chose. Je me rappelais pas combien coûtait un cheeseburger frites la dernière fois que j'y étais allé, mais ça avait pas tellement augmenté. Je veux dire, c'était pas mille livres, quoi. J'ai même pu me payer un Coca et il me restait encore de la monnaie. Je me suis assis tout seul à une table et j'ai commencé à déballer mon burger, mais avant que j'aie pu mordre dedans, y a une fille qui s'est mise à me faire des signes.

« Oï ! Sam ! Sam ! »

Je lui ai fait signe aussi. Je l'avais jamais vue de ma vie. C'était une Noire, environ dix-sept ans, et elle avait un bébé avec elle. Elle l'avait sorti de sa poussette pour le poser sur son genou pendant qu'elle mangeait.

« Viens t'asseoir ici », elle a dit. Je voulais pas, mais qu'est-ce que je pouvais faire ? C'était peut-être ma meilleure amie.

J'ai reposé mon burger et mon Coca sur le plateau et j'ai traversé le resto pour la rejoindre.

« Comment ça va ? j'ai dit.

— Oh, pas trop mal. Sauf que celui-là est resté éveillé la moitié de la nuit.

— Ils sont terribles, hein ? » Ça mangeait pas de pain, comme formule. Les parents disent toujours des trucs comme ça.

« Comment va Roof ? » elle a dit. Donc, c'était bien Roof. Tout le monde l'appelait comme ça.

« Oh, très bien, merci.

— Des nouvelles des copains ?

— Non », j'ai dit. Puis : « Qui, par exemple ? » J'espérais pouvoir reconnaître un nom, et comprendre dans la foulée qui était cette fille et comment je la connaissais.

« Par exemple Holly ? Ou Nicola ?

— Non. » Je connaissais un tas de filles, tout d'un coup. « Y a longtemps que je les ai pas vues. »

Soudain elle a soulevé son bébé et lui a reniflé le derrière. Apparemment, on passait la moitié de son temps à faire ça quand on avait un bébé. « Pouah ! On y va, jeune dame. »

Elle a sorti un sac de la base de la poussette et s'est levée.

« Je peux t'accompagner ? j'ai dit.

— Pour changer sa couche ? Pourquoi ?

— Je veux regarder comment tu fais.

— Pourquoi ? Tu es très doué. »

Qu'est-ce qu'elle en savait ? Pourquoi j'aurais changé la couche de Roof devant elle ?

« Ouais, mais... je suis pas sûr d'avoir la bonne méthode. Je veux essayer autre chose.

— Y a pas trente-six façons de faire », elle a dit.

J'ai pas répondu et je l'ai suivie au sous-sol.

« Tu vas être obligé de venir dans les toilettes pour dames, tu sais ?

— Pas de souci. »

C'était pas vrai du tout, tu parles, mais la technique pour changer une couche était un souci plus important encore. D'après ce que j'avais vu pendant la nuit et ce matin, j'aurais pu deviner l'essentiel tout seul. En gros, ça consistait à prendre le marmot dans ses bras et à l'emmener quelque part. Ça, je pouvais le faire. Mais pour la suite, je savais même pas comment déshabiller un bébé, j'avais peur de lui casser les bras et les jambes.

Y avait personne dans les toilettes pour dames, Dieu merci. Elle a ouvert l'espèce de table pliante fixée au mur et a posé le bébé dessus.

« Voilà comment je fais », elle a dit.

Elle a retroussé l'espèce de jogging tout en un que portent les bébés (après le retroussage, j'ai vu qu'il y avait un tas de boutons-pression le long des jambes et autour du derrière), puis elle a soulevé ses jambes et a retiré les scratches sur le côté de la couche. Ensuite, d'une main elle lui a tenu les pattes en l'air et de l'autre elle lui a torché le cul avec une sorte de mouchoir en papier humide. La partie crotte proprement dite était pas trop craignos. Y en avait pas tellement et ça sentait plus le lait que la merde de chien. C'était à cause de ça que j'avais pas voulu le faire pendant la nuit. Je croyais que ça sentirait la merde de chien, ou la merde humaine en tout cas, et que ça me ferait vomir. Ma nouvelle amie a plié la couche sale et l'a jetée dans un petit sac bleu avec les mouchoirs mouillés sales, et puis elle mis une couche neuve en dix secondes chrono.

« Qu'est-ce que tu en penses ? elle a dit.

— Dément, j'ai dit.

— Hein ?

— Tu es géniale », j'ai dit, et je le pensais.

C'était la chose la plus incroyable que j'aie jamais vue. La plus incroyable que j'aie jamais vue dans des toilettes pour dames, en tout cas.

« Tu sais le faire, quand même, elle a dit.

— Ah ouais ? » J'arrivais pas à le croire. Si j'avais été capable d'apprendre à faire ça en quelques semaines, alors j'étais plus intelligent que je pensais.

***

Il y avait aussi un trousseau de clés dans la poche de mon parka, donc j'ai pu rentrer dans la baraque d'Alicia, après avoir perdu vingt minutes à mettre les mauvaises clés dans les mauvais trous. Ma mère était déjà là, assise dans la cuisine avec Roof sur les genoux. Elle avait vieilli, ma mère, mais de plus d'un an, si vous voyez ce que je veux dire, et j'ai espéré que les rides qui étaient soudain apparues sur son front n'avaient pas de rapport avec moi. N'empêche que j'étais vachement content de la voir. J'ai failli courir vers elle mais, comme j'avais dû la voir pas plus tard que la veille, elle aurait trouvé ça un peu bizarre.

« Voilà papa », elle a dit. Bien sûr, j'ai regardé autour de moi pour voir de qui elle parlait, puis j'ai rigolé comme si j'avais voulu blaguer.

« Alicia m'a ouvert, mais elle est partie se promener, a dit ma mère. Je voulais qu'elle prenne l'air. Je l'ai trouvée un peu fatiguée. Et il n'y a personne d'autre ici.

— Rien que nous trois, alors, j'ai dit. Sympa. » Ça me paraissait la chose à dire. Moi, ma mère et un bébé – ça devait être sympa, non ? Mais c'était encore un peu l'angoisse, parce que je savais pas vraiment de quoi je parlais. Peut-être que je détestais maman, ou qu'elle me détestait, ou que Roof et maman se détestaient... Comment je pouvais savoir ? Mais elle a juste souri.

« Ça se passe bien, à la fac ?

— Ouais, très bien.

— Alicia m'a parlé de tes petits ennuis. »

La projection dans le futur, c'était comme un jeu vidéo. Fallait réfléchir au pied levé, très vite. Vous roulez à toute allure sur une route en ligne droite et, tout d'un coup, quelqu'un vous fonce dessus et vous devez braquer. Pourquoi j'aurais eu des ennuis ? J'ai décidé que j'en avais pas.

« Oh, j'ai dit. Ça. C'était rien. »

Elle m'a regardé.

« Sûr ?

— Ouais. Sincèrement. »

Et j'étais sincère, y a pas à dire

« Et à part ça ? elle a demandé.

— Ça va pas mal. Et toi ? » Je voulais éviter de parler de mézigue, parce que j'étais pas très calé sur le sujet.

« Oh, ça va, elle a dit. Je suis très fatiguée.

— Ah. Eh ouais.

— Quelle équipe on fait, hein ? » Et elle a ri. Ou elle a fait un bruit censé passer pour un rire, en tout cas. En quoi on faisait équipe ? Qu'est-ce qu'elle voulait dire ? J'avais déjà entendu un million de fois des gens comme ma mère dire « Quelle équipe ! » et je m'étais jamais interrogé sur le sens de l'expression. Je savais plus dans quelles circonstances ça se disait. Et d'un seul coup ça m'est revenu. L'an dernier, ou l'année d'avant, ça dépendait de quelle année on était maintenant, on avait tous les deux été infectés par de la bouffe pas fraîche. J'avais la gerbe, elle avait la gerbe, une fois moi, une fois elle et ainsi de suite, on se relayait dans les toilettes pour dégueuler. « Quelle équipe on fait ! » elle avait dit. Et une autre fois... Je rentrais de Grind City avec Rabbit, on s'était pris des gadins tous les deux, Rabbit avait le pif en sang et moi la joue écorchée. « Quelle équipe vous faites ! » elle avait dit en nous voyant. Donc en général ça se disait quand quelque chose avait foiré, quand deux personnes étaient malades ou blessées à la suite d'une connerie.

« On l'emmène faire une promenade ? a dit ma mère.

118

— Ouais, ça serait bien, j'ai répondu.

— Alors je vais d'abord aller au petit coin. Pour la centième fois aujourd'hui. »

Elle a pris Roof et me l'a passé par-dessus la table. Elle était assise devant la fenêtre, derrière la table de la cuisine, de sorte que je l'avais pas bien vue. Mais, quand elle a repoussé la table et s'est levée, j'ai remarqué qu'elle avait un ballon de foot sous son pull. Je me suis marré.

« Maman ! j'ai fait. Qu'est-ce que tu... » Je me suis arrêté net. C'était pas un ballon de foot. Ma mère n'avait pas coincé un ballon de foot sous son pull. Ma mère était enceinte.

J'ai fait un bruit genre « hic ! »

« Je sais, elle a dit. Je suis énorme aujourd'hui. »

***

Je sais pas comment j'ai réussi à finir la journée. Je devais avoir l'air de marcher à côté de mes pompes, mais le ballon de foot sous le pull de ma mère avait été la goutte d'eau qui fait déborder le vase. J'en avais ras le bol, du futur. Je veux dire, c'est jouable quand ça arrive progressivement, jour après jour. Mais rater des pans entiers de l'histoire comme ça... Très peu pour moi. Ça me prenait la tête.

On a mis Roof dans un de ces sacs à dos qui se portent sur le devant, pas sur le dos. C'est moi qui l'ai porté parce que maman pouvait pas, et aussi, je suppose, parce que c'était mon môme, pas le sien, et ça m'a fait transpirer de la poitrine, mais il a dormi. On est allés dans le parc, on a marché autour de l'étang, j'ai essayé de pas parler, donc on l'a bouclé la plupart du temps, mais des fois ma mère me posait une question. Genre : « Tu t'entends bien avec Alicia ? » Ou : « C'est pas trop difficile de vivre avec d'autres gens ? » Ou : « Tu as réfléchi à ce que tu vas faire quand tes cours seront terminés ? » Et je disais juste, vous savez : « Ça peut aller. » Ou : « Pas trop difficile, non. » Ou : « Je sais pas encore. » C'était le genre de choses que j'aurais pu dire de toute façon, que je connaisse les réponses ou non. On est allés prendre une tasse de thé et puis je... enfin nous, si Roof compte pour une personne, nous avons raccompagné maman chez elle. Je suis pas entré. J'aurais pas eu le courage de ressortir.

Sur le chemin du retour, on a marché le long de New River et y avait un mec, assis sur un banc, qui fumait une clope d'une main et tenait une poussette de l'autre.

« Salut, il a dit à notre passage.

— Salut.

— Je suis Giles, il a dit. Tu te souviens ? Le cours. »

Je l'avais jamais vu de ma vie. Il faisait assez bourge et beaucoup plus vieux que moi.

« Tu n'es pas revenu, hein ? il a dit.

— Je crois pas », j'ai dit. Pas une bonne réponse, je m'en suis rendu compte au moment même où je le disais. J'étais censé savoir si j'étais retourné quelque part ou non, même si je connaissais pas encore l'endroit en question.

« Qu'est-ce que tu as eu ? il a dit avec un signe de la tête vers Roof.

— Un garçon.

— Il s'appelle comment ?

— Oh, j'ai dit. C'est compliqué. » Pas une très bonne réponse non plus, mais je voulais pas retomber dans le cauchemar Roof.

Il m'a regardé, mais il a pas insisté.

« Et toi ? j'ai dit.

— Pareil. Un garçon. Joshua. Ça se passe bien ?

— Tu connais le truc.

— Ouais, il a dit. Je peux te poser une question ? Est-ce que ta... enfin, ta compagne... Elle est heureuse ?

— Oh... elle a l'air, oui.

— T'as du pot.

— Ouais.

— La mienne est dans un état lamentable.

— Oh.

— Elle pleure tout le temps. Elle veut pas que je la touche.

— Oh.

— Je parle pas de sexe, c'est pas ça. Je cherche pas à...

— Non.

— Mais je peux même pas la serrer dans mes bras. Elle se raidit. Même le bébé, je crois qu'elle aime pas le prendre dans ses bras.

— D'accord.

— Franchement, je suis au bout du rouleau. Je sais pas quoi faire.

— Oh. » Je pense pas que j'aurais pu lui donner un conseil, même si j'avais pas été projeté dans le temps. Il aurait fallu que j'attende la cinquantaine, facile, avant de pouvoir répondre aux problèmes de ce mec. « Ecris à un magazine.

— Pardon ?

— Genre, tu sais, un magazine féminin. »

Je lisais des fois les pages conseil dans les magazines de ma mère, parce que ça permettait de lire des histoires de sexe sans avoir l'air de lire des histoires de sexe.

Ça l'a pas impressionné.

« Je crois que c'est un peu plus urgent que ça, il a dit.

— C'est des mensuels, j'ai dit. Et ils sortent vers le milieu du mois, donc si tu te dépêches d'écrire, ta question a une chance de passer dans le prochain numéro.

— Oui. Bon. Merci.

— De rien. Faut que j'y aille, j'ai dit. A un de ces jours. »

Je pense qu'il voulait parler encore. Mais je me suis cassé.

**

Il s'est pas passé grand-chose l'après-midi et le soir. On a tous mangé ensemble, Alicia, sa mère, son père et moi, et puis on a regardé la téloche pendant que Roof dormait. J'ai fait semblant de m'intéresser aux émissions, mais en fait je savais absolument pas ce que je regardais. J'étais plein de nostalgie, de tristesse, je m'apitoyais sur mon sort. Je regrettais mon ancienne vie. Et même si j'avais été renvoyé dans mon époque, mon ancienne vie aurait pas duré très longtemps. J'aurais allumé mon portable, y aurait eu un texto disant que, un an plus tard, j'allais avoir un môme et je vivrais avec des gens que je connaissais pas vraiment et que j'aimais pas beaucoup. Je voulais être renvoyé dans une époque plus lointaine, où je connaissais pas encore Alicia, où je m'intéressais pas encore au sexe. Si Tony Hawk me laissait avoir onze ans de nouveau, je referais pas les mêmes conneries. Je deviendrais chrétien par exemple, comme ces gens qui font jamais rien. J'avais toujours pensé qu'ils étaient cinglés, mais pas du tout. Ils savent ce qu'ils font. Ils regardent pas la télé avec les parents de quelqu'un d'autre. Ils regardent la télé tout seuls, dans leur chambre.

On est allés se coucher à dix heures, mais on n'a pas éteint la lumière parce que Alicia devait allaiter Roof. Quand elle a eu fini, elle m'a demandé de le changer.

« Le changer ? Moi ? Maintenant ?

— Tu es de nouveau dans le cirage ?

— Non. Excuse. Je... tu comprends. Je voulais juste être sûr d'avoir bien entendu. »

Au moment même où je me levais, Roof a fait un bruit comme du yaourt dans un trou d'évier.

« La vache ! j'ai dit. C'était quoi ? »

Alicia s'est marrée, mais je plaisantais pas.

« Bien minuté, jeune homme », elle a dit.

Au bout d'un moment, j'ai pigé ce qu'elle voulait dire. Elle voulait dire que le bruit de yaourt dans un trou d'évier était le son que Roof émettait quand il faisait sa crotte. Et maintenant j'étais censé m'occuper du problème.

Je l'ai pris dans mes bras et j'ai fait un pas vers la salle de bains.

« Où tu vas ? »

Je savais pas où j'allais. Manifestement.

« Eh ben... » J'étais incapable de trouver une bonne réponse, alors j'ai laissé tomber.

« Tu es sûr que ça va bien ?

— Ouais. »

Mais le fait d'en être sûr ne m'aidait pas à choisir une direction. Je suis resté sur place.

« On n'a plus de couches ? »

Tout d'un coup j'ai repéré le vieux coffre à jouets d'Alicia au bout du lit. La dernière fois que j'avais été dans cette chambre, c'était encore un coffre à jouets, plein de vieux trucs de son enfance. Maintenant y avait une espèce de matelas en plastique dessus, et par terre, à côté, un sac plein de couches et une boîte avec ces mouchoirs en papier humides que ma copine black avait utilisés au McDo.

Roof était à moitié endormi. Il roulait des yeux comme s'il avait été soûl. J'ai défait les boutons-pression de son jogging, j'ai soulevé ses jambes et retiré les scratches sur les côtés de la couche, comme j'avais vu la fille le faire à midi. Ensuite... Vous tenez probablement pas à ce que je vous explique comment changer une couche. Et même si vous le vouliez, je suis certainement pas le type le plus indiqué pour vous l'apprendre. Bref, je l'ai fait, et sans trop foirer. Je sais pas si j'avais déjà été aussi fier de moi dans le passé. Sauf peut-être la première fois où j'avais couché avec Alicia. Ce qui est drôle, quand on y pense. D'abord j'avais été fier de coucher avec elle. Ensuite j'étais fier de réussir ce qui en était la conséquence.

Peut-être que c'était ça, l'intention de TH, quand il m'a propulsé dans le futur. Peut-être qu'il voulait m'apprendre à changer une couche. Il avait choisi la manière forte. Il aurait pu tout aussi bien m'envoyer suivre un cours.

« Tu m'aimes, Sam, hein dis ? » m'a demandé Alicia quand je l'ai eu rejointe au lit après avoir remis Roof dans son berceau. Je lui tournais le dos, je faisais semblant de dormir. Je savais pas si je l'aimais ou non. Comment j'aurais pu ?

Il m'a fallu très, très longtemps pour m'endormir après ça, mais quand je me suis réveillé le lendemain, j'étais dans mon propre lit. Mais j'avais pas l'impression d'y être, pourtant. Son propre lit est un endroit où on se sent en sécurité, et je ne m'y sentais plus en sécurité. Je savais tout ce qui allait m'arriver, et c'était comme si ma vie était déjà finie, peu importe combien d'années il me restait à tirer. J'étais sûr à cent pour cent qu'Alicia était enceinte. Et si c'était ma vie que j'avais vue, eh ben, je voulais pas la vivre. Je voulais mon ancienne vie, je voulais la vie d'un autre. Je voulais pas celle-là.

7

L'été avant que tout ça arrive, maman et moi on est allés en vacances en Espagne, et on a beaucoup traîné avec cette famille anglaise qu'on a rencontrée dans un bar. Ils s'appelaient Parr et ils habitaient Hastings, et ils étaient sympas. Ils avaient un fils nommé Jamie, qui avait six mois de plus que moi, et Jamie avait une sœur nommée Scarlett, qui avait douze ans. Maman aimait bien Tina et Chris, les parents. Tous les soirs ils allaient se poser dans ce bar anglais et ils arrêtaient pas de se foutre des Anglais qui allaient seulement dans des bars anglais. Je comprenais pas, mais ils se trouvaient très drôles. Quelques semaines après notre retour de vacances, maman et moi on est allés à Hastings en train pour les voir. On a joué au golf miniature sur le front de mer, on a mangé du fish and chips et fait des ricochets. Ça m'a plu, Hastings. Il y avait des attractions, des galeries commerciales et tout ça, mais pas trop merdiques, et un petit train qui montait en haut des falaises. On a jamais revu les Parr après ça. Ils nous ont envoyé une carte de Noël, mais maman a eu la flemme d'en envoyer l'an dernier, alors ils nous ont un peu laissé en plan.

Et Hastings a été le premier endroit auquel j'ai pensé quand je me suis réveillé ce matin-là, le matin après avoir été propulsé dans le futur. J'étais certain qu'Alicia était enceinte et je savais que je voulais pas être père. Donc il fallait que je me tire de Londres pour ne jamais revenir, et Hastings était le seul autre endroit que je connaissais dans toute l'Angleterre. On va jamais nulle part, sauf en Espagne, et je pouvais pas me tirer à l'étranger tout seul, sans thune ni carte de crédit. Alors j'ai pris le petit déj' avec ma mère et, quand elle est partie bosser, j'ai fait mon sac, j'ai embarqué mon skate et je suis allé à Hastings avec l'intention de vivre là-bas.

Je savais que j'étais un lâche, mais des fois on est bien obligé, non? Ça sert à rien d'être courageux si c'est pour se faire démolir, pas vrai? Disons que vous tournez le coin de la rue et vous tombez sur cinquante mecs d'al-Qaida. Pas même cinquante. Cinq. Pas même cinq. Un seul, avec une mitraillette, ça suffirait. Vous pouvez toujours estimer que c'est pas très classe de vous carapater, mais est-ce que vous avez le choix? Eh ben, j'avais tourné le coin et y avait un mec d'al-Qaida avec une mitraillette, sauf que c'était un bébé, et qu'il avait pas de mitraillette. Mais, dans mon univers, un bébé, même sans mitraillette, c'est comme un terroriste avec une mitraillette, si vous réfléchissez bien, parce que Roof pouvait être une menace aussi radicale qu'un agent d'al-Qaida contre mon entrée en fac d'arts plastiques. Et, à la limite, Alicia aussi était d'al-Qaida, *idem* pour sa mère et son père, et *idem* pour ma mère, parce que, en apprenant la nouvelle, elle m'aurait tué, littéralement, à mort. Donc c'étaient bien cinq agents d'al-Qaida qui attendaient au coin. Un seul aurait suffi pour vous inciter à fuir vers Hastings ou ailleurs.

J'avais quarante livres que j'avais économisées pour une paire de Kalis Royal, mais le matos de skate allait devoir attendre que je sois installé à Hastings avec un boulot, un appart et tout. Quarante livres, ça me permettait de rallier Hastings et, là, je me disais que je pourrais trouver un bed and breakfast, et puis je comptais dégotter un boulot sympa sur le bord de mer. Y avait un bowling en plein air géant, où j'avais joué avec Jamie Parr, et le patron était cool. Il pourrait m'embaucher, je pensais. Ou alors je pouvais chercher du côté des locations de bateaux sur le lac. Ou bien bosser à la galerie marchande, genre faire de la monnaie pour les clients, bien que ce soit pas mon premier choix. Y avait des tas de trucs que je pouvais faire, n'importe comment, et tout valait mieux que changer les couches de Roof et habiter chez les parents d'Alicia.

Je suis allé à Charing Cross avec ma carte d'abonnement, donc jusque-là c'était gratos, puis ça m'a coûté douze balles de Charing Cross à Hastings, ce qui m'en laissait vingt-huit et des poussières en poche, plus peut-être trois pièces d'une livre. C'était l'avantage d'émigrer à Hastings plutôt qu'en Australie. J'avais déjà réglé mes frais de voyage et il me restait encore trente et une livres. En plus, j'avais quitté la baraque vers les neuf heures et demie et, à midi le même jour, j'étais arrivé.

J'ai traversé la ville jusqu'au front de mer, ce qui m'a pris environ dix minutes, et j'ai acheté des frites chez un marchand de fish and chips près du golf miniature. Je suppose que ça m'a rendu un peu triste de voir les familles jouer au golf, parce que j'avais fait pareil un an plus tôt. J'ai regardé un gars à peu près de mon âge qui jouait avec sa mère et son petit frère, et on voyait bien qu'il avait pas de problèmes dans la vie. Il essayait de faire remonter la balle sur la pente du huitième trou et elle arrêtait pas de redescendre. Comme sa mère et son frangin se foutaient de lui, il a balancé son club et il s'est assis sur le mur, si bien que, au fond, il avait quand même des problèmes ; d'ailleurs, un moment, il m'a regardé manger mes frites assis sur mon banc et on voyait qu'il pensait : je voudrais être à sa place. Parce que je devais avoir l'air d'un mec sans problèmes. Je faisais pas la tronche comme lui, personne de ma famille ne se foutait de moi et j'avais le soleil dans la figure. Et je dois dire que je me sentais pas vraiment triste, parce que tout ça était vrai, j'étais venu à Hastings pour fuir mes emmerdes, ce qui voulait dire qu'ils étaient encore à Londres et pas à côté de moi au bord de la mer. Tant que j'allumais pas mon portable, qui devait être plein de mauvais messages et de mauvaises nouvelles, mes emmerdes resteraient à Londres.

« Eh ! j'ai crié au mec. Tu peux surveiller mon matos ? »

J'ai désigné mon skate et mon sac, et il a fait oui de la tête. Alors je me suis levé, j'ai traversé les galets jusqu'à la mer et j'ai balancé mon portable aussi loin que je pouvais dans la flotte. Facile. Terminé. Je suis retourné vers mon banc et j'ai passé trente minutes de bonheur en terrasse.

***

Y avait personne qui jouait au bowling géant, et le mec qui tenait la baraque était assis dans sa petite guérite, il fumait en lisant le journal.

« Salut », j'ai dit.

Il a haussé les sourcils, du moins à ce qu'il m'a semblé. C'était sa manière de répondre à mon salut. Il a pas levé les yeux de son journal.

« Vous vous souvenez de moi ?

— Non. »

Bien sûr qu'il se souvenait pas de moi. C'était idiot. J'avais le trac, alors j'étais pas très futé.

« Vous avez besoin d'aide ?

— J'en ai l'air ?

— Non, d'accord, mais ça va s'activer. J'ai joué ici l'an dernier et y avait la queue.

— Et alors ? Qu'est-ce que tu ferais ? S'il y avait la queue ? Les gens attendent, c'est tout. Pas de quoi s'affoler. J'ai pas besoin de la brigade antiémeute.

— Non, non, je pensais pas à la queue. Je pensais, voyez, que vous pourriez avoir besoin de quelqu'un pour remettre les quilles en place et tout ça.

— Ecoute. C'est tout juste s'il y a du boulot pour moi ici. Alors quelqu'un d'autre, tu parles. Si tu veux remettre les quilles en place, ne te gêne pas, mais je te paierai pas pour ça.

« — Ah. Non. Je cherche du travail. Un boulot. De l'argent.

— Alors tu t'es gouré d'endroit.

— Vous en connaissez un meilleur ?

— Non, je veux dire que tu t'es gouré de ville. Regarde. »

Il a agité la main en direction du front de mer, toujours sans quitter son journal des yeux. Y avait ce malheureux jeune qui jouait au golf miniature, personne à la location de bateaux, personne sur les trampolines, quatre ou cinq familles qui attendaient le petit train, deux vieilles qui buvaient du thé en terrasse.

« Et il fait beau aujourd'hui. Quand il pleuvra, ça se calmera un peu. » Et il s'est marré. Pas un gros rire, juste un « Ha ! ».

Je suis resté planté là un moment. Je savais que je trouverais pas un boulot de dessinateur ou de graphiste à Hastings. Je visais pas trop haut. Mais je pensais être capable de trouver du travail pour l'été dans un des établissements. Rien de faramineux, juste quarante balles en liquide à la fin de la journée, ce genre-là. J'ai repensé à l'an dernier, à la journée qu'on avait passée avec les Parr à bouffer des glaces et à jouer au bowling géant. Y avait personne sur le front de mer à ce moment-là non plus. Mais ça, je l'avais oublié. Enfin, je l'avais peut-être pas oublié, mais j'avais pas fait le rapprochement. Je m'étais juste dit que ça devait être gonflant, comme travail, d'attendre les gens. J'avais pas tout à fait réalisé que c'était pas un travail du tout.

Je me suis renseigné dans deux ou trois autres endroits. La fête foraine, deux baraques à frites et même le petit train qui monte sur la falaise. Rien, nulle part. J'avais généralement droit au même genre de vannes.

« J'avais justement peur d'être débordé aujourd'hui », a dit le mec du petit train. Il était appuyé sur le comptoir, il lisait un catalogue d'articles de pêche. Il avait pas de clients.

« J'ai un bon boulot pour toi, a dit le mec des trampolines. Va me chercher quelques mômes. Faudra peut-être que t'ailles jusqu'à Brighton. Ou jusqu'à Londres. » Il jouait à un jeu de cartes sur son portable. Il avait pas de clients non plus.

« Dégage ! » a dit le mec des machines à jus de fruits dans la galerie marchande. C'était pas vraiment une vanne, remarquez.

J'ai avalé des frites avec mon thé, puis j'ai commencé à chercher où dormir. Ce que je cherchais, en fait, c'était un endroit où habiter, vu que je pourrais plus jamais rentrer chez moi, mais j'ai essayé de pas regarder les choses sous cet angle. Y avait des tas de petits bed and breakfast à l'écart du centre-ville et j'ai choisi le plus minable, parce que j'étais sûr de pas pouvoir me payer mieux.

Ça puait le poisson, à l'intérieur. Y a des tas d'endroits à Hastings qui sentent le poisson et, la plupart du temps, c'est pas gênant. Même l'odeur de poisson pourri le long des hautes cabanes noires de pêcheurs est pas gênante, parce qu'on comprend que c'est normal. S'il y a des bateaux de pêche, il y a du poisson qui pourrit, et les bateaux de pêche sont ici à leur place, donc rien à redire, on s'accommode. Mais l'odeur de poisson à l'intérieur du Sunnyview B&B était différente. C'était le genre d'odeur qu'on renifle dans les logements des vieux, où on dirait que du poisson s'est incrusté dans les tapis, dans les rideaux et même dans leurs fringues. L'odeur de poisson pourri près des cabanes de pêcheurs est une odeur saine, au fond, même si le poisson est pas très sain, forcément, autrement il pourrirait pas. Mais quand ça s'imprègne dans les rideaux, ça fait pas sain du tout. Ça donne envie de remonter son T-shirt sur sa bouche, comme quand quelqu'un lâche une louise mortelle, et de respirer comme ça.

Y avait une sonnette sur le bureau de la réception, alors j'ai sonné, mais personne n'est venu pendant un moment. J'ai regardé un vieux retraité traverser le hall avec un de ces machins pour s'appuyer. Un déambulateur, c'est le mot, je crois.

« Ne restez pas là bêtement, jeune dame. Ouvrez-moi la porte. »

Je me suis retourné, mais y avait personne derrière moi. C'était bien à moi qu'il parlait et, même s'il avait pas dit « jeune dame », il aurait été impoli. Comment je pouvais savoir qu'il voulait qu'on lui ouvre la porte ? Mais il m'avait pas appelé « jeune homme », il m'avait appelé « jeune dame » – rapport à mes cheveux, je suppose, vu que je porte pas de jupe et que je passe pas mon temps à envoyer des textos.

Je lui ai ouvert la lourde et il s'est contenté de grogner en me passant devant. Il pouvait pas aller beaucoup plus loin, d'ailleurs, parce qu'il y avait une vingtaine de marches à descendre jusqu'à la rue.

« Comment je vais descendre, maintenant ? » il a dit, fumasse. Il m'a regardé comme si c'était moi qui avais construit l'escalier, au cours des deux dernières heures, rien que pour l'empêcher d'aller à la bibliothèque publique ou chez le pharmacien ou au bureau des parieurs ou n'importe où.

J'ai haussé les épaules. Il me foutait les boules.

« Comment vous êtes monté ?

— Ma fille ! il a gueulé, comme s'il y avait un fait connu entre tous dans le monde entier, aussi sûr que David Beckham est la capitale de la France ou ce que vous voudrez, et c'était que la fille de ce vieux schnock l'avait aidé à grimper les marches d'un bed and breakfast avec son déambulmuche.

— Vous voulez que j'aille la chercher ?

— Vous voyez bien qu'elle est pas là ! Bon Dieu. Qu'est-ce qu'ils vous apprennent à l'école de nos jours ? Pas le bon sens, en tout cas. »

J'avais pas l'intention de lui proposer de l'aide. Primo ça risquait de me prendre deux plombes. Deuzio c'était un vieil enfoiré et je voyais pas pourquoi je me serais donné du mal.

« Vous allez m'aider, oui ou non ?

— D'accord.

— Bon. Quand même ! Ça en dit long sur les jeunes d'aujourd'hui, que je sois obligé de demander. »

Je sais ce que certains d'entre vous penseront. Ils penseront : Sam est trop sympa ! Ce vieux a été grossier avec lui et pourtant il accepte de l'aider à descendre ! Mais je sais que d'autres penseront : S'il était la moitié d'un mec bien, il serait même pas à

Hastings ! Il serait resté à Londres pour prendre soin de sa copine enceinte ! Ou de son ex-copine ! Donc le vieux râleur était une sorte de châtiment de Dieu ! Et, pour dire la vérité, je suis d'accord avec la deuxième catégorie. J'avais pas envie de perdre mon temps avec les retraités. Mais c'était toujours mieux que de m'occuper des oignons que j'avais laissés sur le feu à la maison. Tout d'un coup, j'ai pensé au portable au fond de la mer qui devait faire peur aux poissons avec ses bips de messages.

Ça m'a pas pris deux heures pour le descendre dans la rue, mais quinze bonnes minutes quand même, et quinze minutes peuvent paraître deux heures quand on a les mains enfoncées dans les dessous de bras d'un petit vieux. Il déplaçait son truc marche après marche et je m'efforçais de l'empêcher de tomber en avant ou en arrière. Le plus dur, et le plus craignos surtout, c'était en avant. S'il tombait en arrière, au pire il se rabotait le cul ou, plus probable, il m'écrasait sous lui. Mais la descente était longue, y avait beaucoup de marches et, s'il avait valdingué, je crois que ses membres se seraient détachés de lui, jambes, bras et oreilles, parce qu'ils avaient pas l'air très solidement accrochés à son corps.

Chaque fois qu'il penchait en avant, il gueulait : « Ça y est ! Je tombe ! Vous m'avez tué ! Merci beaucoup ! » Il aurait dû se rendre compte que, s'il était capable de gueuler tout ça, c'était qu'il était pas en train de tomber. N'empêche qu'on est arrivés en bas. Il a commencé à traîner la savate en direction de la ville, puis il s'est arrêté et il s'est retourné.

« J'en ai pour environ une demi-heure », il a dit. C'était évidemment un mensonge, parce que dans une demi-heure il aurait avancé de sept dalles de trottoir à peu près, mais c'était pas la question. La question, c'était qu'il voulait que je l'attende.

« Je serai pas ici dans une demi-heure, j'ai dit.

— Vous ferez ce que je vous dis.

— Nan. Vous êtes trop malpoli. »

Normalement je réplique pas mais, avec des gens comme ça, faut faire une exception. Et j'étais plus à l'école, ni même à la maison, et, si je voulais construire ma vie à Hastings, j'avais intérêt à répliquer, sinon je risquais de faire le poireau devant les bed and breakfast jusqu'à la fin de mes jours, à attendre des vieux.

« En plus, je suis pas une fille.

— Oh, ça, il y a belle lurette que je l'ai remarqué, il a dit. Mais j'ai pas rectifié parce que je pensais que ça pourrait vous inciter à vous faire couper les cheveux.

— Bon, à plus tard.

— Quand ?

— Ben... je sais pas. Quand je vous reverrai.

— Vous me reverrez dans une demi-heure.

— Je serai pas ici.

— Je vous paierai, imbécile. Je me doute que les gens ne font rien pour rien. Pas de nos jours. Trois livres pour un aller-retour. » Il a désigné les marches de la main. « Vingt livres par jour si vous faites ce que je vous dis. J'ai de l'argent. C'est pas l'argent, le problème. C'est de sortir de cette foutue bicoque pour aller le dépenser. »

J'avais trouvé un boulot. Mon premier jour à

Hastings et déjà je travaillais. Du coup, j'étais sûr d'être capable de me démerder tout seul.

« Une demi-heure ? j'ai dit.

— Ah, je pensais bien que l'argent vous intéresserait. Dieu m'est témoin que personne ne fait rien par bonté d'âme. »

Et il s'est... mis en marche. J'ai failli dire « il s'est éloigné », mais ce serait faux, parce qu'il avançait si lentement qu'il s'est jamais vraiment éloigné. J'aurais pu l'observer pendant quinze minutes et être toujours en mesure de cracher un chewing-gum sur sa tête. Donc on va juste dire ça. On va dire qu'il s'est mis en marche.

Je m'étais pas encore dégotté une chambre. Je suis rentré et j'ai sonné de nouveau, en espérant ne pas voir apparaître un autre vieux en mal d'assistance. Et pourquoi pas, au fond ? je me suis dit. Peut-être que ça grossirait mes revenus. Peut-être que je pourrais faire fortune avec les vieux. Mais personne ne s'est pointé, à part la femme qui gérait la taule, et elle avait pas de besoin d'aide pour se déplacer.

« En quoi puis-je vous être utile ? » elle a dit. J'ai pigé pourquoi la maison sentait le poisson. Le poisson sent moins le poisson qu'elle. C'était comme si elle avait fait cuire de la morue depuis mille ans.

« Je voudrais une chambre, j'ai dit.

— Pour vous ?

— Oui.

— Où elle est ?

— Qui ?

— J'ai quel âge, d'après vous ? »

Je l'ai regardée. J'avais déjà joué à ce jeu, avec une amie de boulot de ma mère. Pour une raison ou une autre, cette amie m'avait demandé de deviner son âge et j'ai répondu cinquante-six ans. Elle en avait trente et un et elle s'est mise à chialer. Ça se termine jamais bien. Et cette femme... elle pouvait pas avoir, disons, moins de quarante ans. Je pense pas. Mais elle pouvait très bien en avoir soixante-cinq. Comment savoir ? Alors je suis resté planté, probablement avec la bouche ouverte.

« Je vais vous aider, a dit la femme. Diriez-vous que j'ai plus d'un jour ?

— Oui. Bien sûr. Vous avez *beaucoup* plus d'un jour. » Et, même pour ça, elle a un peu tiqué, à cause de la manière dont je l'ai dit, comme si je lui avais répondu qu'elle était une abominable vieille sorcière, alors que je voulais simplement dire qu'elle était pas un nouveau-né. Merde, qu'est-ce qu'il faut leur dire ? « Oh, vous avez l'air si jeune que vous pourriez être un bébé qui vient de naître depuis moins d'un jour ? » C'est ça qu'elles veulent ?

« Bien, elle a fait. Donc je suis pas née d'hier.

— Non. » Ah. Maintenant j'avais pigé.

« Et c'est pourquoi je sais qu'il y a une fille qui vous attend dehors. »

Une fille ! C'était trop marrant. Elle croyait que je voulais une piaule pour pouvoir me taper une fille dans son hôtel, alors que je m'étais juré de plus jamais coucher avec personne, par peur d'une grossesse.

« Venez voir vous-même.

— Oh, je me doute qu'elle doit pas lanterner dans

la rue. Vous êtes peut-être naïf, mais pas complètement taré.

— Je connais personne à Hastings », j'ai dit. Inutile de commencer à parler des Parr. Ça l'aurait pas intéressée. « Je connais personne à Hastings et j'aime pas les filles. »

Ça, c'était une erreur, évidemment.

« Ni les garçons. J'aime ni les filles ni les garçons. »

Et ça, ça sonnait faux.

« Je les aime bien comme amis. Mais j'ai pas envie de partager une chambre dans un B & B avec qui que ce soit.

— Alors qu'est-ce que vous faites ici ?

— C'est une longue histoire.

— Tu m'étonnes.

— On parie ? » j'ai dit. Elle m'énervait. « Vous pouvez parier tout ce que vous voulez.

— D'accord.

— Dites un chiffre. »

Ça tournait à l'absurde. Personne n'allait parier quoi que ce soit sur la longueur de mon histoire, et pourtant c'était devenu le sujet de la conversation, alors que tout ce qui m'intéressait, c'était de savoir où j'allais passer la nuit.

« Donc vous voulez pas me donner une chambre.

— Non.

— Comment je vais faire, alors ?

— Oh, il y a plein d'autres établissements qui accepteront votre argent. Mais on mange pas de ce pain-là ici.

— Je travaille pour un de vos pensionnaires. » Je sais pas vraiment pourquoi j'insistais. Y avait des tas d'autres endroits possibles – des endroits qui sentaient le chou ou le graillon ou n'importe quoi d'autre que le poisson.

« Sans blague ? » Elle en avait fini avec moi, je l'intéressais pas. Elle a commencé à remettre de l'ordre sur le bureau, à vérifier s'il y avait des messages sur son téléphone, ce genre de choses.

« Ouais, je lui ai promis de l'attendre pour l'aider à monter l'escalier d'ici quelques minutes. Il a un de ces trucs pour marcher.

— M. Brady ? »

Elle m'a regardé. Elle avait peur de lui, ça se voyait.

« Je connais pas son nom. C'est juste un vieux malpoli avec un truc pour marcher. Je l'ai croisé et il m'a demandé d'être son assistant.

— Son assistant. Qu'est-ce que vous allez faire ? L'aider dans ses impôts et la TVA ?

— Non. L'aider à monter et descendre les marches. Faire ses courses, peut-être. »

Evidemment je brodais, parce qu'on n'avait pas encore eu l'occasion de discuter du job en détail.

« N'importe. Il m'a mis en garde contre vous.

— Qu'est-ce qu'il a dit ?

— Il a dit que, si vous me jetiez dehors, il vous causerait des ennuis.

— Il m'en cause déjà pas mal.

— Alors, à vous de voir si vous en voulez encore plus. »

Elle m'a tourné le dos, ce qui était, je crois, sa façon

de me dire : Asseyez-vous donc, faites comme chez vous.

Je me suis donc assis sur le banc dans l'entrée. Y avait un journal du coin, alors je l'ai feuilleté pour me rencarder sur ma nouvelle ville et, au bout d'un moment, j'ai entendu M. Brady qui gueulait après moi.

« Oï ! Jeune imbécile ! Où êtes-vous ?

— C'est moi, j'ai dit à la femme.

— Alors allez l'aider, elle a dit. Et je ne vous donne pas une chambre double. »

Une chambre simple coûtait vingt livres la nuit, et M. Brady allait me filer vingt livres par jour. Donc j'avais réussi. J'avais de quoi vivre. Et voilà comment j'ai trouvé un boulot et un endroit pour dormir à Hastings.

8

C'était cool de découvrir la chambre et de ranger mes affaires et tout ça. Ça faisait bizarre, bien sûr, d'être dans une chambre qui était pas la mienne, une ville qui était pas la mienne, et de respirer du poisson, mais pas bizarre au mauvais sens. J'ai pris une douche, j'ai mis un T-shirt et un caleçon, puis je me suis couché et j'ai pioncé. C'est vers le milieu de la nuit que les choses ont commencé à virer à l'aigre.

Je suis sûr que j'aurais dormi d'une traite si M. Brady s'était pas mis à cogner sur ma porte à quatre heures du matin.

« Imbécile ! il criait. Imbécile ! Vous êtes là ? »

Au début j'ai pas bronché, parce que j'espérais qu'il retournerait dans sa piaule si je me manifestais pas. Mais il a continué à frapper, d'autres clients ont ouvert leurs lourdes, ont commencé à le menacer, il les a menacés à son tour et j'ai dû me lever finalement pour calmer tout le monde.

« Entrez, j'ai dit à M. Brady.

— Vous êtes nu, il a dit. Je n'emploie pas des gens nus. »

Je lui ai répondu que, quand on avait un T-shirt et un

caleçon, on n'était pas nu. J'aurais pu préciser que vous pouvez pas demander aux gens de jamais se déshabiller sous prétexte qu'ils sont vos employés. Il a pas voulu entrer et il a pas voulu chuchoter.

« J'ai perdu ma télécommande, il a dit. Pas perdu. Je l'ai fait tomber à côté du lit et j'arrive pas à l'attraper.

— Il est quatre heures du matin, j'ai dit.

— C'est pour ça que je vous paie. Vous croyez que je vous donne vingt livres par jour rien que pour me faire monter et descendre un escalier ? Je dors pas, vous dormez pas. Vous dormirez pas tant que j'aurai pas ma télécommande, en tout cas. »

Je suis retourné dans ma chambre, j'ai enfilé mon jean et je l'ai suivi dans le couloir. Sa chambre était immense et elle sentait pas le poisson ; elle sentait un genre de produit chimique qui avait dû être utilisé pour tuer des Allemands pendant la guerre ou quelque chose comme ça. Il avait sa propre salle de bains, une télé, un lit à deux places et un canapé. J'avais rien de tout ça.

« Là-dessous, il a dit en montrant le côté du lit contre le mur. Si vous sentez autre chose par terre, laissez. Et si jamais vous touchez quelque chose, j'ai du savon au phénol. Tout un lot. »

C'était un des trucs les plus dégoûtants qu'on m'ait jamais dits de ma vie et, en enfonçant la main dans le creux, j'ai eu vraiment les jetons. Qu'est-ce que je risquais de toucher ? Le cadavre de son chien ? De sa femme ? Des vieux morceaux de poisson qu'il avait pas voulu manger et qu'il avait éjectés de son assiette à côté du lit depuis vingt ans ?

C'est là que j'ai décidé de rentrer à la maison. Il était

quatre heures du matin, j'allais peut-être poser la main sur les restes pourrissants d'un vieux clebs et j'étais payé vingt livres pour une journée de boulot à plein temps qui était en fait une journée entière plus la moitié d'une nuit pendant laquelle je devais me coltiner des chiens morts. Or vingt livres, c'était exactement ce que me coûtait la nuit dans ce sale boui-boui puant. Et il était pas impossible que l'odeur de poisson soit en réalité une odeur de chien en décomposition. Donc j'allais bosser toute la journée pour un bénef de zéro livre et zéro penny.

Du coup, la question que je me suis posée en farfouillant derrière le pieu de ce vieux loquedu était : Est-ce qu'un bébé pouvait être pire que ça ? Et la réponse que je me suis donnée : Non, ça pouvait pas.

Au final, y avait pas grand-chose sur le sol à part la télécommande. J'ai peut-être palpé une chaussette, et ça m'a fait peur une seconde, mais elle était incontestablement en laine ou en coton et pas en poils ou en chair, donc pas de problème. J'ai repêché la télécommande, je l'ai filée à M. Brady, il m'a pas dit merci et je suis retourné me pieuter. Mais sans pouvoir dormir. Je m'ennuyais de chez moi. Et je me sentais... disons... imbécile. M. Brady avait raison. Ma mère aurait dû m'appeler Imbécile. Qu'est-ce qui m'était passé par la tête ?

— J'avais une copine enceinte, ou ex-copine, et je l'avais laissée en plan.

— J'avais pas dit à ma mère où j'étais allé, et elle devait être malade d'angoisse parce que j'avais disparu toute une nuit.

— J'avais vraiment cru que j'allais vivre à Hastings et devenir un redresseur de quilles géantes ou un remonte-pente pour les vieux incapables de grimper des marches. Je m'étais dit que je pourrais gagner ma croûte en faisant ça et vivre heureux, même sans amis, sans famille, sans fric.

C'était complètement imbécile, imbécile, imbécile. Je me sentais minable, évidemment, mais c'était pas la culpabilité qui m'empêchait de dormir, c'était la gêne. Vous vous rendez compte ? Une gêne qui empêche de dormir ? Je rougissais. Il y avait littéralement trop de sang dans mon visage pour que je puisse fermer les yeux. Enfin, peut-être pas littéralement, mais c'était absolument l'impression que ça faisait.

A six heures, je me suis levé, je me suis fringué et je suis retourné à la gare. J'avais pas payé la chambre, mais M. Brady m'avait pas payé non plus. Il aurait qu'à s'arranger. Je rentrais à la maison pour épouser Alicia et m'occuper de Roof. Plus jamais l'idée de m'enfuir ne me traverserait l'esprit.

***

Seulement, pour ne plus être un imbécile, il suffit pas de le décider. Sinon, on n'aurait qu'à *décider* d'être superintelligent – assez intelligent pour inventer le iPod et se faire un paquet de fric. On n'aurait qu'à *décider* d'être David Beckham. Ou Tony Hawk. Si vous êtes vraiment un imbécile, vous pouvez prendre toutes les décisions intelligentes que vous voulez, ça vous aidera pas. Vous devez vous démerder avec le cerveau que vous avez eu à la naissance, et le mien doit avoir la taille d'un petit pois.

Ecoutez ça.

Pour commencer, j'étais content d'arriver à la maison à neuf heures, parce que maman part bosser à huit heures et demie. Je me disais que ça me laissait le temps de me faire une tasse de thé, de prendre un petit déj', de regarder la télé et d'attendre son retour pour lui demander pardon. Imbécile ? Imbécile. Il se trouve que ma mère était pas allée bosser le lendemain de ma disparition. Il se trouve qu'elle s'était fait du mouron depuis la veille dans l'après-midi et qu'elle était même pas allée se coucher. Qui s'en serait douté ? Vous peut-être. Et n'importe qui ayant plus de deux ans d'âge mental. Mais pas moi. Ah non.

Il y a pire, attendez. Quand je me suis pointé dans notre rue, y avait une voiture de police devant chez nous. J'ai continué à marcher en me demandant qui pouvait bien avoir des emmerdes, en espérant qu'il soit rien arrivé à maman ou que des cambrioleurs soient pas venus nous chourer notre lecteur de DVD pendant la nuit. Imbécile ? Imbécile. Parce qu'il se trouve que, sur le coup de trois heures du matin, comme Alicia était sans nouvelles de moi, que maman était sans nouvelles de moi et que personne pouvait m'appeler sur mon portable vu qu'il était au fond de la mer, ils ont tous paniqué et alerté la police ! Incroyable, non ?

Au moment où j'enfonçais la clé dans la serrure, je m'attendais encore à voir un appartement sans lecteur DVD. En fait, le lecteur DVD a été la première chose que j'ai vue. La deuxième, c'était ma mère qui s'essuyait les yeux avec un Kleenex, et deux keufs. L'un des deux était une femme. Et, même quand j'ai vu maman s'essuyer les yeux, j'ai pensé : Oh, non ! Qu'est-ce qui lui est arrivé ?

Elle m'a regardé, elle a cherché des yeux un objet à me lancer à la figure et elle a trouvé la télécommande. Elle m'a raté mais, si elle avait visé juste, ça aurait pu m'inciter à retourner à Hastings et j'aurais pu passer la journée à faire des allers-retours entre Londres et Hastings pour des télécommandes, ce qui aurait été trop marrant. Ou, du moins, plus poilant que ce qui m'arrivait.

« Imbécile, imbécile ! » elle a dit. A croire que tout le monde s'était donné le mot. « Où tu étais ? »

J'ai pris un air désolé et j'ai répondu : « A Hastings.

— Hastings ? Hastings ? » Elle hurlait carrément maintenant. La femme flic qui était assise par terre à ses pieds lui a touché la jambe.

« Ouais.

— Pourquoi ?

— Ben... On avait joué au minigolf avec les Parr, là-bas, tu te rappelles ?

— JE TE DEMANDE PAS POURQUOI HASTINGS ! JE TE DEMANDE POURQUOI TU ES PARTI !

— T'as parlé à Alicia ?

— Oui. Bien sûr que oui. J'ai parlé à Alicia, j'ai parlé à Rabbit, j'ai parlé à ton père, j'ai parlé à tous ceux à qui j'ai pensé. »

L'idée que ma mère avait parlé à Rabbit m'a fait perdre le fil un moment. J'aurais été incapable de mettre la main sur lui moi-même, alors je sais pas comment elle s'y était prise. Et puis j'étais curieux de savoir s'il avait essayé de la draguer.

« Qu'est-ce qu'elle t'a dit, Alicia ?

— Elle a dit qu'elle savait pas où tu étais.

— C'est tout ?

— J'ai pas bavardé avec elle pour savoir où en étaient vos relations, si c'est ce que tu veux dire. Mais elle était dans tous ses états. Qu'est-ce que tu lui as fait ? »

Je le croyais pas. Le seul point positif de ces dernières vingt-quatre heures, en ce qui me concernait, c'était qu'Alicia allait annoncer à ma mère qu'elle était enceinte, ce qui me dispensait de le faire. Et là, apparemment c'était le retour à la case départ.

« Ah.

— Où est ton portable ?

— Perdu.

— Tu as dormi où ?

— Mais... à l'hôtel. Dans un bed and breakfast.

— Tu as payé comment ? »

La femme flic s'est levée. Comme la conversation était passée de ma mort éventuelle à une question de frais d'hôtel, elle a dû estimer que sa présence était pas nécessaire. A mon avis, c'était pas professionnel. J'aurais très bien pu attendre qu'elle soit sortie pour raconter à ma mère que j'avais vendu du crack ou agressé des petites vieilles. Et elle aurait raté une arrestation. Peut-être qu'elle s'en foutait parce que ça s'était passé à Hastings et pas sur son secteur.

« Nous allons vous laisser, elle a dit. Je vous appellerai plus tard.

— Merci pour votre aide, a dit maman.

— Il n'y a pas de quoi. Nous sommes contents qu'il soit rentré sain et sauf. »

Elle m'a lancé un regard et je suis certain qu'il y avait un sous-entendu, mais j'ai pas capté. Ça pouvait signifier : *Sois gentil avec ta mère.* Ou : *Je sais comment tu as payé cette chambre.* Ou : *Maintenant qu'on te connaît, on t'a à l'œil POUR TOUJOURS.* C'était pas un simple « au revoir », pour sûr.

J'ai regretté de les voir s'en aller parce que, une fois qu'ils seraient partis, rien n'empêcherait ma mère de se livrer à des actes illégaux sur ma personne, et je vous jure qu'elle était d'humeur à le faire. Elle a attendu d'entendre la porte d'entrée se refermer et elle a dit : « Bon. Qu'est-ce que c'est que cette histoire ? »

Et je savais pas quoi répondre. Pourquoi Alicia lui avait pas dit qu'elle était enceinte ? Y avait des tas d'explications possibles, bien sûr, mais celle que j'ai choisie – parce que je suis un imbécile – était celle-ci : Alicia n'avait pas dit à ma mère qu'elle était enceinte parce qu'elle l'était pas finalement. Sur quoi je me basais ? Surtout si on tient pas compte de ma projection dans le futur, qui est pas une donnée fiable ? Je me basais sur le fait qu'Alicia avait voulu acheter un test de grossesse. J'ai jamais été informé des résultats de ce test, parce que j'ai éteint mon téléphone et que je l'ai balancé dans la mer. Bon, mais des tas de filles achètent des tests de grossesse et découvrent qu'elles sont pas enceintes, non ? Sinon, ils serviraient à rien, pas vrai ? Donc, si Alicia n'était pas enceinte, il était inutile de raconter quoi que ce soit à ma mère. Ça, c'était la bonne nouvelle. La mauvaise nouvelle, c'était que, si Alicia n'était pas enceinte, j'avais pas de raison valable pour me barrer de la maison toute une nuit.

On était assis face à face.

« Eh bien ? a dit maman.

— Je peux avoir un petit déjeuner ? Et une tasse de thé ? »

J'étais futé, ou du moins aussi futé que pouvait l'être un imbécile. J'avais dit ça sur un ton qui signifiait : c'est une longue histoire. Et elle allait être longue, une fois que je l'aurais inventée.

Ma mère s'est approchée de moi, elle m'a pris dans ses bras et on est allés dans la cuisine.

Elle m'a fait une omelette, du bacon, des champignons, des haricots blancs et des crêpes aux pommes de terre, et elle me l'a fait une deuxième fois, exactement le même menu. Je crevais de faim, j'avais avalé que deux sachets de frites à Hastings, mais un seul petit déj' aurait suffi. L'intérêt, c'était que, pendant qu'elle cuisinait et que je mangeais, j'avais pas besoin de parler. De temps en temps, elle me posait une question genre : « Comment tu es allé à Hastings ? » Ou : « Tu as parlé à quelqu'un ? » Alors j'ai fini par lui dire pour M. Brady, le boulot que j'avais trouvé, et puis l'histoire de la télécommande, et elle s'est marrée, et tout allait bien. Mais je savais que ça durerait pas indéfiniment. Un moment, je me suis demandé si j'étais capable de me taper un troisième petit déj' et une quatrième tasse de thé, juste pour gagner du temps, mais j'aurais tout vomi.

« Alors ? »

J'ai regardé mon assiette, comme quelqu'un qui se prépare à dire ce qu'il a sur le cœur.

« J'ai juste... Je sais pas. J'ai juste paniqué.

— Mais à propos de quoi, mon chéri ?

— Je sais pas. Des tas de trucs. Ma rupture avec Alicia. L'école. Toi et papa. »

Je savais qu'elle retiendrait surtout ça.

« Moi et papa ? Mais on a divorcé depuis des années.

— Ouais. Je sais pas. C'est comme si j'en avais pris conscience tout d'un coup. »

N'importe quelle personne normale aurait rigolé. Mais, d'après mon expérience, les parents veulent se sentir coupables. Ou plus exactement, si vous leur dites que vous avez été traumatisé à vie par quelque chose qu'ils ont fait, ils remarquent pas que c'est des conneries. Ils prennent ça complètement au sérieux.

« Je savais qu'on aurait dû faire les choses autrement.

— Genre ?

— Je voulais voir un conseiller familial, mais bien sûr ton père trouvait que c'était du pipeau.

— Ouais. Bon. C'est trop tard maintenant, j'ai dit.

— Ah mais non, justement. C'est pas trop tard. J'ai lu un livre sur un type qui a été torturé par les Japonais pendant la guerre il y a cinquante ans. Il n'a jamais pu s'en remettre, alors il est allé en parler à quelqu'un. C'est jamais trop tard. »

J'ai eu envie de me marrer pour la première fois depuis des jours, mais je me suis retenu.

« Ouais. Je sais. Mais ce que vous avez fait, papa et toi... Ça m'a déstabilisé, je suppose, mais c'est pas comme si j'avais été torturé par les Japonais. Pas vraiment.

— Non, et on n'est pas divorcés depuis cinquante ans non plus. Donc, tu vois. »

Je voyais pas, mais j'ai opiné du bonnet.

« Ah ! malheur, elle a dit. On tient un bébé dans ses bras, on le regarde et on pense : je te ferai jamais de mal. Et, au final, quoi ? On lui fait du mal. Je n'arrive pas à croire que j'aie pu... tout gâcher comme ça.

— Oh, c'est pas si grave », j'ai fait. Mais pas avec trop de conviction, voyez. Je voulais lui montrer que j'étais capable de lui pardonner une fois, mais pas pendant dix ans de suite.

« Tu m'accompagneras pour en parler à quelqu'un ?

— Je sais pas.

— Pourquoi tu sais pas ?

— Je sais pas... ce que je pourrais dire sur tout ça maintenant.

— Bien sûr. Evidemment. C'est pour ça qu'on doit aller voir un conseiller familial. Il peut en sortir toutes sortes de choses que tu n'imagines même pas. Je persuaderai ton père de venir aussi. Il a l'esprit plus ouvert maintenant. Carol l'a envoyé parler à quelqu'un quand ils n'ont pas pu avoir d'enfant. Je vais me renseigner auprès de mes collègues. Le plus tôt sera le mieux. »

Et elle m'a embrassé. J'avais été pardonné pour mon

escapade parce que j'étais traumatisé par la séparation de mes parents. C'était une bonne chose. Mais y avait un mauvais côté : j'allais devoir m'asseoir dans une pièce pour parler à un inconnu de sentiments que j'avais pas, et je suis pas très fort pour faire semblant. En plus de ça, ma mère n'avait aucune idée de la raison qui m'avait poussé à passer une nuit à Hastings, et je voyais pas du tout comment la mettre au parfum.

Elle voulait aller travailler et elle m'a fait promettre d'aller nulle part. J'avais pas envie d'aller quelque part. Je voulais rester assis à la maison pour regarder des séries télé toute la journée. Mais je savais que c'était pas possible. Je savais que je devais aller chez Alicia pour voir ce qu'il en était. J'aurais pu l'appeler depuis le téléphone fixe, mais quelque chose me retenait. Je crois que c'était la peur qu'elle se lance dans un grand discours au bout du fil pendant que je resterais planté comme deux ronds de flan en ouvrant et fermant la bouche. Debout devant elle, au moins, je me sentirais humain. Au téléphone, je serais qu'une bouche qui s'ouvre et qui se ferme.

Mon plan était d'aller chez elle en bus, puis de me planquer dans les buissons pour guetter un signe qui m'indiquerait où en étaient les choses. Il y avait deux failles à ce plan :

1) pas de buissons ;

2) que guetter au juste ?

Dans mon esprit, je m'étais absenté plusieurs mois, donc je pensais voir, par exemple, Alicia marcher lentement avec un gros ventre ou s'arrêter dans un coin pour vomir. Mais, en vrai, j'avais été absent un jour et demi seulement, donc, quand je la verrais, elle serait exactement la même que quand je l'avais vue au Starbucks avant d'aller acheter un test de grossesse. J'étais embrouillé par des tas de choses. J'étais embrouillé parce que j'avais passé trop de temps à imaginer Alicia enceinte. Et aussi parce que ma projection dans le futur avait encore compliqué la situation. Je vivais dans trois zones temporelles différentes à la fois.

Comme y avait pas de buissons, j'ai dû me démerder avec un lampadaire en face de sa maison. C'était pas un excellent poste d'observation, parce que, pour être caché à peu près correctement, il fallait que je plaque mon dos et ma tête contre, et que je bouge pas. Résultat, tout ce que je voyais, c'était la maison en face de moi, autrement dit la maison qui était en face de celle d'Alicia. Qu'est-ce que je foutais ? Il était onze heures et Alicia était probablement en classe. Et si elle était pas en classe, elle était à l'intérieur d'une maison que je regardais pas. Et si elle en sortait, je pourrais pas la voir non plus, puisque je regardais pas. C'est alors que Rabbit s'est amené avec son skate sous le bras. J'ai essayé de me planquer, mais il m'a vu, donc j'ai eu l'air encore plus con.

« De qui on se cache ? il a dit.

— Ah, salut, Rabbit. »

Il a posé son skate au pied de l'arbre. Bruyamment.

« Tu veux un coup de main ?

— Un coup de main ?

— J'ai rien à glander. Alors si je peux t'aider... Je me cache avec toi ? Ou je cherche une autre planque ?

— Peut-être une autre planque, j'ai dit. Y a pas vraiment de la place pour deux derrière un lampadaire.

— Bien vu. Pourquoi on se cache, au fait ?

— On veut pas que les gens de cette maison nous voient.

— D'accord. Cool. Pourquoi on rentre pas chez nous ? Ils nous verront jamais de si loin.

— C'est ça, rentre donc chez toi, Rabbit.

— Oh, ça va, le prends pas comme ça. Je sais quand je suis de trop. »

Si Rabbit savait quand il est de trop, il vivrait en Australie depuis longtemps. Mais c'était pas sa faute si j'avais planté ma copine enceinte et que j'avais pas assez de couilles pour frapper à sa porte.

« Désolé, Rabbit. Mais vaut mieux que je règle ça tout seul, je crois.

— Ouais. T'as raison. J'ai jamais vraiment pigé ce qu'on faisait, d'ailleurs. »

Et il est parti.

Après son départ, j'ai changé de tactique. J'ai fait le tour du lampadaire et je me suis appuyé de l'autre côté. Comme ça, je regardais en plein dans la fenêtre de son salon et, s'il y avait quelqu'un à l'intérieur qui souhaitait sortir pour venir me parler, j'étais là. Personne n'est sorti. La Phase Deux de ma mission était terminée et je voyais pas quelle pouvait être la Phase Trois. Alors je suis retourné à l'arrêt de bus. J'ai passé le reste de la journée à regarder des séries en bouffant des trucs que je m'étais payés avec le fric qui devait assurer ma subsistance à Hastings. C'était un des avantages de mon retour à la maison. Je pouvais dépenser le reste de mes quarante livres en chips si je voulais.

Juste avant que maman rentre du boulot, je me suis rendu compte que j'aurais pu employer mon temps à autre chose qu'à m'appuyer sur un côté du lampadaire, puis sur l'autre. J'aurais pu frapper à la porte d'Alicia, lui demander si elle était enceinte et comment elle allait, et comment allaient ses parents. Alors j'aurais pu attaquer la partie suivante de ma vie.

Mais je voulais pas m'y mettre. J'avais vu à quoi ressemblait la partie suivante de ma vie quand j'avais été projeté dans le futur, et ça me plaisait pas du tout. Si je m'asseyais pour regarder la télé, alors cette partie suivante ne commencerait jamais.

9

Et pendant peut-être deux jours, ça a marché, et je me suis senti très fort. Je pouvais arrêter le temps ! Au début, j'ai fait gaffe : je sortais pas, je répondais pas au téléphone, qui sonnait pas souvent, d'ailleurs. J'ai dit à maman que j'avais chopé un microbe dans mon hôtel pouilleux, j'ai beaucoup toussé et elle m'a dispensé d'école. Je bouffais des tartines de pain grillé, je surfais sur YouTube et j'ai dessiné un nouveau T-shirt pour Tony Hawk. Je lui avais pas parlé depuis que j'étais rentré. J'avais un peu peur de lui maintenant. Je voulais pas retourner là où il m'avait expédié la dernière fois qu'on avait tchatché.

Le troisième jour, on a frappé à la porte, et je suis allé ouvrir. Maman achète des trucs sur Amazon des fois et, comme y a personne à la maison, faut qu'on aille chercher le colis à la poste le samedi, alors j'ai pensé que ça nous épargnerait le trajet.

Mais c'était pas le facteur. C'était Alicia.

« Salut », elle a dit. Et elle s'est mise à chialer. J'ai rien fait. Je lui ai pas dit salut, je lui ai pas demandé d'entrer, je l'ai pas touchée. J'ai pensé au téléphone au fond de la mer et c'était comme si tous les messages et tous les textos arrivaient à la fois.

Je me suis enfin réveillé. Je l'ai fait entrer, je l'ai fait asseoir à la table de la cuisine, je lui ai demandé si elle voulait une tasse de thé. Elle a fait oui de la tête, mais sans arrêter de chialer.

« Je suis désolé, j'ai dit.

— Tu me détestes ?

— Non. Non, pas du tout. Pourquoi je te détesterais ?

— Où tu es allé ?

— A Hastings.

— Pourquoi tu m'as pas appelée ?

— J'ai jeté mon portable à la mer.

— Tu veux savoir le résultat du test ?

— Je crois que j'ai deviné. »

Et même à ce moment-là, quand j'ai dit ça, alors qu'elle pleurait, qu'elle était venue chez moi en plein jour et qu'un million d'autres détails m'indiquaient que les nouvelles étaient mauvaises, mon cœur s'est mis à battre plus vite. Parce qu'il y avait toujours une chance sur mille milliards qu'elle me dise : « Je te parie que non », ou : « C'est pas ça du tout. » Tout n'était pas encore fini. Comment savoir ? Elle était peut-être en pleurs à cause de notre rupture ou d'une dispute entre ses parents ou parce qu'elle avait un nouveau mec qui la traitait mal ? Tout était possible.

Mais elle a juste fait oui.

« Ton père et ta mère veulent me tuer ?

— Arrête, je leur ai pas annoncé, elle a dit. J'espérais qu'on ferait ça ensemble. »

J'ai rien dit. D'accord, je m'étais tiré à Hastings pour une nuit et il s'était rien passé pendant mon absence, alors que c'était plus ou moins le but : que les choses avancent. Que ma mère apprenne la nouvelle par les parents d'Alicia, et qu'elle s'affole. Seulement voilà, elle s'est affolée pour ma disparition et elle m'a pardonné. Je voulais retourner à Hastings. Je m'étais gouré en pensant que bosser pour M. Brady était pire qu'avoir un bébé. Grosse erreur. Avoir un bébé allait tuer ma mère et les parents d'Alicia, et probablement Alicia et moi aussi, et rien de ce qu'on risquait de toucher sous le lit de M. Brady ne pouvait causer autant de dégâts.

« Qu'est-ce que tu vas faire ? » j'ai dit.

Elle a pas répondu tout de suite.

« Tu veux être sympa ? elle a dit. Quand on parle de ça, tu pourrais dire "nous" ? »

J'ai pas percuté, et j'ai fait une drôle de gueule pour montrer que je pigeais pas.

« Tu as dit "qu'est-ce que *tu* vas faire ?" Et ça devrait être "qu'est-ce que *nous* allons faire ?" »

— Ah. Ouais. Désolé.

— Parce que... J'ai réfléchi, quoi. Peu importe qu'on ait rompu, parce que c'est ton bébé aussi, non ?

— Je suppose. Si tu le dis. »

Dans presque tous les films ou séries télé que j'avais vus, le mec dit ça à un moment ou à un autre dans ce genre de situation. Y avait aucun sous-entendu de ma part. C'était juste pour donner la réplique.

« Je savais que tu serais comme ça, elle a dit.

— Comme quoi ?

— Je savais que tu essaierais de te défiler. Les mecs font toujours ça.

— Les mecs font toujours ça ? T'as déjà été souvent dans ce genre de situation, alors ?

— Va te faire foutre.

— Va te faire foutre toi-même », j'ai répondu d'une voix gnangnan.

La bouilloire sifflait. J'ai mis beaucoup de temps pour sortir les tasses, tremper les sachets, verser le lait et jeter les sachets.

Avant de continuer cette conversation, je dois m'interrompre pour préciser ceci : j'ai dix-huit ans aujourd'hui. J'en avais seulement seize quand cette conversation a eu lieu. Donc c'était il y a deux ans, mais j'ai l'impression que ça en fait dix. Pas seulement parce que beaucoup de choses sont arrivées depuis, mais parce que le garçon qui parlait à Alicia cet après-midi-là... n'avait pas seize ans. Il n'avait pas deux ans de moins que la personne qui vous parle actuellement. Mon impression aujourd'hui, et j'avais déjà cette impression sur le moment, au fond, c'est que ce garçon avait huit ou neuf ans. Il était écœuré, il voulait chialer. Sa voix tremblait chaque fois qu'il essayait de dire quelque chose. Il voulait sa maman, et il voulait pas que sa maman le sache.

« Excuse-moi », j'ai dit. Alicia avait arrêté de pleurer un instant, mais maintenant elle remettait ça, alors il fallait que je dise quelque chose.

« Pas un très bon début, hein ? »

J'ai secoué la tête, mais le mot « début » me démoralisait encore plus. Elle avait raison, bien sûr. C'était un début. Mais je voulais pas que ce soit un début. Je voulais que ce soit une fin, que le pire soit passé, mais ça en prenait pas le chemin.

« Je vais garder le bébé », elle a dit.

Je m'en doutais déjà, à cause de la nuit et du jour que j'avais passés dans le futur, alors, à la limite, c'était pas une nouvelle. Pour tout vous dire, j'avais oublié qu'il y avait un autre choix possible.

« Ah, j'ai fait. Qu'est devenu le "nous" ?

— Qu'est-ce que tu veux dire ?

— Tu viens de m'expliquer qu'on parlait de ce que *nous* allions faire. Et maintenant tu me dis ce que *tu* vas faire.

— C'est différent, non ?

— Pourquoi ?

— Parce que, tant que le bébé est ici, c'est mon corps. Quand il sortira, ce sera notre bébé. »

Y avait quelque chose qui sonnait pas tout à fait juste dans ce qu'elle venait de dire, mais j'arrivais pas à mettre le doigt sur ce que c'était.

« Mais qu'est-ce qu'on va faire d'un bébé ?

— Ce qu'on va en faire ? L'élever. Qu'est-ce qu'il y a d'autre à faire ?

— Mais... »

Par la suite, des gens plus intelligents que moi trouveraient des arguments. Mais pour le moment, rien ne venait. C'était son corps et elle voulait le bébé. Et, quand le bébé serait là, on l'élèverait. Y avait pas grand-chose à redire à ça.

« Quand est-ce que tu vas l'annoncer à ta mère et à ton père ?

— Nous. Quand allons-nous l'annoncer à ma mère et à mon père ? »

Nous. J'allais rester les bras croisés pendant qu'Alicia apprendrait à sa mère et à son père quelque chose qui leur donnerait envie de me tuer. Ou peut-être que c'est elle qui resterait les bras croisés pendant que je leur apprendrais quelque chose qui leur donnerait envie de me tuer. En me tirant à Hastings, je m'étais douté que les choses allaient mal tourner. Mais j'avais pas imaginé que ce serait à ce point-là.

« D'accord. Nous.

— Y a des filles qui le disent pas à leurs parents. Sauf au dernier moment. J'ai lu des trucs là-dessus sur Internet.

— Ça se défend », j'ai dit. Faux.

« Tu trouves ? » Elle a fait un bruit de l'intérieur du nez. « Pour toi, ça se défend, parce que tu veux juste retarder le problème.

— Non, pas vrai.

— Qu'est-ce que tu fais ce soir ?

— Ce soir, ce sera pas possible », j'ai dit, pas trop vite, mais pas trop lentement non plus.

« Pourquoi ?

— J'ai promis... » (Qu'est-ce que j'avais promis ? Qu'est-ce que j'avais promis ?) « ... j'ai promis à... » (A qui ? A qui ? A qui ?) « ... à ma mère d'aller à... » (Où ? Où ? Merde !) « à une réunion où elle va pour son travail. Tout le monde y va toujours avec quelqu'un, sauf elle, alors je lui ai promis depuis belle lurette de...

— Bon. Demain soir ?

— Demain soir ?

— Tu veux pas retarder le problème, t'as oublié ? »

Oh si, je voulais. Je voulais vraiment. Je voulais le retarder éternellement. Mais je pouvais pas me permettre de l'avouer, c'est tout.

« Demain soir », j'ai dit. Le son des mots qui sortaient de ma bouche m'a donné envie d'aller aux chiottes. Je me demandais dans quel état seraient mes boyaux d'ici vingt-quatre heures.

« Promis ? Tu viendras après le lycée ?

— Après le lycée. Promis. »

Demain soir, c'était dans cent ans. Il y aurait du changement d'ici là.

« Tu sors avec quelqu'un ? a dit Alicia.

— Non. Holà. Non.

— Moi non plus. Ça simplifie les choses, en fait, non ?

— Je suppose.

— Ecoute. Je sais que tu en as eu marre de moi...

— Non, non. C'était pas ça. C'était... » Mais je trouvais pas d'idée, alors j'ai pas insisté.

« Peu importe, elle a dit. Je sais que t'es pas un salaud. Alors, si ça devait arriver avec quelqu'un, je suis contente que ce soit avec toi.

— Même si je me suis calté ?

— Je savais pas que tu t'étais calté. Je savais juste que t'étais pas au lycée.

— J'arrivais pas à m'y faire.

— Ouais. Moi non plus. J'y arrive toujours pas. »

On a bu notre thé et on a essayé de parler d'autre chose, puis elle est retournée chez elle. Après son départ, j'ai dégueulé dans l'évier. Trop de petits déj', je

163

suppose. Et, alors même que je parlais pas à TH, j'ai entendu sa voix tout d'un coup. « J'étais assis sur le siège des WC en tenant une cuvette devant mon visage, tout tremblant, et le contenu de mon estomac a jailli de mon nez et de ma bouche avec une égale virulence », il a dit. C'est étrange, les idées qui vous viennent dans ces moments-là, hein ?

Ça me manquait, la tchatche avec TH, mais ce qui m'arrivait dans le présent était assez duraille comme ça, alors j'avais pas tellement envie de savoir ce qui m'arriverait dans le futur. Au lieu de causer avec lui, j'ai relu son livre. Je l'avais déjà lu un millier de fois, mais il restait toujours des trucs que j'avais oubliés. J'avais oublié comment il avait demandé Erin en mariage, par exemple, cette histoire avec les coyotes et la lampe torche. Peut-être que c'était pas vraiment un oubli. Peut-être que j'avais jamais trouvé ça intéressant avant. Ça avait jamais eu beaucoup de signification pour moi. Son premier mariage me paraissait acceptable quand j'avais quatorze ou quinze ans, parce qu'on rencontre toujours des filles qu'on a envie d'épouser. J'étais absolument sûr que j'allais me marier avec Alicia pendant les deux premières semaines, par exemple. Mais un second mariage, à mon avis on n'y pense pas à cet âge-là. Maintenant, c'était comme mon premier mariage, qui avait pas vraiment commencé mais qui était déjà fini, et on avait un môme, et c'était un fiasco. Alors l'histoire de TH et d'Erin m'aidait, parce que TH avait épousé Cindy et ils avaient eu Riley et ils avaient surmonté. TH et Erin, c'était le futur. Si je survivais à ce fiasco, je me remarierais jamais, j'étais absolument affirmatif. D'un autre côté, on savait jamais ce qui pouvait arriver. Quelque chose pouvait se présenter. Quelque chose comme Erin, mais pas Erin, pas une autre femme ni une autre fille.

Et c'est pourquoi *Hawk – Activité : skateboard* est un livre génial. Chaque fois que vous l'ouvrez, y a quelque chose dedans qui vous aide dans votre vie.

***

Quand maman est rentrée du boulot, elle m'a dit qu'on allait ressortir tout de suite, parce que quelqu'un de la mairie l'avait mise en rapport avec une conseillère familiale et que, comme cette conseillère était l'amie d'une amie, on avait pas besoin de faire la queue et on avait rendez-vous à dix-huit heures trente.

« Et le thé ? » j'ai dit. C'était tout ce que j'avais trouvé mais, même moi, je me rendais compte que ce serait pas suffisant pour m'éviter d'y aller.

« On ira au resto après. Comme ça, on pourra parler, tous les trois.

— Tous les trois ? Qu'est-ce qui te dit qu'on va s'entendre avec cette conseillère ?

— Pas la conseillère, banane. Ton père. Je l'ai persuadé de venir. Même lui, il a compris que c'était sérieux, cette fugue. »

Dans le genre cata, on atteignait des sommets, je trouve. Ma famille entière se préparait à voir quelqu'un pour lui parler de problèmes qu'on n'avait pas. Les problèmes qu'on avait vraiment, ceux-là, ils les connaissaient pas et ils s'en doutaient pas une minute.

On allait se marrer, à supposer qu'il y ait encore de quoi se marrer.

Le nom de la dame était Consuela, ce qui a immédiatement énervé mon père. Je sais pas si on peut dire que papa est raciste, parce que je l'ai jamais entendu râler contre les Noirs, les musulmans ou les Asiatiques. Mais il déteste franchement les autres Européens. Il déteste les Français, les Espagnols, les Portugais et les Italiens... Curieusement, il déteste tous ceux qui viennent d'un pays où on pourrait avoir envie d'aller en vacances. Il a été en vacances dans tous ces pays. Il dit toujours que c'est pas lui qui commence, que c'est eux qui le détestent en premier, mais je suis allé une ou deux fois en vacances avec lui, et c'est pas vrai. Dès qu'il descend de l'avion, il tire la gueule. On a tous essayé de lui en parler, mais rien à faire. Tant pis pour lui, remarquez. L'an dernier, il est allé en Bulgarie, mais c'était pas mieux, il a dit. La vérité, c'est qu'il déteste aller à l'étranger, alors heureusement que l'Afrique et les autres régions où habitent les Noirs sont loin, parce que sinon il deviendrait carrément raciste et on lui adresserait plus la parole.

On pouvait pas faire semblant que Consuela était pas espagnole, parce qu'elle avait un accent espagnol. Chaque fois qu'elle disait « yuste » au lieu de « juste » ou quelque chose comme ça, on voyait presque de la fumée sortir des oreilles de mon père.

« Alors, elle a dit. Sam. Tu as enfui de la maison, c'est ça?

— Tu *t'es* enfui, a dit mon père.

— Merci, a dit Consuela. Je fais des fautes parfois. Je viens de Madrid.

— Je m'en serais jamais douté, a dit papa, sarcastique.

— Merci, a dit Consuela. Donc, Sam. Peux-tu expliquer pourquoi tu t'es enfui ?

— Ben ouais, j'ai fait. Je l'ai dit à maman. Ça devenait difficile au lycée et puis... je sais pas. J'ai commencé à me sentir mal à cause de la séparation de papa et maman.

— Et quand se sont-ils séparés ?

— Oh, il y a seulement dix ans, a dit papa. C'est encore tout frais.

— C'est ça, continue, a dit maman. La mauvaise volonté va sûrement nous aider.

— Il s'en fout complètement, aujourd'hui, de notre divorce, a dit papa. C'est pas à cause de nous qu'il s'est tiré à Hastings. Il y a quelque chose qu'il nous dit pas là-dessous. Il a fait une connerie. Il se drogue ou je sais pas quoi. »

Il avait raison, évidemment. Mais il avait raison pour de mauvaises raisons. Il présumait que je racontais des bobards parce que c'est un enfoiré mal luné qui voit toujours le mal partout.

« Alors, c'était pour quoi, à votre avis, Dave ? a dit Consuela.

— J'en sais rien. Demandez-le-lui.

— Je demande à vous.

— Ça vous avance à quoi ? Je sais pas ce qu'il manigance, moi.

167

— Nous demandons à vous parce que ces séances donnent à chacun la chance de dire son avis.

— Ah, pigé, a dit papa. Nous avons tous déjà décidé que c'était ma faute.

— C'est pas ce qu'elle a dit ! a rétorqué maman. Vous voyez comme il est ? On peut pas lui parler. Pas étonnant que Sam ait fugué.

— Donc c'est ma faute, a dit papa.

— Je peux dire quelque chose ? j'ai fait. C'est permis ? »

Tout le monde l'a fermée, l'air honteux. Tout ça était censé me concerner et personne ne faisait attention à moi. Le seul problème, c'est que j'avais rien de très utile à dire. La seule chose intéressante à dire, c'était qu'Alicia était enceinte, et c'était ni le lieu ni le moment.

« Oh, laissez tomber, j'ai fait. A quoi bon ? » Et puis j'ai croisé les bras et j'ai regardé mes godasses, comme si j'avais décidé de plus jamais desserrer les dents.

« C'est ce que tu penses ? a dit Consuela. Que ça ne sert à rien, parler ?

— Oui, j'ai dit.

— Il n'est pas comme ça à la maison, a dit maman. Seulement ici.

— Pourtant ses sentiments par rapport à votre divorce vous ont fait la surprise. Alors peut-être il parle moins autant que vous croyez à la maison.

— Comment une Espagnole peut travailler pour la mairie, d'abord ? » a dit mon père. S'il avait écouté ce qu'elle disait réellement, au lieu de se braquer sur ses fautes de langue, il aurait pu marquer un point contre maman. Consuela venait de faire remarquer que maman n'avait pas l'air de me connaître si bien que ça. Mais c'est tout papa, ça. Des fois je me demande à quoi la vie aurait ressemblé si j'étais allé à Barnet vivre avec papa au lieu de maman. Est-ce que j'aurais fini par détester les Espagnols, comme lui ? J'aurais sûrement pas été skateur, parce qu'il y a pas tellement de béton là où il habite. Et il m'aurait pas laissé dessiner tout le temps. Donc ça aurait probablement été pire. D'un autre côté, j'aurais jamais connu Alicia. Et ça, ça aurait été bonnard. Ne pas connaître Alicia, c'était mieux que tout.

« C'est un problème pour vous que je suis espagnole ?

— Non, non, a dit mon père. Je me posais la question, c'est tout.

— J'ai marié un Anglais il y a longtemps. Je vis ici il y a des années, des années. »

Papa m'a fait une grimace en douce, sans qu'elle le voie, et j'ai failli rigoler. C'était une grimace géniale, vraiment, parce que ça voulait dire : Alors comment ça se fait qu'elle connaît pas encore la langue ? Et c'est une grimace très difficile à réussir.

« Mais s'il vous plaît. Sam a beaucoup, beaucoup de problèmes, j'entends. Nous devons en parler pendant le temps que nous avons. »

Beaucoup, beaucoup de problèmes.

« Sam, tu as dit aussi que l'école est un problème.

— Ouais.

— Tu peux expliquer ?

— Pas vraiment. » Et j'ai de nouveau regardé mes

pompes. Une heure à tirer, dans ces conditions, ça allait être beaucoup plus facile que je pensais.

***

Ensuite, on est allés manger tous les trois et on a encore parlé. On est allés dans un resto indien et, quand ils ont apporté les pappads, ma mère a remis ça :

« Tu as trouvé que c'était utile ?

— Ouais », j'ai dit. Et c'était vrai, au fond. Si j'avais eu des problèmes avec le lycée ou avec la séparation de papa et maman, ça aurait été un endroit idéal pour en parler. L'ennui, c'est que j'avais pas de problèmes de ce genre, mais je pouvais pas le reprocher à Consuela. Personne ne pouvait.

« Où tu en es avec Alicia ?

— Qui est Alicia ? a dit mon père.

— La fille que Sam fréquentait. Elle était ta première copine sérieuse, je dirais, pas vrai ?

— Possible.

— Mais t'es plus avec elle ? a demandé papa.

— Nan.

— Pourquoi ?

— Je sais pas. Je...

— Donc c'est pas une coïncidence ? a dit maman.

— De quoi ?

— Tu romps avec Alicia et, juste après, tu fugues à Hastings.

— Nan.

— Vraiment ?

— Tu sais bien, quoi.

170

— Ah ! Enfin ! » a dit mon père. Il marquait de nouveau un point contre ma mère. « Tu vois ? Pourquoi t'as pas mis ça sur le tapis là-bas ?

— Il a pas dit qu'il y avait un rapport.

— Si ! Il vient de dire : "Tu sais bien, quoi" ! Il a jamais été aussi près de vider son sac. Dans le langage de Sam, ce qu'il vient de dire, c'est : Cette fille me pourrissait la vie et je savais plus quoi faire et je me suis barré.

— C'est ce que tu viens de dire ? a demandé ma mère. C'est ce que "Tu sais bien, quoi" signifie en langage de Sam ?

— Ouais, je suppose. »

J'avais pas l'impression de mentir. Au moins on parlait de la personne qui comptait, contrairement à ce qui comptait pas, comme le lycée et leur divorce. Donc c'était un peu un soulagement. Et, en un sens, oui, elle m'avait pourri la vie, Alicia. Et, incontestablement, je savais plus quoi faire.

« Ça t'avançait à quoi de te barrer ? » a demandé mon père. Ce qui était une question pertinente, comme on dit.

« Je voulais plus vivre à Londres.

— Alors tu es allé à Hastings pour de bon ? a dit ma mère.

— Ben, pas vraiment. Puisque je suis revenu. Mais, ouais, c'était mon idée.

— Tu peux pas quitter la ville chaque fois qu'une fille te plaque, a dit mon père. T'arrêterais pas de déménager. T'habiterais dans des tas de villes différentes.

— Je me sens coupable parce que c'est moi qui les

171

ai présentés, a dit maman. J'imaginais pas que ça entraînerait autant de problèmes.

— Mais en quoi ça pouvait t'aider, d'après toi ? a dit mon père. De t'installer à Hastings ?

— J'étais sûr de pas la voir là-bas.

— Elle est d'ici, alors ?

— D'où tu crois qu'elle est ? De New York ? Depuis quand les jeunes sortent avec des filles qui sont pas d'ici ? a dit maman.

— Ça tient pas la route, cette histoire, a dit mon père. Je comprendrais si tu l'avais mise en cloque, par exemple. Mais...

— Ah, bravo, a dit ma mère. Quel sens des responsabilités !

— J'ai pas dit que c'était une chose à faire. J'ai juste dit que je comprendrais. Ce serait un début d'explication. »

Il avait encore raison. Ça aurait été un début d'explication. Peut-être même toute l'explication.

« Les gens font des choses bizarres quand ils ont des peines de cœur. Mais tu peux pas savoir, toi.

— Ben voyons, nous y revoilà.

— T'es pas mort d'une peine de cœur quand on s'est séparés, si ? Tu t'es pas éloigné du monde. Tu t'es juste éloigné de ta copine. »

Et c'était reparti.

Des fois, écouter mon père et ma mère parler, c'était comme être spectateur dans un stade pendant un 10 000 mètres aux jeux Olympiques. Ils tournent, ils tournent, ils tournent et y a juste un petit moment à chaque tour où ils passent devant vous et où vous êtes proche d'eux. Mais tout de suite ils disparaissent dans le virage. Quand papa a commencé à parler d'Alicia en cloque, c'était comme s'il avait sauté la barrière des tribunes pour foncer vers moi. Et puis il s'est laissé distraire et il a rejoint les coureurs.

* * *

Je suis retourné au bahut le lendemain, mais j'ai parlé à personne, j'ai rien écouté, j'ai pas touché un stylo de toute la journée. Je suis resté assis, avec des trucs qui grouillaient au-dessus de ma tête et dans mon ventre. Parmi les trucs que je pensais, y avait :

— Je retourne à Hastings.

— Le fait d'être déjà allé à Hastings avant m'a pas beaucoup avantagé. Je pourrais aller n'importe où. N'importe quelle ville du bord de mer.

— Quel prénom pour un bébé? (Puis des tas de prénoms de bébé, comme Bucky, Sandro, Rune, Pierre-Luc. Je faisais défiler de mémoire une liste de skateurs cool.) Je savais une chose, pour l'avoir apprise pendant mon passage dans le futur : Roof était un prénom pour-rave. Rien ne me ferait changer d'avis là-dessus. Vous vous souvenez comment, dans *Terminator*, ils essaient de protéger le bébé pas encore né qui va un jour sauver le monde? Eh ben, ma mission était d'empêcher que mon futur bébé soit appelé Roof.

— Est-ce que les parents d'Alicia allaient vraiment essayer de me tuer? Physiquement? C'était pas seulement ma faute.

— Ma mère. J'avais pas tellement d'interrogations

173

à son sujet. Je me demandais juste quelle tête elle ferait quand je la mettrais au courant. Quand elle avait parlé de ses peines de cœur la veille, ça m'avait rendu triste parce que je savais que j'allais lui briser le cœur moi aussi. Ça signifiait que toute la famille lui aurait brisé le cœur.

— Est-ce que je serais obligé d'assister à l'accouchement parce que j'étais le père ? J'aimais mieux pas. J'avais vu un accouchement à la télé et c'était affreux. Est-ce qu'Alicia ferait autant de bruit ? Est-ce que je pourrais lui demander de se taire ?

— Comment j'allais faire pour gagner de l'argent ? Est-ce que nos parents paieraient pour tout ?

— Et quand j'avais été propulsé dans le futur, est-ce que c'était vraiment le futur ? Est-ce que j'allais habiter avec Alicia chez ses parents ? Est-ce que j'allais dormir dans son lit ?

Ces pensées menaient à rien, mais je pouvais pas m'en débarrasser. Elles me collaient. J'étais comme ces types qui bossent dans les fêtes foraines : je poussais une auto-tamponneuse, je sautais sur la suivante, je la faisais tourner, je faisais peur aux clients (c'est-à-dire à moi) et je passais mon chemin. A midi, je suis allé à la baraque à frites avec des gars de ma classe, mais j'ai rien mangé. Je pouvais pas. J'avais l'impression que je mangerais plus jamais. En tout cas pas avant la naissance de Pierre-Luc, et quand Alicia aurait arrêté de faire ce boucan.

En sortant du lycée à la fin de la journée, j'ai aperçu Alicia qui m'attendait de l'autre côté de la rue. Ça m'a un peu énervé qu'elle me fasse pas confiance mais, vu

174

que je l'avais déjà plantée une fois, je pouvais pas vraiment lui en vouloir. D'ailleurs, elle était contente de me voir, elle m'a souri et ça m'a rappelé pourquoi on était sortis ensemble au début. Tout ça paraissait loin maintenant. Elle faisait plus vieille, déjà. Plus vieille et plus pâle. Elle était blanche.

« Salut, elle a dit.

— Salut. Tu vas bien ?

— Pas vraiment. J'ai vomi toute la matinée, et j'ai la trouille.

— Tu veux aller boire quelque chose d'abord ? Au Starbucks ou ailleurs ?

— Je risque de vomir encore. Je pourrais boire de l'eau. De l'eau, ça peut aller. »

Faut reconnaître que c'était pire pour elle que pour moi. J'étais malade de peur, et elle aussi. Je pouvais pas me donner l'air d'avoir plus peur qu'elle. En fait, vu que ça me paniquait encore plus de le dire à ma mère qu'à ses parents, j'imagine qu'elle en menait vraiment pas large. Et par-dessus le marché elle avait les nausées de la grossesse. J'aurais pu aller au Starbucks et me taper un frappuccino au caramel, avec de la crème dessus, mais je voyais que, si elle essayait de boire un de ces trucs, elle le garderait pas longtemps. En y pensant, ça me coupait l'envie aussi.

On a pris le bus jusqu'à chez elle et on est montés directement dans sa chambre, parce qu'y avait encore personne. Elle s'est assise dans le fauteuil et j'ai fini par m'asseoir entre ses pieds. J'étais pas revenu dans sa chambre depuis le futur, et dans le futur c'était différent. (Ça sonne faux, hein ? Il faudrait dire : « Dans le futur ce *sera* différent », pas vrai ? Mais, si je disais ça, ça signifierait que ce que j'ai vu était réellement le futur, et j'en suis pas sûr à cent pour cent. Donc je vais continuer à parler du futur comme si c'était le passé.) D'ailleurs, le poster Dannie Darko qui était pas là dans le futur était de nouveau en place, comme s'il avait jamais été retiré. J'étais content de le voir.

« Comment tu sais qu'ils vont rentrer directement à la maison ? j'ai dit.

— Je le leur ai demandé. Ils ont vu que j'allais mal et je leur ai dit que je voulais leur parler. »

Elle a mis une musique triste et lente, j'ai cru que ma montre s'était arrêtée. C'était la chanson d'une femme sur quelqu'un qui l'avait quittée, et elle se souvenait de plein de choses, comme son odeur, ses chaussures, ce qu'il avait dans les poches de sa veste quand on mettait la main dedans. Elle avait pas oublié un seul détail, apparemment, et la chanson durait éternellement.

« Ça te plaît ? elle a dit. Moi, je l'écoute en boucle.

— C'est pas mal, j'ai dit. Un peu lent.

— C'est fait pour être lent. C'est un slow. »

Puis on est restés silencieux. Je me suis mis à imaginer la vie dans cette chambre avec elle et un bébé, en écoutant de la musique lente et triste. Ça serait pas si mal. Y avait pire. Et puis j'y serais pas tout le temps, hein ?

On a entendu la porte claquer en bas et je me suis levé.

« On bouge pas d'ici tant qu'ils sont pas rentrés tous les deux, a dit Alicia. Sinon je vois ce que ça va être.

176

Ma mère nous fera parler avant le retour de mon père et on sera obligés de tout raconter deux fois. »

Mon cœur turbinait si fort que, si j'avais relevé mon T-shirt et baissé les yeux, j'aurais probablement vu ma poitrine bouger, comme s'il y avait eu un petit bonhomme piégé dedans.

« Qu'est-ce que tu fais ? » a dit Alicia.

Ce que je faisais ? Je regardais mon T-shirt pour voir s'il y avait un petit bonhomme piégé en dessous. En vérité, je savais plus ce que je faisais.

« Rien, j'ai dit.

— Ça va être dur », elle a dit, comme si le fait que je regarde mon T-shirt allait compliquer les choses.

« Je regarderai pas mon T-shirt quand on leur annoncera la nouvelle », j'ai dit, et elle a ri. C'était agréable à entendre.

« Alicia ? a crié sa mère.

— Ne l'écoute pas », a chuchoté Alicia, comme si j'allais sortir de sa chambre pour dire quelque chose.

« Elle est arrivée avec quelqu'un il y a une demi-heure », a crié son père. Il était là depuis le début, en train de prendre un bain ou de bouquiner dans sa chambre ou ce que je sais.

Elle est sortie et je l'ai suivie.

« On est ici, elle a dit.

— Qui "on" ? » a dit sa mère, toute joyeuse. Et puis, moins joyeuse en nous voyant descendre l'escalier : « Oh. Sam. Bonjour. »

On s'est assis autour de la table de la cuisine. Ils ont fait un remue-ménage pas possible avec le thé, le lait, le sucre, les biscuits, et j'ai commencé à me demander s'ils avaient deviné et si tout ce cinéma avec la bouilloire et le reste était une manière de s'accrocher à leur ancienne vie un peu plus longtemps. Comme quand j'avais bazardé mon portable dans la mer. Plus on tarde à vous dire ce que vous voulez pas entendre, mieux c'est. Ça devait pas être si difficile à deviner, franchement. Qu'est-ce qu'on pouvait avoir à leur dire ? On avait rompu depuis quelque temps, donc on allait pas leur annoncer qu'on voulait se marier. Et Alicia n'avait pas fugué, donc on allait pas leur dire qu'on s'était déjà barrés ailleurs pour se marier. Qu'est-ce qui restait ?

« Qu'est-ce que vous avez à nous dire ? » a demandé le père d'Alicia.

Alicia m'a regardé. Je me suis raclé la gorge. Personne ne disait rien.

« J'attends un bébé », j'ai dit.

Inutile de préciser que j'essayais pas d'être drôle. C'est sorti de travers. Je crois que c'est à cause du sermon qu'Alicia m'avait servi sur la nécessité de dire « nous » désormais. J'avais pris ça trop au sérieux. Je savais que le bébé était pas seulement le sien, mais là j'avais exagéré, j'avais fait comme si c'était seulement le mien.

Quoi qu'il en soit, ça aurait pas pu commencer plus mal. Parce que Alicia a fait un petit bruit du nez, comme quand elle essaie d'étouffer un rire. J'avais dit une connerie parce que j'étais sur les nerfs, et Alicia avait failli rire parce qu'elle était sur les nerfs, mais son père s'est pas intéressé à nos nerfs. Il s'est foutu en pétard.

« Vous trouvez ça DRÔLE ? » il a gueulé, et j'ai compris qu'ils avaient deviné d'avance. Dans les films, et probablement dans la vie aussi, les gens restent muets quand ils entendent une mauvaise nouvelle. Ou alors ils répètent le dernier mot. Genre : « Un *bébé* ? » Mais il a pas réagi comme ça. Il a gueulé direct. Pas comme la mère d'Alicia. Elle gueulait pas, elle s'est mise à chialer et elle s'est effondrée sur la table de la cuisine, avec les bras au-dessus de la tête.

« Et on va le garder, a dit Alicia. Je veux pas avorter.

— Ne sois pas ridicule, a dit son père. Tu peux pas t'occuper d'un bébé à ton âge. Aucun de vous deux.

— Y a plein de filles de mon âge qui le font, a dit Alicia.

— Pas des filles comme toi. Généralement elles ont plus de plomb dans la cervelle.

— Tu nous détestes ? a dit la mère d'Alicia tout d'un coup. C'est pour ça ?

— Maman, tu sais bien que non, a dit Alicia.

— C'est à lui que je parle », a dit sa mère. Et, comme je la regardais, tout déconfit, elle a dit : « Oui. A toi. »

J'ai secoué la tête. Je savais pas comment répondre autrement.

« Pour l'empêcher de te quitter, c'est ça ? »

Je voyais pas où elle voulait en venir.

« Qu'est-ce que vous voulez dire ?

— Qu'est-ce que vous voulez dire ? elle a répété en me singeant d'une voix idiote pour montrer que j'étais un imbécile.

179

— Il y est pour rien », a dit Alicia. Puis, avant que ses parents puissent rétorquer, elle a rectifié : « Enfin, si, il y est pour quelque chose. Mais c'est moi qui ai décidé de garder le bébé. Il voulait pas, je crois pas. Et puis, je l'avais déjà quitté. Il voulait plus de moi.

— Comment c'est arrivé ? a dit sa mère. Je me doutais que vous couchiez, mais je pensais que vous auriez au moins la jugeote de mettre des préservatifs.

— On en a mis, a dit Alicia.

— Alors comment c'est arrivé ?

— On sait pas. »

Je savais, mais je voulais pas vraiment me lancer sur le thème des choses qui arrivent à moitié au mauvais moment. C'était hors sujet maintenant.

« Et qu'est-ce qui te fait penser que tu veux un bébé ? Tu as été incapable de t'occuper d'un poisson rouge.

— C'était il y a des années.

— Oh oui. Trois ans. Tu étais une enfant, et tu es toujours une enfant. Bon sang ! On croit rêver, c'est surréaliste.

— Qu'est-ce qui est arrivé au poisson rouge ? » j'ai dit. Mais personne n'a fait attention à moi. C'était une question stupide. Il était probablement arrivé à son poisson rouge ce qui était arrivé au mien, et à tous les poissons rouges. On les revend pas, on les met pas en adoption, hein ? Ils finissent tous dans les chiottes.

« Et ta mère, Sam ? Qu'est-ce qu'elle en pense ?

— Elle est pas encore au courant.

— Bien. Allons lui dire un mot. Maintenant. Tous ensemble.

— C'est pas juste, maman », a dit Alicia.

180

Je trouvais aussi que c'était injuste, mais sans pouvoir expliquer en quoi exactement.

« Et pourquoi c'est "pas juste maman" ? » a dit sa mère. Elle a pris encore une voix idiote, cette fois pour montrer qu'Alicia était une petite fille pleurnicheuse.

« Parce qu'on devrait avoir une chance de le lui dire sans que vous soyez là. Elle est pas là maintenant, hein ? Elle était pas là quand on vous l'a dit.

— Je peux te poser une question, Sam ? » a demandé le père d'Alicia. Il avait pas parlé depuis un bout de temps.

« Ouais. Sûr.

— Je me souviens de ta mère, à la fête où tu as rencontré Alicia. Elle est très jolie, n'est-ce pas ?

— Je sais pas. Je suppose, ouais.

— Jeune et jolie.

— Ouais.

— Elle a quel âge ?

— Elle a... Bon, d'accord, elle a trente-deux ans.

— Trente-deux. Donc elle avait seize ans quand tu es né. »

J'ai rien dit.

« Bon Dieu ! il a dit. Les gens comme vous n'apprennent donc jamais rien ? »

***

Ils sont venus avec nous finalement. Ils se sont calmés, la mère d'Alicia a rembarré son mari pour ce qu'il avait dit et il s'est excusé. Mais j'étais pas près de l'oublier. « Les gens comme vous. » Quels gens ? Les gens qui font des bébés à seize ans? C'est une catégorie spéciale? C'était moi qui avais voulu qu'on y aille tous ensemble. J'avais peur. Non pas que ma mère me fasse du mal, non. J'avais peur de la voir complètement démoralisée. De toutes mes peurs, c'était probablement celle-là qui venait en numéro un. Ça aurait été moins grave, en supposant qu'elle ait toujours eu la trouille que je me drogue, par exemple, si j'avais débarqué avec une seringue plantée dans le bras. Au moins elle aurait pu me l'enlever. Ça aurait été moins grave, en supposant qu'elle ait toujours eu la trouille que je me fasse décapiter, si je m'étais pointé avec ma tête sous le bras. Au moins je serais mort. Donc j'espérais que, si on rappliquait à quatre sur le pas de la porte, elle serait obligée de la mettre en sourdine, au moins jusqu'à ce qu'ils soient repartis. Oh, tout était à court terme. J'étais incapable de voir plus loin. En allant à Hastings, je pouvais retarder l'échéance d'un jour. En me faisant accompagner des parents d'Alicia pour qu'ils annoncent eux-mêmes à ma mère que j'avais mis leur fille enceinte, je gagnais une petite heure avant le tête-à-tête. Je refusais de penser à l'avenir, alors je me contentais d'anticiper la situation de vingt minutes en vingt minutes, pas plus.

J'avais dit à maman que je rentrerais pas directement après le lycée, donc je savais pas si elle serait là ou non. Je lui avais dit que j'allais prendre le thé chez un copain et que je serais de retour vers les huit heures. Souvent, dans ces cas-là, elle en profitait pour aller boire un pot avec une collègue de boulot ou pour passer chez quelqu'un. J'avais prévenu les parents d'Alicia, mais ils m'avaient répondu que, vu la gravité de la situation, ils attendraient son retour à l'intérieur si elle était pas là.

Je sais pas pourquoi j'ai préféré sonner plutôt que d'ouvrir avec ma clé. Peut-être parce que je trouvais que c'était pas bien de faire entrer les parents d'Alicia sans avertir d'abord maman. Elle a pas répondu tout de suite mais, au moment où j'allais sortir ma clé, elle s'est pointée à la porte en peignoir.

Elle a compris tout de suite qu'il s'était passé quelque chose. M'étonnerait pas qu'elle ait même compris de quoi il retournait. Alicia, sa mère, son père, quatre gueules d'enterrement... Vu le tableau, y avait pas trente-six possibilités. C'était soit le sexe, soit la drogue, pas vrai?

« Oh. Bonsoir. J'étais juste en train de... »

Elle a été incapable de dire ce qu'elle était en train de..., et ça m'a paru un mauvais signe. Le peignoir m'a étonné, du coup. Pourquoi ne pas nous dire simplement qu'elle était en train de prendre un bain, si c'était ça? Y a rien de honteux à prendre un bain, quand même.

« Mais... je vous en prie, entrez. Asseyez-vous. Laissez-moi juste le temps de m'habiller. Sam, mets de l'eau à chauffer. Sauf si vous préférez quelque chose de plus fort? J'ai une bouteille de vin ouverte, je crois. D'habitude je ne bois pas, mais... Et il y a peut-être de la bière. On a de la bière, Sam? »

Elle bafouillait. Elle voulait gagner du temps, elle aussi.

« Pas la peine, merci, Annie, a dit la mère d'Alicia.

Pouvons-nous vous dire un mot avant que vous vous habilliez ?

— C'est-à-dire...

— Alicia est enceinte. C'est le bébé de Sam, évidemment. Et elle veut le garder. »

Ma mère a rien dit. Elle m'a juste regardé, long-temps, et puis son visage est devenu comme un morceau de papier chiffonné. Avec des plis, des rides, des creux partout, à des endroits où d'habitude y avait rien. Quand une feuille de papier a été froissée, ça se voit toujours, on a beau lisser autant qu'on peut, rien à faire. Eh ben, quand elle a fait cette tête, j'ai vu que ces rides-là s'en iraient jamais, même dans les moments heureux. Et puis y a eu ce bruit affreux. Si elle apprend ma mort un jour, je serais pas là pour l'entendre, mais j'imagine que le bruit serait pas différent.

Elle est restée debout en pleurant pendant un petit moment, et puis Mark, son nouveau mec, est entré dans le living-room pour voir ce qui se passait. Donc Mark expliquait le peignoir. Pas besoin d'avoir un don spécial pour lire les pensées des parents d'Alicia à ce moment-là. Elles étaient écrites en gros sur leurs figures et leurs yeux. J'entendais son père me dire « les gens comme vous », même s'il disait rien en réalité, il faisait que regarder. Les gens comme vous. C'est tout ce que vous savez faire dans la vie ? Baiser ? Et j'avais envie de tuer maman, quelle coïncidence, parce qu'elle avait envie de me tuer aussi.

« Si tu cherchais à me faire du mal, Sam, elle a dit après une éternité, tu as réussi. Tu ne pouvais pas faire pire.

184

— Je cherchais pas à te faire du mal, j'ai dit. Franchement. Je voulais pas mettre Alicia enceinte. C'était la dernière chose que je voulais.

— Il y a un excellent moyen pour ne pas mettre une fille enceinte, elle a dit. C'est de ne pas coucher avec elle. »

J'ai pas répondu. Je veux dire, on peut rien répondre à ça. Mais, en suivant sa logique, j'aurais pu faire l'amour deux ou trois fois seulement dans toute ma vie, et encore même pas si je voulais pas avoir d'enfants du tout. De toute façon, la décision ne m'appartenait plus. J'allais avoir des enfants, que ça me plaise ou non. Un enfant, en tout cas, à moins qu'Alicia attende des jumeaux.

« Je vais être grand-mère, a dit maman. J'ai quatre ans de moins que Jennifer Aniston et je vais être grand-mère. J'ai le même âge que Cameron Diaz et je vais être grand-mère. »

Cameron Diaz, c'était nouveau. Je l'avais jamais entendue citer Cameron Diaz.

« Oui, a dit le père d'Alicia. Certes. Cette affaire aura de nombreuses conséquences malheureuses. Mais, pour le moment, c'est surtout l'avenir d'Alicia qui nous inquiète.

— Pas celui de Sam ? a dit maman. Il avait un avenir aussi. »

Je l'ai regardée. Avait ? J'*avais* un avenir ? Je l'ai plus ? Je voulais l'entendre me dire que tout irait bien. Je voulais qu'elle me dise qu'elle survivrait, pour que je puisse survivre aussi. Mais c'était pas ce qu'elle me disait. Elle me disait que j'avais plus d'avenir.

« Bien sûr. Mais Alicia nous inquiète davantage parce que c'est notre fille. »

Ça me semblait réglo. Quand maman s'était mise à pleurer, c'était pas par compassion pour Alicia.

« Alicia, ma chérie, a dit maman. Tu viens de le découvrir, c'est ça ? »

Alicia a fait oui.

« Donc tu n'es pas encore fixée, n'est-ce pas ? Tu ne peux pas savoir si tu veux le garder ou non.

— Oh si, je sais, a dit Alicia. Je ne tuerai pas mon bébé.

— S'agit pas de tuer un bébé. C'est...

— J'ai lu des trucs là-dessus sur Internet. C'est un bébé. »

La mère d'Alicia a soupiré.

« Je me demandais où tu avais pioché ces idées, elle a dit. Ecoute. Les gens qui diffusent ces messages anti-avortement sur Internet sont tous des chrétiens évangéliques et...

— Ça m'est égal, ce qu'ils sont. Les faits sont les faits », a dit Alicia.

La conversation dégénérait complètement. Tout y passait. Cameron Diaz, les chrétiens évangéliques... J'avais pas envie d'écouter ces salades. Je savais pas ce que j'avais envie d'écouter, remarquez. Est-ce que j'avais le choix ?

« Je crois que je vais y aller », a dit Mark. On avait tous oublié qu'il était là, et on l'a tous regardé comme si on était toujours pas vraiment sûrs qu'il soit là.

« Je vais rentrer, il a dit.

— Oui, a dit maman. Bien sûr. » Elle lui a fait un

signe de la main, un peu distraitement, mais, comme il avait pas ses godasses, il a dû repasser par la chambre de maman.

« Bon, alors ? Résultat des courses ? » a dit le père d'Alicia.

Personne n'a parlé pendant un moment, sauf quand Mark est revenu pour redire au revoir. Franchement, je comprenais pas comment on pouvait s'attendre à un résultat quelconque. On était toujours au point de départ. Alicia était enceinte et elle voulait garder le bébé. Tant qu'on bougerait pas de là, on pouvait tchatcher jusqu'à la saint-glinglin, ça changerait rien.

« J'ai besoin de parler à mon fils en privé, a dit maman.

— Il n'y a plus rien de privé, a dit le père d'Alicia. Tout ce que vous pourrez lui dire nous concerne. Nous sommes une famille maintenant. »

J'aurais pu lui expliquer qu'il venait de dire une connerie. Maman s'est énervée.

« Excusez-moi, mais je continuerai à parler à mon fils en privé jusqu'à la fin de mes jours si ça me chante. Et nous ne sommes pas une famille. Pas maintenant, et peut-être jamais. Sam se conduira toujours comme il faut, et moi aussi, mais si vous croyez que ça vous autorise à venir chez moi pour exiger d'entendre mes conversations privées, vous êtes à côté de la plaque. »

Il a voulu répliquer, mais Alicia s'en est mêlée.

« Vous n'allez jamais me croire, elle a dit, mais papa est quelqu'un de très intelligent en temps normal. Même s'il vient de prouver le contraire. Papa, tu penses que tu ne voudras plus jamais me parler en privé, sans la présence de Sam et de sa mère ? Oui ? Bon, alors tais-toi. Je vous jure. Vraiment. »

Son père l'a regardée, il a souri, plus ou moins, et maman aussi, et c'était fini.

**

La première chose que maman m'a dite quand ils sont tous partis a été : « C'est juste la faute à pas de chance ? Ou c'est de la bêtise ? »

J'ai été conçu parce que ma mère et mon père n'ont pas mis de capote. Donc, j'ai failli répondre : « Vous, c'était de la bêtise, moi j'ai pas eu de pot. » Mais je me suis dit qu'il valait mieux pas. D'ailleurs, je savais pas vraiment si j'avais été idiot ou pas. J'avais dû l'être. Y a une chose qu'ils disent pas sur les boîtes de capotes, c'est : ATTENTION ! IL FAUT UN QI DE 100 000 POUR ENFILER ÇA CORRECTEMENT !

« Un peu des deux, je suppose, j'ai répondu.

— Il ne faut pas que ça te gâche la vie.

— Ça a gâché la tienne.

— Temporairement.

— Ouais. Quand j'aurai ton âge, tout sera réglé.

— Chh.

— Et alors mon bébé aura un bébé.

— Et je serai arrière-grand-mère à quarante-huit ans. »

On prenait la chose à la blague, mais le cœur y était pas. On regardait tous les deux le plafond en essayant de pas chialer.

« Tu penses qu'Alicia peut changer d'avis ?

— Je sais pas, j'ai dit. Je crois pas.

— Tu vas pas arrêter l'école pour ça.

— J'en ai pas l'intention. N'importe comment, elle accouchera pas avant novembre, environ. Je peux passer mon bac au moins.

— Et ensuite ?

— Je sais pas. »

J'avais pas énormément réfléchi à ce que j'allais faire de ma vie. J'avais pensé à la fac, et c'était à peu près tout. Et Alicia n'avait jamais pensé à son avenir, pour autant que je sache. C'était peut-être ça, le secret. Peut-être que les gens qui ont un plan bien arrêté... peut-être qu'ils ont jamais de grossesse, ou qu'ils mettent jamais de filles enceintes. Peut-être que, tous les quatre, maman, papa, Alicia et moi, on a manqué de sérieux dans nos ambitions. Si Tony Blair savait déjà qu'il voulait être Premier ministre quand il avait mon âge, alors je parie qu'il a fait vachement gaffe avec ses capotes.

« Ton père avait raison, hein ?

— Ouais », j'ai dit. Je savais de quoi elle parlait. Elle parlait de ce qui s'était passé chez Consuela.

« C'est pour ça que tu es allé à Hastings ?

— Ouais. Je voulais m'installer là-bas et jamais revenir.

— Tu as fait ce qu'il fallait finalement.

— Je suppose.

— Tu veux que je lui dise ?

— A mon père ? Tu le ferais ?

— Ouais. Mais tu auras une dette envers moi.

« — D'accord. »

Je m'en foutais de lui devoir quelque chose pour ça. Y avait peu de chances que je sois capable un jour de lui rembourser tout le reste, alors c'était juste un petit extra en plus de tout ce qu'elle comptait même pas.

10

Quelques-unes des choses qui se sont passées dans les semaines suivantes :

— Ma mère a mis mon père au parfum, et il s'est marré. Vraiment. D'accord, il s'est pas bidonné d'entrée de jeu. Il a commencé par me traiter de divers noms, mais on voyait bien que c'était surtout pour le principe. Ensuite il a rigolé et il a dit : « Vingt dieux, mon petit-fils pourra venir me voir jouer au foot le dimanche ! T'y as pensé ? » J'ai failli répondre : « Ouais, c'est ce qu'on s'est dit tout de suite, Alicia et moi », mais, vu que c'était mon père, il aurait pu croire que je parlais sérieusement. « Va falloir que je me surveille, maintenant, il a dit. Il va pas seulement me regarder. Il pourra jouer avec moi. On a deux joueurs de cinquante balais. Et un super goal de quinze ans. Donc, si ton môme est doué, il pourra être sur le terrain avec moi. J'aurai que quarante-neuf piges quand il en aura quinze. Mais il faudra qu'il vienne à Barnet. Et qu'il boive au *Queen's Head*. » Ça devenait débile, mais c'était mieux qu'une dérouillée. Et puis il a dit qu'il nous aiderait en cas de besoin.

— Ils l'ont su au lycée. Pendant que j'étais aux

gogues, y a un mec qui est venu me demander si c'était vrai, alors j'ai tiré une tronche d'idiot pour me donner le temps de réfléchir à une réponse et puis j'ai juste dit : « Je sais pas. » Il a dit : « Ben, renseigne-toi, mec, parce qu'elle le raconte à tout le monde. Mon pote sort avec une fille de sa classe, et tout le monde le sait là-bas. » Et quand j'ai demandé à Alicia si elle le racontait à tout le monde, elle m'a répondu qu'elle l'avait dit à une seule personne et que cette personne pouvait déjà se considérer comme morte. N'empêche qu'il en avait suffi d'une pour que tout le monde sache. Donc, en rentrant à la maison, je l'ai dit à maman et elle a appelé le lycée et on est allés leur parler. Si on me demandait de résumer en un mot les réactions de la direction et des profs, ce serait le mot « intéressé ». Ou peut-être « passionné ». Personne ne m'a engueulé. Ils pensaient peut-être que c'était pas leur rôle. Et puis, comme par hasard, le lycée venait d'adopter une nouvelle stratégie pour les grossesses adolescentes mais ils avaient encore jamais eu l'occasion de la mettre en pratique, alors au final ils étaient contents. Leur stratégie était de me dire que je pouvais continuer à venir à l'école si je voulais et de me demander si on avait assez d'argent. Ensuite ils m'ont fait remplir un formulaire pour dire si j'étais satisfait de leur stratégie.

— J'ai accompagné Alicia à l'hosto pour une échographie, un genre de radio où ils regardent le bébé avec des rayons et ils vous disent que tout est normal, si vous avez du pot. Ils nous ont dit que tout était normal. Ils nous ont demandé aussi si on voulait savoir le sexe du bébé, j'ai dit non, elle a dit oui, puis j'ai dit que ça m'était égal, au fond, alors ils nous ont dit que c'était un garçon. Ça m'a pas tellement étonné.

— Alicia et moi on s'est embrassés, en revenant de l'échographie.

C'est ce dernier point qui est la grande info, pas d'erreur. Je veux dire, toutes les infos étaient des scoops, en un sens. Si vous m'aviez dit, il y a un an, que les profs m'en voudraient pas tellement de mettre une fille enceinte, je vous aurais répondu qu'une nouvelle comme ça méritait dix colonnes à la une, comme les jours où ils sont obligés de rallonger le journal télé et de décaler l'émission suivante, vous savez, quand ils disent : « Et maintenant, avec un peu de retard sur nos programmes... » Mais, avec le temps, ça faisait plus vraiment sensation. Par contre, qu'on s'embrasse, Alicia et moi, ça, c'était une info. Ou plutôt, c'en était une de nouveau, parce qu'il y avait eu une époque où c'était ordinaire. (Et une autre avant, la première fois, où c'était une info.) Enfin, vous voyez ce que je veux dire. C'était une évolution. Et en bien. Quitte à avoir un bébé avec quelqu'un, vaut mieux être en bons termes, dans l'ensemble.

C'était différent avec Alicia maintenant. Ça avait changé quand elle avait pris ma défense et celle de ma mère chez nous. J'ai vu que c'était pas une mauvaise fille qui voulait détruire ma vie. Je m'étais même pas rendu compte que je la considérais comme ça avant qu'elle dise à son père de la fermer, mais une partie de moi-même avait dû s'en rendre compte parce que j'ai eu l'impression qu'elle sortait de l'ombre et je me suis dit : elle est pas si grave ! C'était autant ma faute que la sienne ! Surtout la mienne, même. (Longtemps après, quelqu'un m'a parlé d'un truc appelé pilule du lendemain, que vous pouvez demander à votre docteur si vous avez peur que votre capote ait glissé, par exemple. Donc, si j'avais eu ça cette nuit-là, la nuit où quelque chose s'était à moitié passé et puis à moitié passé de nouveau, rien de tout ça ne serait arrivé. Donc, vu sous cet angle, c'était à 150 pour cent ma faute et, mettons, à 20 pour cent la sienne.) En plus, elle était toujours super belle. En plus de ça, de la voir si malade ça me donnait envie de m'occuper mieux d'elle. Et en plus de ça, c'était un peu comme une pièce de théâtre et je pouvais pas la jouer avec des gens qui étaient pas sur scène avec moi.

Et puis, quand on est sortis de l'hosto après l'échographie, elle a juste mis sa main dans la mienne, et ça m'a plu. C'est pas que j'étais amoureux d'elle ou quoi, mais c'est vraiment bizarre de voir son môme à l'intérieur d'une personne et ça mérite un peu de... je sais pas, un peu de cérémonial, disons. Et y a pas trente-six façons de faire quand on marche dans la rue, alors nous tenir la main c'était notre cérémonial, en quelque sorte, pour marquer l'événement.

« Tu vas bien ? elle a dit.

— Ouais. Et toi ?

— Ouais.

— Tant mieux.

— Ça t'embête si je fais ça ?

— Quoi ? »

Et elle a serré ma main, pour me faire comprendre ce qu'elle voulait dire.

« Oh, non. » Et j'ai serré sa main aussi. J'avais jamais renoué avec une fille, avant. Chaque fois que je rompais, c'était pour de bon, et je voulais jamais revoir la fille. Y avait un couple au lycée qui arrêtait pas de rompre et de se remettre ensemble, et j'avais jamais pigé, mais maintenant je voyais mieux. C'était comme rentrer à la maison après des vacances. Encore que ç'avait pas été vraiment des vacances, depuis notre séparation. J'étais allé au bord de la mer, d'accord, mais ç'avait pas été le pied.

« Tu en as eu marre de moi, hein ? elle a dit.

— Toi aussi, non ?

— Ouais. Je suppose. Un peu. On se voyait trop. Je voyais personne d'autre. Je parle pas de garçons. Ou de filles, d'ailleurs. Juste les copains.

— Ouais. Je sais ce que c'est. Faisons un bébé. C'est un excellent moyen pour se voir moins », j'ai dit.

Elle a rigolé.

« C'est ce que ma mère et mon père ont dit. Enfin, pas exactement ça. Mais quand ils ont essayé de me persuader de me faire avorter, ils ont dit : Tu verras Sam jusqu'à la fin de tes jours. S'il veut garder le contact avec ce bébé. J'y avais pas pensé. Si tu es un père responsable, je te connaîtrai toujours.

— Ouais.

— Quel effet ça te fait ?

— Je sais pas. » Et après avoir dit ça, je savais. « En fait, ça me plaît. C'est une idée qui me plaît.

— Pourquoi ?

— Je sais pas. » Et, *idem*, après avoir dit ça, je savais. Peut-être que je devrais jamais rien dire, j'ai pensé. Je devrais juste écouter les questions et y répondre par texto ou par e-mail en rentrant chez moi. « En fait, j'avais jamais tellement réfléchi à l'avenir avant. Et ça me plaît d'avoir quelques indications. Je sais pas si j'aime la raison qui fait que je te connaîtrai toujours. Le bébé et tout ça. Mais, même si on reste de simples amis...

— Tu penses qu'on pourrait vouloir être plus que des simples amis ? »

Et c'est là que je me suis arrêté pour l'embrasser. Elle m'a embrassé aussi, et elle a pleuré un peu.

Donc ce jour-là il s'est passé deux choses qui donnaient de la vraisemblance à ce que j'avais vu pendant la nuit où j'avais été projeté dans le futur. On a appris qu'elle attendait un garçon. Et on s'est remis ensemble.

J'étais pas idiot. Les chances de rester ensemble étaient pas optimales. On était loin d'être des adultes. Ma mère avait quitté papa à vingt-cinq ans, ce qui veut dire qu'ils sont restés ensemble une dizaine d'années, et moi j'avais jamais tenu dix mois. Peut-être même pas dix semaines. L'impression que ça faisait, c'était qu'il y avait une grosse bosse devant nous sur la route, en l'occurrence le bébé. Et on avait besoin d'un peu d'élan pour passer cette bosse. Et peut-être que se remettre ensemble c'était prendre de l'élan. Ce qu'il y a de bien avec les bosses sur la route, c'est que, une fois qu'on a grimpé la côte, ça redescend, et y a plus qu'à se laisser glisser de l'autre côté. J'ai dit que j'étais pas idiot ? Ha ! Ce que je savais pas, à ce moment-là, c'est qu'y avait pas d'autre côté. Faut continuer à pousser éternellement. Ou jusqu'à ce qu'on perde son souffle.

On s'est beaucoup vus après l'échographie. On faisait nos devoirs ensemble, chez elle ou chez moi, ou on regardait la télé avec ma mère ou ses parents. Mais on allait jamais se planquer à l'étage pour faire l'amour. Ça branchait pas Alicia. Moi, ça pouvait me brancher, mais j'avais décidé de plus jamais faire l'amour, donc même si certaines parties de moi étaient intéressées, ma tête ne l'était pas. Le sexe, c'était dangereux. Alicia disait qu'on pouvait pas tomber enceinte pendant la grossesse, c'était ce qui expliquait que les gens n'avaient jamais trois ou quatre mois de plus que leurs frères et sœurs, ce que j'aurais pu deviner moi-même, franchement, si j'avais réfléchi. Mais elle me disait pas ça pour essayer de me persuader. Elle me lisait juste un passage dans un livre. Elle lisait des tas de livres là-dessus.

Elle voulait en savoir plus sur... disons, un peu sur tout, en fait. Vu qu'on était renseignés sur rien. Alors la mère d'Alicia nous a inscrits à des cours appelés je sais plus comment, Préparation machin à la maternité quelque chose. La mère d'Alicia disait que ça l'avait beaucoup aidée pendant sa grossesse. Ça vous apprenait comment respirer, ce qu'il fallait emporter à l'hôpital, comment savoir si l'accouchement était imminent, des trucs comme ça.

On s'est retrouvés devant la porte, c'était une de ces

grosses vieilles baraques de Highbury New Park. Je suis arrivé de bonne heure parce que Alicia voulait que je sois là avant elle pour qu'elle soit pas obligée d'attendre toute seule mais, comme je savais pas à quelle heure elle viendrait, je me suis pointé avec quarante-cinq minutes d'avance pour me laisser une marge. J'ai joué au Tetris qui était sur mon nouveau portable jusqu'à ce que les gens commencent à arriver, et puis je les ai regardés.

Ils étaient différents de nous. Ils venaient tous en voiture et y en avait pas un plus jeune que ma mère. En tout cas, à vue de nez. Ils étaient pas fringués à leur avantage. Certains des mecs étaient en costard, peut-être parce qu'ils venaient après le boulot, mais les autres portaient des vieux pantalons de treillis et des vestes en velours. Les femmes portaient toutes des gros pulls pelucheux et des doudounes. Beaucoup avaient les cheveux gris. Ils me mataient comme si j'allais leur vendre du crack ou leur chourer leur portable. C'était moi, le mec qui avais le portable. Ça valait pas le coup de les agresser, à mes yeux.

« J'entre pas là-dedans », j'ai dit à Alicia quand elle a rappliqué. On voyait qu'elle était enceinte maintenant, et elle marchait plus lentement que d'habitude. Elle aurait quand même battu toutes les autres femmes à la course.

« Pourquoi ?

— On se croirait dans une salle des profs », j'ai dit.

Et, au moment où je disais ça, une des profs du lycée est apparue avec son mari. J'avais jamais été dans sa classe et je savais même pas très bien ce qu'elle enseignait. Je l'avais pas vue depuis des siècles. Langues vivantes, je crois. Mais je l'ai reconnue et elle m'a reconnu, et je suppose qu'elle avait entendu parler de moi parce qu'elle a eu l'air surprise sur le coup, puis plus du tout, comme si elle s'était rappelé subitement.

« Bonjour. Vous êtes Dean, n'est-ce pas ? elle a dit.

— Non, j'ai fait, et j'ai rien dit d'autre.

— Oh », elle a dit, puis elle est entrée.

« Qui c'était ? a demandé Alicia.

— Une prof du bahut.

— Oh ! la la. On est pas obligés d'y aller. On pourrait essayer ailleurs.

— Non, t'as raison. Allons voir comment c'est. »

On a franchi la porte d'entrée, on a grimpé l'escalier et on s'est retrouvés dans une grande pièce avec un tapis et des tas de poufs. Les gens étaient pas très bavards mais, quand on est arrivés, y a eu un silence de mort. On n'a rien dit non plus, d'ailleurs. On s'est assis par terre et on a regardé les murs.

Au bout d'un moment, une femme est entrée. Elle était petite, rondouillarde et elle avait une montagne de cheveux, ce qui la faisait ressembler à ces petits chiens auxquels on met des manteaux. Elle nous a repérés tout de suite.

« Hello, elle a dit. Vous êtes avec qui ?

— Elle, j'ai répondu en montrant Alicia.

— Oh, elle a dit. Oh, pardon. Je pensais que vous... Peu importe. C'est parfait. Enchantée de vous voir. »

J'ai rougi et j'ai rien dit. Je voulais mourir.

« Commençons par nous présenter, elle a dit. Je suis Theresa. Terry. » Et puis elle m'a désigné et j'ai presque, mais pas complètement, dit : « Sam. » Ça a dû sonner comme : « Ar. » Ou peut-être : « Um. » Alicia a été la deuxième désignée et, pour répondre à la vexation, elle a parlé comme si elle était dans une émission pour enfants.

« Hello tout le monde. Je suis Alicia », elle a dit d'une voix chantante. Personne n'a ri. Et là, j'ai pensé qu'on avait besoin de beaucoup d'autres cours sur beaucoup d'autres choses avant de s'attaquer à des cours sur la maternité. Pour commencer, on avait besoin d'un cours sur comment se tenir dans un cours sur la maternité. On s'était encore jamais retrouvés dans une salle pleine d'adultes qu'on connaissait pas. Rien qu'entrer dans la salle et s'asseoir avait été bizarre. Qu'est-ce que vous êtes censé faire quand tout le monde se tait pour vous mater ?

Une fois que chacun a eu dit son nom, Terry nous a divisés en groupes : garçons et filles. Hommes et femmes, si vous préférez. Elle nous a donné une grande plaque de carton et nous a dit de parler de ce qu'on attendait de la paternité, et l'un de nous devait écrire ce qu'on disait avec un feutre.

« D'accord », a dit l'un des mecs en costard. Et il m'a tendu le feutre. « A vous l'honneur ? »

Il essayait sûrement d'être sympa, mais j'étais pas client. Je suis pas le plus fort du monde en orthographe, je voulais pas qu'ils me charrient.

J'ai secoué la tête et j'ai de nouveau regardé le mur. Il y avait un poster avec une femme enceinte à poil là où je regardais, donc il a fallu que je regarde un autre

endroit du mur, sans quoi ils auraient cru que je relu-
quais ses nénés, et c'était pas le cas.

« Bon, alors. Qu'attendons-nous de la paternité ? Je
m'appelle Giles, au fait », a dit le mec en costard. Je
l'ai reconnu. C'était le mec que j'avais rencontré en
me promenant avec Roof, pendant ma projection dans
le futur. Il faisait différent avec un costard. Je me suis
senti un peu triste pour lui. Ici, il était tout feu, tout
flamme. Mais, vu son état quand je l'ai rencontré, tout
allait mal tourner. J'ai jeté un œil aux femmes pour
essayer de deviner laquelle était la sienne. Y en avait
une qui avait l'air anxieuse et névrosée. Elle parlait
beaucoup et mâchouillait ses cheveux. J'ai décidé que
c'était elle.

Petit à petit, tous les mots suivants se sont mis à
sortir des mecs :

« Satisfaction. »

« Insomnie ! » (« Ha ! ha ! » « Bien vrai. »)

« Amour. »

« Un challenge. »

« Angoisse. »

« Pauvreté ! » (« Ha ! ha ! » « Bien vrai. »)

« Application. »

Et des tas d'autres mots. J'ai rien compris à ce qu'ils
disaient. Quand on a eu fini, Giles a rendu le grand
morceau de carton à Terry et elle a commencé à lire les
mots à haute voix et ils se sont tous mis à en parler. J'ai
été distrait par le feutre. Je sais que j'aurais pas dû faire
ça, et je sais pas pourquoi je l'ai fait, mais il traînait
là sur le tapis et tout le monde était plongé dans la

conversation, alors je l'ai foutu dans ma poche. Plus tard, j'ai appris qu'Alicia avait piqué le sien aussi.

« On retournera jamais là, j'ai dit à Alicia après.

— T'as pas besoin de me convaincre, elle a dit. Ils étaient tous si vieux. Je veux dire, je sais qu'on est jeunes. Mais y en avait qui avaient des cheveux gris.

— Pourquoi elle nous a envoyés là ?

— Elle a dit qu'on rencontrerait des gens sympas. Elle a dit qu'elle s'était fait plein d'amis là-bas et qu'ils allaient au Starbucks ensemble avec leurs bébés. Sauf que Starbucks devait pas encore exister à l'époque. Au café, disons.

— J'irai pas au Starbucks avec des profs. Avec aucun de ces gens-là.

— Faudra qu'on aille dans un cours où y a des gens comme nous. Des ados », a dit Alicia.

J'ai pensé à cette fille avec qui j'étais sorti une fois, qui voulait un bébé en vitesse, et je me suis demandé si on la retrouverait dans un cours comme ça.

« L'ennui, j'ai dit, c'est que ceux qui vont dans ce genre de cours... ils doivent être un peu cons, non ? »

Alicia m'a regardé et a rigolé, mais c'était cette sorte de rire qu'on pousse quand quelque chose est pas drôle.

« Et nous, on est très intelligents, tu crois ? »

***

Quand je suis arrivé à la maison après ce cours, maman regardait la télé avec Mark. Il passait beaucoup de temps chez nous maintenant, donc j'ai pas été surpris de le voir mais, quand je suis entré, maman s'est levée, a éteint la télé et a dit qu'elle voulait me parler de quelque chose. Je savais de quoi il retournait, évidemment. J'avais fait mes calculs. Si j'avais réellement vu le futur cette fameuse nuit, alors TH m'avait projeté un an en avant. Donc il pouvait pas y avoir plus de cinq ou six mois entre le bébé d'Alicia et le bébé de maman. Roof avait quatre mois dans le futur, et maman était assez grosse déjà, donc elle en était peut-être à son huitième mois de grossesse. Ce qui voulait dire que son bébé allait naître quand Roof aurait cinq mois. Et Alicia en était à son cinquième mois maintenant, donc...

« Tu veux parler en privé ? a dit Mark.

— Non, non, a dit maman. On aura tout le temps d'en discuter seule à seul plus tard. Sam, tu as remarqué qu'on était souvent ensemble, Mark et moi.

— Tu es enceinte aussi », j'ai dit.

Maman a eu l'air choquée, et puis elle a éclaté de rire.

« Où tu es allé chercher ça ? »

J'ai pensé que c'était trop tordu à expliquer, alors j'ai juste secoué la tête.

« C'est ça qui t'inquiète ?

— Non. Ça m'inquiète pas. C'est seulement que... en ce moment, on dirait que les gens ont toujours la même nouvelle à annoncer.

— Ça me fait penser... a dit maman. Si j'avais un autre enfant, il ou elle serait plus jeune que le tien. Mon enfant serait plus jeune que mon petit-fils. » Elle et Mark se sont marrés. « Mais bon, bref, c'est pas ça la

203

nouvelle. La nouvelle, c'est : qu'est-ce que tu dirais si Mark venait s'installer ici ? Enfin, c'est une question, pas une nouvelle. Je ne suis pas en train de dire qu'il va s'installer ici. On te pose la question. Qu'est-ce que tu dirais si Mark venait vivre ici ? Point d'interrogation.

— Et si c'est un problème pour toi, on n'en parle plus, a dit Mark.

— Mais il est déjà très souvent ici et... »

Je savais pas quoi répondre. Je connaissais pas Mark, et j'avais pas particulièrement envie de partager un appart avec lui, mais j'étais pas sûr de vivre ici encore longtemps moi-même. Pas si le futur était juste.

« D'accord, j'ai dit.

— Tu as sûrement d'autres réflexions à faire », elle a dit.

Evidemment, elle avait raison. Je me faisais des tas de réflexions. Par exemple :

— Pourquoi je voudrais vivre avec quelqu'un que je connais pas ?

— Et ainsi de suite.

Autrement dit, j'avais une grosse question et une flopée de petites questions impliquant télévision, salle de bains et peignoirs, si vous captez ce que j'entends par peignoirs. Et son môme. Je voulais pas me coltiner son môme.

« Je veux pas me coltiner son môme, j'ai dit.

— Sam !

— Tu m'as demandé mes réflexions. C'était une de mes réflexions.

204

— C'est réglo, a dit Mark.

— C'était pas très poli, pourtant, a dit maman.

— Je voulais juste dire que je vais déjà avoir pas mal de baby-sitting sur les bras, j'ai précisé.

— Avec son propre bébé, c'est pas du baby-sitting, elle a dit. Ça s'appelle "être un parent".

— Il vit avec sa mère, a dit Mark. Tu n'auras pas besoin de t'occuper de lui.

— Alors d'accord. Ça marche.

— Si je comprends bien, ça marche tant que tu n'as pas à y mettre du tien, c'est ça? a dit maman.

— Ouais. En gros, c'est ça. »

Je voyais pas pourquoi j'aurais dû y mettre du mien. C'était pas moi qui lui avais demandé d'emménager chez nous. La vérité, c'est qu'il aurait emménagé quoi que je dise, à mon avis. D'ailleurs, si ç'avait pas été lui, ça aurait été un autre, un jour. Et ça aurait pu être pire, parce que cet autre aurait pu avoir, je sais pas, trois gosses et un rottweiler.

Ecoutez. J'ai pas de problème avec le divorce en général. Si vous supportez pas quelqu'un, y a pas de raison de rester marié avec. C'est évident. Et ça m'aurait pas plu de voir mon père et ma mère s'engueuler à longueur de journée. Pour tout dire, ça m'aurait pas plu d'être élevé par mon père, point barre. Mais l'ennui, c'est que le divorce attire ce genre de situation. C'est comme sortir sous la pluie avec un T-shirt. Vous augmentez les risques d'attraper la crève. A partir du moment où votre père quitte la maison, y a une possibilité que le père d'un autre vienne s'installer. Et c'est là que ça commence à craindre. Y avait un mec, au bahut, qui connaissait pratiquement pas ceux avec qui il vivait. Son père s'était barré, un autre mec avait emménagé avec deux filles, sa mère avait pas pu blairer les deux filles. Elle avait rencontré encore un autre mec, s'était tirée avec lui sans emmener son fils, et le fils en question s'était retrouvé avec trois personnes qu'il connaissait même pas l'année d'avant. Ça avait pas l'air de l'affoler beaucoup, mais moi ça m'aurait pas plu. Chez soi, ça veut bien dire ce que ça veut dire, non ? Ça veut dire un endroit où on connaît les gens.

Et puis je me suis rappelé que, d'après le futur, j'allais finir par vivre avec des tas de gens que je connaissais pas.

11

Je disais plus monsieur Burns au père d'Alicia. Je l'appelais Robert, ce qui était mieux, parce que chaque fois que je disais monsieur Burns je pensais à un vieux chauve qui dirigeait la centrale nucléaire de Springfield. Et je disais pas non plus madame Burns à sa mère. Je l'appelais Andrea. On s'appelait par nos prénoms.

Ils avaient visiblement décidé de Faire Un Effort avec moi. Faire Un Effort signifiait me demander ce que je pensais de ceci ou ça environ tous les deux jours et ce qui me turlupinait. Faire Un Effort signifiait se rouler de rire pendant une heure si je disais quelque chose de vaguement humoristique. Et Faire Un Effort signifiait Parler de l'Avenir.

Ils ont commencé à Faire Un Effort à peu près au moment où ils ont arrêté d'essayer de persuader Alicia de se faire avorter. Ils ont essayé avec nous deux, puis avec moi tout seul, puis avec elle. Du temps perdu. Elle voulait le bébé. Elle a dit que c'était la seule chose qu'elle ait jamais désirée, ce qui m'a paru absurde, mais au moins ça faisait sérieux. Et chaque fois que Robert et Alicia essayaient de me persuader, je disais :

« Je comprends votre point de vue. Mais elle veut pas. » Et puis le ventre a commencé à grossir et, comme on approchait du stade où l'avortement n'était plus autorisé, ils ont laissé tomber.

Je savais ce qu'ils pensaient de moi. Ils pensaient que j'étais un loubard qui avait bousillé l'avenir de leur fille, et ils me détestaient pour ça. Ça peut paraître curieux, mais je les comprenais. Je veux dire, j'avais rien arrangé, pas vrai ? Et pour le côté loubard, c'était juste par ignorance. L'important, c'était que leurs projets pour Alicia étaient partis en fumée. Je pense pas qu'ils aient eu des projets bien arrêtés, pour tout dire, mais s'ils en avaient eu, un bébé en faisait pas partie, c'était sûr. Les gens comme eux n'avaient pas de fille enceinte, et ils arrivaient pas à s'y faire, ça se voyait. Mais ils essayaient, et essayer ça voulait dire entre autres essayer de me traiter comme un membre de la famille. C'est pour ça qu'ils m'ont demandé d'habiter chez eux.

J'étais là-bas pour le dîner et Alicia parlait de ce bouquin qu'elle était en train de lire sur comment un bébé pouvait apprendre dix langues si on lui enseignait assez tôt. Andrea écoutait pas vraiment, et puis elle a dit : « Où allez-vous habiter quand le bébé sera né ? »

On s'est regardés tous les deux. Notre décision était déjà prise. Sauf qu'on leur avait pas dit.

« Ici, a répondu Alicia.

— Ici.

— Ouais.

— Tous les deux ? a dit Robert.

— Quels deux ? a dit Alicia. Moi et Sam ? Ou moi et le bébé ?

— Tous les trois, alors.

— Ouais.

— Ouah, a fait Andrea. Bon. D'accord.

— Tu imaginais quoi ? a dit Alicia.

— Eh bien mais que tu habiterais ici avec nous et que Sam viendrait te rendre visite, a dit Andrea.

— On est ensemble, a dit Alicia. Donc si on n'habite pas ici, faudra qu'on trouve un logement.

— Non, non, ma chérie, Sam est le bienvenu évidemment.

— Je vois ça.

— Mais si, mais si, vraiment. Seulement vous êtes encore bien jeunes pour vivre comme mari et femme sous le toit de tes parents. »

Vue sous cet angle, l'idée d'Alicia était complètement délirante. Mari et femme ? Homme et femme ? J'allais être un homme ? Alicia allait être ma femme ? Je sais pas si vous jouez des fois aux associations de mots, vous savez, comme quand quelqu'un dit « poisson » et vous dites « pêcheur » ou « mer » ou « arête ». Mais si quelqu'un m'avait dit « homme », j'aurais dit des trucs comme « bière » ou « costume » ou « rasage ». Je portais pas de costume et je me rasais pas, mais j'avais déjà bu de la bière. Et maintenant j'allais avoir une femme.

« Ne tombe pas dans le mélodrame, Andrea, a dit Robert. Il s'agit simplement de partager une chambre avec Sam et le bébé. Du moins pour le moment. »

Ça m'emballait pas quand même. J'avais partagé de

chambre avec personne depuis mes neuf ans, quand j'allais dormir chez des copains. J'ai arrêté parce que le fait d'entendre quelqu'un bouger dans un lit à côté du mien m'empêchait de fermer l'œil. Tout ça commençait à prendre une certaine réalité. Une réalité terrifiante.

« Tu devrais peut-être attendre de voir, a dit Andrea. Laisser Sam habiter chez lui au début.

— Si tu veux que je sois malheureuse, on peut faire ça, a dit Alicia.

— Oh, pour l'amour de Dieu, a dit Robert. Tout ce qu'on dit ou fait n'est pas toujours calculé pour détruire ta vie, tu sais. C'est rare mais enfin il arrive qu'on essaie de réfléchir à ce qu'il y a de mieux pour toi.

— Très rare, a dit Alicia. Très très rare.

— Je plaisantais.

— Pas moi.

— Est-ce que tu sais, Sam, a dit Andrea, que c'est très pénible de partager une chambre avec quelqu'un ? »

Robert l'a regardée.

« Je suis désolée, mais c'est la vérité, elle a dit. Le manque de sommeil. Les pets et les ronflements.

— Je pète pas et je ronfle pas, a dit Alicia.

— Tu ne sais pas ce que tu fais, a dit Andrea. Parce que tu n'as jamais partagé le lit de quelqu'un. Et tu ne sais pas ce qu'un bébé peut te faire.

— Personne ne t'empêche d'aller vivre ailleurs, a dit Robert.

— Tu crois que je n'y ai jamais pensé ? a dit Andrea. Eh bien, c'est un bel exemple qu'on leur donne. Bienvenue, Sam. Bienvenue dans notre famille heureuse. »

Si j'avais été Robert ou Andrea, j'aurais dit : Vous voyez ? Vous voyez ce que c'est ? D'être mari et femme ? Que Sam reste avec sa mère ! Il veut pas voir le bébé toute la journée et tous les jours ! Mais ils ont pas dit ça. Ils ont dû le penser, mais ils l'ont pas dit, alors que j'aurais bien voulu l'entendre.

Il me fallait mon skateboard.

***

Quand je suis rentré ce soir-là, je suis allé direct dans ma piaule pour prendre mon skate. Je m'en étais pas servi depuis ma virée à Hastings. Il était posé contre le mur en dessous du poster de TH, que j'avais déçu apparemment.

« J'ai eu des emmerdes, j'ai dit.

— Je ne voulais pas mêler une femme aussi intimement à ma vie et l'impliquer à différents niveaux. »

J'avais pas envie de me lancer dans une conversation, alors j'ai juste ramassé mon skate et je me suis cassé.

Rubbish était dans la Cuvette, tout seul, en train de s'exercer. Je l'avais pas vu depuis la nouvelle de la grossesse, mais il m'a pas demandé où j'avais été parce qu'il savait. Il savait pour le bébé, en tout cas. A ma connaissance, personne n'avait jamais parlé de moi avant, parce qu'ils avaient rien à dire. J'avais jamais rien fait. Quand les gens savaient quelque chose sur moi, c'était parce que je leur avais dit, pas parce qu'ils avaient parlé entre eux. Maintenant tout le monde était au courant de mes affaires, et ça me faisait drôle.

« Comment ça va ? » il a dit. Rubbish travaillait ses rock'n rolls. Il avait pas fait de progrès.

« Bof, on fait aller. »

J'essayais des figures dans la Cuvette, en prenant un air beaucoup plus concentré que je l'étais en réalité.

« T'es foutu, hein ?

— Merci.

— Excuse-moi, mais c'est vrai.

— Remerci.

— Excuse-moi, mais...

— Tu vas me dire que je suis foutu une troisième fois ?

— Alors explique pourquoi tu l'es pas.

— Je peux pas t'expliquer ça. Parce que je le suis.

— Oh, il a dit. Excuse-moi. De nouveau. Je me rendais pas compte.

— Quoi ?

— Je sais pas. Quand quelqu'un dit à un jeune de notre âge qu'il est foutu, c'est généralement pas vrai. Pas complètement. Je veux dire, tout ce qu'il risque généralement, c'est une baffe. Ou une heure de colle. Mais ça bousille pas leur vie, hein ? Un petit souci et on n'en parle plus. Mais devenir papa... C'est grave, hein ? Je veux dire, t'es vraiment...

— Ne le répète pas encore une fois. Sans déconner. Sinon, c'est toi qui es foutu. A l'ancienne. Autrement dit, tu vas te manger une baffe. »

Je frappe jamais personne, mais il me prenait la tête.

« Désolé. Parce que j'ai failli le répéter. Et je suis désolé pour tout ce qui s'est passé.

— Pourquoi, c'est à cause de toi ? C'est toi qui as mis Alicia enceinte ? »

Je blaguais mais, comme je m'étais proposé de lui coller une baffe, il a balisé.

« Je la connais même pas. Je voulais juste dire, euh, pas de bol, quoi.

— Ouais. Bon.

— Qu'est-ce que tu vas faire ?

— Pour ?

— Je sais pas. Pour tout ça.

— Aucune idée. »

J'adorais sentir les carres frotter contre le béton, surtout parce que je savais ce que je faisais. C'était la première fois depuis des siècles que je savais ce que je faisais. Rubbish était nul pour les grinds, les rock'n rolls et à peu près tout le reste, mais je l'enviais quand même. J'aurais voulu que les figures de skate soient mes seuls soucis dans la vie. J'avais été comme Rubbish, sauf que je savais faire les figures. De mon point de vue, ça ressemblait à la vie idéale. J'avais eu la vie idéale, et je m'en étais pas rendu compte, et maintenant c'était fini.

« Rubbish », j'ai dit.

Il a pas réagi. L'ennui quand vous vous appelez Rubbish, c'est que vous savez pas toujours si c'est à vous qu'on s'adresse.

« Rubbish. Ecoute-moi.

— Ouais.

— T'as une vie idéale. Tu le savais ? »

Juste à ce moment-là, il s'est ramassé. Il s'est pété les genoux contre le banc en ciment, s'est éjecté de son skate et étalé par terre en râlant et en essayant de pas chialer.

« Tu le savais ? j'ai répété. Idéale. Je donnerais n'importe quoi pour être à ta place en ce moment. »

Il m'a regardé pour voir si je me foutais de lui, mais je me foutais pas de lui. J'étais sincère. Et je me suis pris un gadin aussi. Mais un gadin comme jamais ! Les roulettes sont sorties des essieux, les essieux sont sortis du châssis, j'ai décollé à cinq mètres du sol et atterri dans un mur en brique. En tout cas, c'est l'impression que ça m'a fait. Et j'avais même pas une égratignure.

**

« Andrea a appelé », a dit ma mère.

Je l'ai zieutée.

« La maman d'Alicia, elle a précisé.

— Oh. Ouais.

— Elle a dit que tu envisageais d'habiter chez eux avec Alicia après la naissance du bébé. »

J'ai regardé mes godasses. J'avais jamais remarqué que les trous pour les lacets étaient rouges à l'extérieur.

« Tu ne voulais pas m'en parler ?

— Si. J'allais le faire.

— Quand ?

— Aujourd'hui. Maintenant. Si t'en avais pas parlé la première. Tu m'as devancé de dix secondes.

— Tu prends tout ça à la rigolade ? »

C'est vrai que je rigolais en prétendant que j'allais lui en parler. Mais pas parce que je trouvais ça poilant. Au contraire, c'était pour me regonfler le moral. Je prenais tout ça tellement au sérieux que la rigolade était pour moi une forme d'héroïsme. Je pensais qu'elle le remarquerait et qu'elle m'aimerait pour ça.

« Non, j'ai dit. Désolé. » A quoi bon tout expliquer ? Elle aurait pu croire que je jouais vraiment les héros.

« Tu veux habiter chez Alicia ?

— Ce que je veux ou ce que je veux pas... on a dépassé ce stade maintenant, non ?

— Non. Tu as tort de penser ça. Tu es jeune. Tu as toute la vie devant toi.

— C'est ce que tu ressentais quand tu es tombée enceinte ?

— Non. Bien sûr que non. Mais...

— Mais quoi ?

— Rien.

— Mais quoi ?

— Eh bien, je n'avais pas le choix, hum ? Je te portais en moi. Je pouvais pas me défiler.

— Tu veux dire que les mecs peuvent ? »

Je le croyais pas. Ma mère qui me disait de me barrer ?

« Je ne dis pas que tu peux te défiler. Je ne te suggère pas de t'enfuir à Hastings. Ce serait pathétique.

— Merci.

— Tu peux pas faire une chose et son contraire. Tu peux pas prendre de haut les types qui se défilent cinq minutes après l'avoir fait toi-même. »

J'avais rien à redire à ça.

« Aller là-bas tous les jours, d'accord. T'occuper de ton gosse. Etre un père. Mais... aller vivre dans la chambre d'Alicia, non.

— C'est elle qui le veut. Et puis y a du boulot la nuit, faut se lever pour les rots et tout ça, non ? Pourquoi je la laisserais se taper les corvées toute seule ?

— Elle a vu ta chambre ? C'est tout juste si tu arrives à y vivre tout seul, alors avec quelqu'un d'autre... Tu vas jeter tes slips sales par terre chez elle ? Tu as pensé à tout ça ? »

J'avais pensé à rien. Et c'était inutile de toute façon.

***

J'ai parlé à TH avant d'aller me coucher.

« Qu'est-ce que je vais faire ? j'ai dit. Et ne me parle pas de ta vie. J'en ai marre des histoires de ta vie. Parle-moi de la mienne. Dis-moi : "Sam, voici ce que tu dois faire au sujet d'Alicia et du bébé", et donne-moi des réponses.

— Riley exigeait un changement dans notre mode de vie, et Cindy et moi avons imaginé une solution. »

Riley était son fils. J'étais pas intéressé par son fils.

« Qu'est-ce que je viens de te dire ? Ça m'avance à rien, tes histoires avec Riley. Je suis pas un skateur mondialement connu. Tu m'écoutes pas.

— Pourquoi les gars du parc ont cessé de me tabasser, je ne le saurai jamais. Je suis un vrai imbécile parfois. »

216

Ça me rappelait quelque chose. Il disait ça quand il était en rogne contre moi, quand il trouvait que je faisais l'imbécile. Et quand il était en rogne, il me téléportait.

Je me suis pieuté. Mais sans savoir en quelle année j'allais me réveiller.

12

Maman m'a réveillé en cognant sur la porte de ma chambre. J'ai su que j'étais dans le pétrin quand j'ai commencé à chercher quelque chose à me mettre. J'ai ramassé mon jean par terre, je suis allé prendre une chemise dans mon armoire et j'ai trouvé un tas de sapes que j'avais jamais vues – des treillis Hawk et deux T-shirts Hawk que je voulais depuis un bout de temps, celui avec le faucon comme emblème et celui avec le logo Hawk en flammes. J'ai pigé immédiatement que j'étais dans le futur. Et la première chose que j'ai remarquée, c'est que j'habitais pas chez Alicia. J'ai mis le T-shirt avec le faucon en feu et je suis allé dans la cuisine.

Mark était là avec un bébé. Un bébé fille. Et pas toute petite. Elle était assise dans un siège de bébé et boulottait une sorte de Weetabix écrasé avec une cuiller.

« Le voilà, a dit Mark. Voilà ton grand frère. »

J'étais préparé. Je savais qui elle était, où j'étais et tout ça. J'avais déjà été dans le futur. Mais quand Mark a dit ça, ça m'a fait un choc. J'étais grand frère. Elle était ma petite sœur. J'avais été un fils unique toute ma vie et, tout d'un coup, y avait cette nouvelle venue. Et elle m'aimait bien. Elle m'a souri et m'a tendu les bras pour que je la prenne. Je me suis approché d'elle.

« Elle a pas encore fini », a dit Mark.

Il se doutait pas que c'était un événement pour moi de rencontrer ma sœur. Il m'avait probablement vu la veille au soir, je l'avais probablement vue la veille au soir et, pour lui, c'était un instant sans importance parmi un million d'autres instants sans importance. Mais pas pour moi. C'était pas du tout sans importance.

C'était pas rien, de découvrir ce bébé. La découverte de Roof avait été un choc aussi, pour toutes sortes de raisons. Je savais pas que j'avais été propulsé, à ce moment-là, donc ç'avait été un choc. Et j'étais pas sûr qu'Alicia était enceinte, alors découvrir votre propre bébé avant même de savoir à cent pour cent que votre copine ou ex-copine va avoir un bébé... Ce serait un choc pour n'importe qui. En plus, je savais pas comment réagir. Ou, plus exactement, je me méfiais de mes réactions, parce qu'elles risquaient de pas être très bonnes. Mais ce bébé-là était pas le mien, c'était ma petite sœur et j'avais aucune raison d'être triste ou angoissé à son sujet.

Je voulais connaître son nom.

« Allez, poulette. Avale. Papa doit aller au travail.

— Où est maman ? »

Tout d'un coup je me suis rappelé ce mec au bahut qui connaissait pas les gens avec qui il vivait. Peut-être que maman était partie et que je vivais avec Mark et un bébé dont je connaissais pas le nom.

« Elle est au lit. Celle-ci est restée éveillée la moitié de la nuit. »

« Roof. » « Celle-ci. » « Poulette. » Pourquoi les gens n'appelaient jamais les bébés par leur vrai nom ?

« Elle va bien ? j'ai dit.

— Ouais. Très bien. Juste une alerte.

— Je peux lui donner à manger ? »

Mark m'a regardé. J'ai supposé que je proposais pas ce genre de service très souvent.

« Bien sûr. Tu as le temps ? »

J'ai compris ce que je détestais le plus dans le futur, à part la peur de jamais réintégrer mon temps réel. Dans le futur, on sait jamais ce qu'on est censé faire ensuite.

J'ai haussé les épaules.

« Quel est ton programme ? »

J'ai de nouveau haussé les épaules.

« La fac ? Roof ? »

Il s'appelait toujours Roof, donc. Ça lui collait à la peau.

« Comme d'hab, j'ai dit.

— Alors t'as pas le temps.

— Je la reverrai plus tard ?

— Elle sera ici, a dit Mark. Elle habite ici.

— Et moi aussi », j'ai dit.

C'était une question, en fait, mais il pouvait pas le savoir.

« Tu t'es réveillé malin, il a dit. Si tu sais déjà où tu habites, plus rien ne t'arrêtera aujourd'hui. »

J'ai souri, pour montrer que je savais qu'il blaguait. J'en savais pas beaucoup plus.

Maman est entrée dans la cuisine en robe de chambre, mal réveillée, vieillie et grossie. C'est pas sympa à dire, désolé, mais c'est la vérité. Elle s'est approchée du bébé et lui a fait une bise sur le crâne. Le bébé a eu l'air de s'en foutre.

« Tout va bien ?

— Ouais, a dit Mark. Sam s'est proposé pour lui donner à manger.

— Mazette, a dit maman. T'es encore fauché ? »

J'ai palpé mes fouilles. Y avait un billet dedans.

« Non, je crois que ça ira.

— C'était de l'ironie.

— Ah.

— Tu t'es réveillé idiot ?

— Mark vient de dire que je m'étais réveillé malin.

— C'était de l'ironie aussi », a dit Mark.

Je détestais être comme ça. Je trouvais que, avant de me propulser dans le futur, TH aurait pu prendre le temps de me rencarder un peu. Me dire à quelle fac j'allais, par exemple, et comment s'appelait ma sœur. Des infos de base. Si vous êtes assis dans une pièce avec votre sœur et que vous savez pas son nom, vous vous sentez con, même si elle est encore bébé.

« C'est ton portable », a dit maman.

J'ai écouté. Tout ce que j'entendais, c'était une vache qui meuglait.

« C'est juste une vache, j'ai dit.

— Ouais, c'était hilarant la première fois », a dit maman.

J'ai écouté de nouveau. Ça ressemblait vraiment à une vache. Sauf que ça continuait : « Meuh meuh

meuh... Meuh meuh meuh... » Comme un téléphone. Ça pouvait pas être une vraie vache : qu'est-ce qu'une vraie vache aurait fait dans ma chambre ? Je voyais ce qui s'était passé. Il s'était passé que j'avais téléchargé une sonnerie genre vache, à un certain moment entre le présent et le futur, pour rigoler. Y avait pas forcément de quoi se taper sur les cuisses.

J'ai dégoté mon téléphone dans la poche de ma veste.

« Allô ?

— C'est Boi.

— Ah. Allô, Boi. » Je connaissais pas de Boi, mais la voix ressemblait à celle d'Alicia. On peut être sûr de rien, quand on est dans le futur.

« Boi. Pas Boi.

— Boi pas Boi ? C'est-à-dire ?

— C'est Alicia. Et j'ai un rhube. Alors, au lieu de dire "C'est Alicia", j'ai voulu dire "C'est boi", mais ça a donné "C'est boi".

— Moi.

— Oui. Ah ben dis donc. Tu t'es réveillé idiot ?

— Oui. » Ça semblait plus simple de l'admettre.

« N'importe. Je sais que tu devais aller à la fac, mais je vais vraiment pas bien et maman et papa sont pas là et je devais l'emmener se faire piquer ce matin. Tu pourrais ?

— Piquer ?

— Oui. Sa piqûre. Vaccin. Immunisation. Injection. »

Ça me paraissait beaucoup pour un petit garçon.

« Bref. Tu peux y aller ?

— Moi ?

« — Oui. Toi. Son père. On peut pas reporter encore une fois.

— C'est où ?

— Au dispensaire. Au bout de la rue.

— D'accord.

— C'est vrai ? Merci. A tout à l'heure, alors. Il a besoin de sortir. Il est debout depuis quatre heures et il me prend la tête. »

C'était maman qui faisait manger le bébé maintenant. La petite a souri et m'a de nouveau tendu les bras, mais maman lui a dit d'attendre.

« A quel âge on vaccine les enfants ?

— Quel vaccin ?

— Je sais pas.

— Eh bien, ça dépend du vaccin.

— Ah ouais ?

— Tu parles de Roof ?

— Ouais.

— Alicia a dit qu'elle voulait le faire vacciner maintenant. Elle aurait dû le faire il y a un mois déjà, mais elle n'était pas sûre.

— Donc normalement c'est à quel âge ? »

J'essayais de savoir quel âge avait mon fils. Et aussi quel âge j'avais.

« Quinze mois ?

— Bien. »

Donc Roof avait un peu plus de quinze mois. Quinze mois, c'était un an et trois mois. Il pouvait avoir près de deux ans, voire plus de deux. Donc j'en avais dix-huit. J'achèterais un journal en allant chez Alicia, histoire de voir la date, et comme ça je saurais si j'ai l'âge légal de boire dans un pub.

« Faut que je le prenne ce matin. Alicia va pas bien.

— Tu veux que je t'accompagne avec Emily ?

— Emily ?

— Je vais pas la laisser toute seule ici, quand même.

— Non, non. C'est que... Laisse tomber. Non. Tu as raison. Je l'emmènerai aux balançoires. »

Les mômes de deux ans ou plus peuvent aller sur les balançoires, non ? C'était pour eux qu'elles étaient faites, les petites balançoires, non ? Qu'est-ce qu'on pouvait faire d'autre avec un môme de deux ans ? Je séchais.

« Maman. Est-ce que Roof parle bien ? A ton avis ?

— Il pourrait être le porte-parole de l'Angleterre.

— C'est ce que je pensais.

— Pourquoi ? Quelqu'un a dit quelque chose ?

— Non, non. Mais... »

Mais je savais pas s'il parlait. Je savais pas si on parlait à deux ans. Mais ça, je pouvais pas le lui dire.

« A plus tard, j'ai dit. Tchao, Emily. »

Et j'ai embrassé ma petite sœur sur la tête. Elle a pleuré quand je suis parti.

***

Alicia était pas belle à voir. Elle était en robe de chambre, elle avait les yeux vitreux et le nez rouge. C'était pas plus mal, en fait, parce que quelque chose me disait qu'on n'était plus ensemble, vu que j'habi-

224

tais chez ma mère, et ça me faisait de la peine. Avant, dans le présent, on s'entendait bien, et je recommençais à flasher sur elle, exactement comme la première fois. La voir dans cet état... ça rendait la séparation plus facile.

« J'ai vraiment attrapé un rhume », elle a dit en se marrant. Je l'ai regardée. Je voyais pas ce qu'y avait de drôle. « C'est peut-être toi qui me l'as refilé », elle a ajouté, morte de rire. Je me demandais si elle était pas en train de faire un genre de crise de nerfs. « Il regarde la télé. J'ai pas eu la force de faire autre chose avec lui. »

Je suis allé dans le living-room et y avait ce petit garçon blond avec des cheveux bouclés comme une fille, qui regardait des Australiens chanter avec un dinosaure. Il s'est retourné, il m'a vu, il a couru vers moi et j'ai été obligé de l'attraper sinon il se serait écrasé la figure contre la table basse.

« Papa ! » il a dit, et je jure que mon cœur s'est arrêté de battre pendant deux secondes. Rencontrer ma sœur et mon fils le même jour, c'était trop d'un coup. Ça aurait été trop pour n'importe qui. Je l'avais déjà rencontré, la dernière fois que j'avais fait un tour dans le futur, mais il était encore tout petit et je l'avais à peine approché. Il m'avait gonflé, cette fois-là. Il me gonflait aussi maintenant, mais de bonheur.

Je l'ai fait tournoyer un peu, il a rigolé et, quand j'ai arrêté, je l'ai regardé.

« Qu'est-ce qu'il a ? a dit Alicia.

— Rien. Je le regarde. »

Il ressemblait à sa mère, je trouvais. Mêmes yeux, même bouche.

« Je pourrai avoir une glace si je suis sage.

— C'est vrai ?

— Après le docteur.

— D'accord. Et ensuite on ira sur les balançoires. »

Roof s'est mis à chialer et Alicia m'a reluqué comme si j'étais un crétin fini.

« Tu n'es pas obligé d'aller sur les balançoires, elle a dit.

— Non, j'ai dit. Si t'en as pas envie. »

Je voyais absolument pas où était l'embrouille, mais je me doutais que j'avais fait une gaffe.

« T'as déjà oublié ? m'a lancé Alicia.

— Bien sûr, j'ai dit. Désolé. »

Sa vie, il faut la vivre vraiment et pas se contenter de faire des allers-retours dedans. Sinon on sait jamais ce qui se passe.

« Bon. Garde-le aussi longtemps que tu peux. J'ai une supercrève. »

On a mis Roof dans la poussette pour aller au dispensaire, sauf que bien sûr j'ai été infoutu d'attacher les lanières, alors Alicia a dû m'aider, mais ça l'a pas tellement étonnée de me voir paumé. Elle m'a demandé quand j'allais enfin apprendre à le faire. Ça m'a rassuré de constater que j'étais généralement paumé, parce que ça me dispensait d'expliquer pourquoi j'arrivais pas à refaire le lendemain ce que j'avais fait la veille. Quand on est sortis, pourtant, il a commencé à donner des coups de pied et à essayer de se détacher. Je savais qu'il marchait, puisque je l'avais vu traverser la pièce quand il avait couru vers moi, donc j'ai trifouillé les lanières jusqu'à ce qu'y ait un déclic et je l'ai laissé courir sur le trottoir. Et puis j'ai vu qu'il fonçait droit sur la rue, alors il a fallu que je le rattrape pour le retenir. Après ça, j'ai plus lâché sa main.

Ma mère avait raison. Il aurait pu être le porte-parole du Brésil, pas seulement de l'Angleterre. Chaque fois qu'on passait à côté de quelque chose, il disait : « Regarde, papa ! » Et la moitié du temps je voyais pas de quoi il parlait. Des fois c'était une moto ou une bagnole de flics, des fois c'était une brindille ou une vieille canette de Coca. Au début, j'ai essayé de commenter ce qu'il me montrait, mais qu'est-ce qu'on peut dire sur une canette de Coca ?

Y avait un monde dingue au dispensaire. Y avait beaucoup de parents avec des mômes malades, des qui toussaient, des qui avaient de la fièvre, des qui étaient affalés sur les épaules de leur mère. J'étais content que Roof soit pas malade comme ça. Pas sûr que j'aurais été à la hauteur. J'ai attendu devant le bureau d'accueil pendant que Roof fouillait dans une caisse de jouets de la salle d'attente.

« Bonjour, a dit la femme du bureau.

— Bonjour, j'ai dit. On est venus pour le vaccin, la piqûre et l'immunisation. »

Elle s'est marrée. « Juste une piqûre pour aujourd'hui, d'accord ?

— Si ça suffit.

— C'est qui, "on", d'ailleurs ?

— Ah, j'ai dit. Excusez-moi. Lui, j'ai fait en montrant Roof.

— Bien. Et qui est-ce ? »

Oh, merde, j'ai pensé. Je sais pas vraiment le nom de mon gosse. J'étais probablement pas le meilleur père du monde mais, à voir comment j'avais été accueilli par Alicia et Roof tout à l'heure, je devais pas être le pire non plus. Seulement, ne pas savoir le nom de son propre fils... Ça la foutait mal. Même le pire père du monde connaît le nom de son môme, ce qui faisait de moi un père pire que le pire des pères.

S'il s'appelait réellement Roof, alors son initiale était « R ». Et son nom de famille était soit le mien soit celui d'Alicia. Donc soit Jones soit Burns.

« R. Jones », j'ai dit.

Elle a regardé un fichier, puis un écran d'ordinateur.

« Rien à ce nom, elle a dit.

— R. Burns, j'ai dit.

— Je peux vous demander qui vous êtes ?

— Son père, j'ai dit.

— Mais vous connaissez pas son nom ?

— Ouais. Non. »

Elle m'a regardé. Visiblement, elle avait pas l'air de trouver que c'était une bonne explication.

« J'avais oublié qu'on l'avait inscrit sous le nom de sa mère.

— Prénom ?

— Je l'appelle Roof.

— Et les autres l'appellent comment ?

— Tout le monde l'appelle Roof.

— Quel est son prénom ?

— Je crois que je ferais mieux de revenir demain, j'ai dit.

228

— Ouais, a dit la femme. Quand vous le connaîtrez un peu mieux. Passez un peu de temps avec lui. Une petite séance de rapprochement père-fils. Demandez-lui comment il s'appelle, des choses comme ça. »

En allant au parc, j'ai demandé à Roof comment il s'appelait.

« Rufus », il a dit.

Rufus. Evidemment. J'aurais dû l'interroger pendant l'aller, plutôt que pendant le retour. Il a pas paru surpris par ma question. Il a eu l'air content de savoir la réponse. Je suppose qu'on demande toujours aux enfants des choses qu'ils savent déjà.

J'arrivais pas à croire que j'avais accepté d'appeler mon fils Rufus. Mon souhait, c'était toujours Bucky.

« Rufus, j'ai dit. Si maman te demande si la piqûre a fait mal, dis-lui simplement que tu as été courageux, d'accord?

— J'ai été courageux, il a dit.

— Je sais. »

Il avait toujours pas eu cette piqûre.

***

Si Roof n'aimait pas les balançoires, c'était parce qu'il en avait pris une dans la figure la dernière fois que je l'avais emmené au parc. Je l'avais laissé galoper devant une, qui était en mouvement apparemment, et elle l'avait cogné en plein sur le pif. Il m'a raconté tout ça quand on a franchi la grille. J'en menais pas large. C'était un si beau petit garçon. J'aurais pu m'en occuper mieux que ça, quand même.

Je m'aperçois que, depuis que j'avais appris la grossesse d'Alicia, je m'étais inquiété uniquement pour ma pomme, genre : est-ce que ça va foutre ma vie en l'air ? qu'est-ce que papa et maman vont me dire ? et ainsi de suite. Mais j'avais déjà dû empêcher Roof de courir sur la chaussée et j'avais vu tous ces gosses malades au dispensaire. Et maintenant que je découvrais qu'il avait failli se mettre KO dans le parc, il me semblait que j'étais pas assez vieux pour avoir tous ces soucis. Mais, au fond, qui l'était ? Ma mère se faisait du mouron tout le temps et elle était assez vieille. Etre vieux, ça aidait pas. C'était peut-être pour ça que les gens étaient pas nombreux à avoir un bébé à mon âge, parce que ça laissait pas beaucoup de place dans leur vie pour s'intéresser aux autres problèmes, comme l'emploi, les filles et les résultats de foot.

On a joué dans le bac à sable un petit moment, puis il a fait du toboggan, puis du rodéo sur un de ces chevaux de bois montés sur ressort. Je me rappelais avoir cavalé là-dessus quand j'étais môme. J'étais même sûr de m'être assis sur celui-là. J'étais plus revenu dans ce parc depuis cinq ans, mais j'avais pas l'impression qu'y ait eu beaucoup de changement depuis le temps où j'y jouais.

J'avais vingt livres en poche. Roof avait eu sa glace, donc il me restait dix-neuf livres, et on s'est tapé tout le chemin de Clissold Park à Upper Street, juste histoire de faire quelque chose. Ensuite il a voulu entrer dans ce magasin de jouets et je me suis dit : bon, on peut toujours regarder. Alors il a voulu cet hélicoptère qui coûtait 9,99 livres et je lui ai dit que c'était pas possible, mais il s'est jeté par terre et il s'est mis à brailler en se tapant la tête. Donc il me restait maintenant neuf livres. Et puis on est passés devant le cinéma et ils donnaient ce film pour enfants appelé *Tomate vinaigrette*. D'après l'affiche, c'était un genre de *Wallace* et *Gromit* d'animation sur des légumes. Evidemment, il a voulu le voir, j'ai regardé les horaires et la première séance commençait. J'ai pensé : bof, c'est un bon moyen de tuer deux heures. Ça coûtait 8,50 livres pour nous deux, donc il me restait cinquante pence.

On est entrés dans la salle et, sur l'écran, y avait une tomate géante parlante qui essayait d'échapper à un bocal de mayonnaise et à une salière.

« J'aime pas, papa, a dit Roof.

— Fais pas l'idiot. Assieds-toi.

— J'AIME PAS ! » il a gueulé.

Y avait que quatre personnes, mais elles se sont toutes retournées.

« Attends que... »

La tomate géante a foncé vers la caméra en criant, et cette fois Roof a carrément hurlé. Je l'ai attrapé et on est ressortis dans le hall. J'avais dépensé vingt balles en une vingtaine de minutes.

« Je peux avoir du pop-corn, papa ? » a dit Roof.

Je l'ai ramené chez Alicia. Elle s'était habillée entre-temps, elle avait meilleure mine, mais c'était pas la grande forme quand même.

« Déjà de retour ? elle a dit.

— Il se sentait pas bien. Après la piqûre et tout ça.

— Comment ça s'est passé ? elle a dit.

— Comment ça s'est passé, Roof ? » je lui ai demandé.

Il m'a regardé. Il comprenait absolument pas de quoi je parlais. Il avait oublié ce qu'on avait répété.

« Chez le docteur ?

— Y avait un camion de pompiers, il a dit.

— Tu as été courageux ? » j'ai dit.

Il m'a regardé de nouveau. On voyait qu'il essayait de se rappeler quelque chose, mais il calait.

« Un courageux pompier, il a dit.

— Bon, ben, il a pas l'air trop perturbé, a dit Alicia.

— Non, il a été sage.

— Tu veux déjeuner avec nous ? Ou il faut que tu repartes ?

— Ouais, j'ai dit. Tu sais bien. »

J'espérais qu'elle savait, parce que, moi, je savais pas du tout.

« On se revoit bientôt, Roof. »

Et c'était vrai, au fond. Si j'étais renvoyé dans le présent en allant me coucher ce soir, comme ça s'était produit la dernière fois, alors je le reverrais quelques semaines plus tard, à sa naissance. Ça me faisait drôle. Je voulais le serrer dans mes bras, lui dire que j'étais impatient de faire sa connaissance, mais si j'avais dit ça, Alicia aurait pu deviner que j'étais pas à ma place dans le futur qui, évidemment, n'était pas le futur pour elle. Pas facile à deviner, je reconnais, mais n'empêche qu'elle aurait trouvé chelou que je dise à mon fils que j'étais impatient de faire sa connaissance.

Il m'a envoyé un bisou, Alicia et moi on a rigolé,

puis j'ai remonté l'allée à reculons pour pouvoir le voir plus longtemps.

Je suis rentré à la maison. Y avait personne. Je me suis étendu sur mon lit, j'ai regardé le plafond et je me suis senti couillon. Tout le monde a envie de faire un tour dans le futur pour voir ce que sont devenus les gens. Mais j'y étais, dans le futur, et je trouvais rien à faire. L'ennui, c'est que c'était pas vraiment le futur de l'Avenir. Si on m'avait demandé à quoi ressemblait le futur, tout ce que j'aurais pu répondre, c'était que j'avais une petite sœur et un gosse de deux ans, ce qui changeait pas la face du monde.

Je sais pas combien de temps je suis resté allongé à réfléchir mais, au bout d'un petit moment, maman est rentrée avec Emily et des tas de courses et je l'ai aidée à ranger ses paquets pendant qu'Emily nous regardait, assise dans son petit rocking-chair.

Tout d'un coup j'ai eu besoin de savoir quelque chose. En fait, y avait plein de choses que j'avais besoin de savoir, comme par exemple ce que j'étais censé faire de mes journées. Mais la question que j'ai posée, c'était celle-ci.

« Maman. Comment je me débrouille ?

— Pas mal, elle a dit. T'as rien renversé, en tout cas.

— Non, non. Pas avec les courses. Comment je me débrouille... dans la vie, disons ?

— Qu'est-ce que tu veux ? Une note sur dix ?

— Eventuellement.

— Sept.

— Bon. Merci. »

Sept, c'était pas mal. Mais ça me disait pas ce que je voulais savoir.

« Ça te va ? elle a dit. La note te convient ?

— Elle me paraît correcte.

— Ouais, je trouve aussi.

— Qu'est-ce qui me manque pour avoir dix ?

— C'est quoi, cette question, Sam ? Où tu veux en venir ? »

Où je voulais en venir ? Je suppose que je voulais savoir si le futur valait la peine d'attendre ou si c'était un tissu d'emmerdes. Dans un cas comme dans l'autre, je pouvais rien y faire, mais j'aurais bien aimé savoir si Rubbish avait raison. Est-ce que j'étais foutu d'avance ?

« Tu crois que les choses vont s'arranger ? » j'ai dit. Je savais pas de quelles choses je parlais, ni ce que j'entendais par « s'arranger ». Mais c'était un début.

« Pourquoi ? Tu as des ennuis ?

— Non, non, pas du tout. Pour autant que je sache. Je voulais juste dire avec Roof et tout ça. Les études. Je sais pas.

— Je pense que tu t'en sors aussi bien qu'on pouvait l'espérer. C'est pourquoi je t'ai donné sept sur dix. »

Aussi bien qu'on pouvait l'espérer ? Qu'est-ce que ça signifiait ?

Et là, j'ai pigé que, même dans le futur, on veut savoir l'avenir. Donc, à la façon dont je voyais les choses, TH m'avait pas aidé du tout.

Plus tard, je suis allé dans la Cuvette avec mon skate et personne n'a eu l'air surpris, donc apparemment j'avais pas renoncé à en faire. J'ai dit à maman et à Mark que je voulais pas manger avec eux, alors que je crevais la dalle, parce que je pouvais leur parler ni d'hier, ni d'aujourd'hui, ni de demain. J'ai zoné dans ma piaule, j'ai joué avec ma X-box, écouté de la musique et je me suis pieuté. Quand je me suis réveillé, j'avais pas de treillis Hawk, pas de T-shirt Hawk en feu, et donc je savais que j'étais revenu au présent.

13

Voilà, vous savez tout. J'ai plus rien à ajouter. Je sais pas si vous avez pensé que j'ai inventé cette histoire de futur ou si vous avez pensé que j'avais perdu la boule, mais c'est plus très important maintenant, hein ? On a eu un bébé appelé Rufus, dans la vraie vie. Donc ça se recoupe. Fin de l'histoire.

Du coup, vous vous dites peut-être : si c'est la fin de l'histoire, pourquoi il la boucle pas, que je puisse passer à autre chose ? La vérité, c'est que, quand j'ai dit que vous saviez tout... C'est pas faux, en ce qui concerne les faits. Seulement y a quelques éléments à raccorder. On a eu un bébé, maman a eu un bébé, Alicia et moi on a vécu ensemble dans sa chambre et puis on arrêté de vivre ensemble. Tout ça, d'accord, mais il arrive un moment où les faits perdent leur importance et, même si vous savez tout, vous savez rien, parce que vous savez pas *comment* c'était. C'est toujours comme ça dans les histoires, non ? Vous pouvez raconter les faits en dix secondes, si vous voulez, mais les faits ne sont rien. Voici les faits dont vous avez besoin pour *Terminator* : dans le futur, des superordinateurs robotisés veulent contrôler la Terre et détruire la race humaine. Notre seul espoir en l'an 2029, c'est le chef de la Résistance. Donc les robots envoient Arnold Schwarzenegger, *alias* Terminator, remonter le temps pour tuer le chef de la Résistance avant qu'il naisse. Grosso merdo, c'est ça. Et un membre de la Résistance remonte le temps aussi pour protéger la mère du futur chef. C'est pour ça qu'il y a du schproum. Donc vous avez la mère sans défense du futur chef et le combattant de la Résistance contre Arnold le Terminator. Ces faits vous ont plu ? Non. Bien sûr que non, parce que vous avez rien ressenti, alors vous vous en foutez. Je dis pas que l'histoire d'Alicia, Roof et moi est aussi bien que Terminator. Je dis juste que, si vous vous en tenez aux faits, tout l'intérêt de l'histoire disparaît. Alors voici la suite.

Une chose à savoir, c'est que je me suis pris une grosse gamelle dans la Cuvette. Je me blesse jamais là-bas, parce que la Cuvette, c'est juste pour passer le temps. Si je dois me blesser, ce serait plutôt à Grind City, où y a des vrais skateurs qui font du vrai skate, et pas au coin de ma rue, où je vais skater cinq minutes avant le thé.

C'était pas tout à fait ma faute, mais on dit toujours ça, pas vrai ? Je suis même pas sûr que ce soit officiellement une gamelle. Je m'explique. Le seul moyen de skater avec un semblant de sérieux dans la Cuvette, c'est d'arriver par le côté en vol plané ou, encore mieux si vous le sentez, par-dessus les trois marches et d'atterrir direct dans la Cuvette. Il faut qu'elle soit vide, évidemment, mais même s'il fait sombre vous voyez et entendez de loin s'il y a quelqu'un dedans. Enfin, vous le voyez et vous l'entendez à condition qu'il soit pas en train de piquer un roupillon avec son skate comme oreiller. C'est justement ce que faisait Rabbit, sauf que je l'ai aperçu pendant que j'étais déjà en l'air et sur le point d'atterrir sur son bide. C'est une gamelle ? Si quelqu'un roupille comme ça ?

Personne au monde n'aurait pu rester sur ses cannes dans une situation pareille, donc j'ai pas de reproches à me faire. Mais j'en avais à faire à Rabbit et je me suis pas gêné quand j'ai retrouvé mon souffle et que la douleur qui me lançait dans le poignet s'est un peu calmée.

« Putain, qu'est-ce que tu fous, Rabbit ?

— Ce que je fous ? il a dit. Moi ? Et toi ?

— Je fais du skate, Rabbit. Dans la Cuvette. Elle est faite pour ça. Quelle idée de pioncer au milieu d'une cuvette en béton ? Où on fait du skate ? »

Rabbit s'est marré.

« C'est pas marrant. Je me suis peut-être cassé le poignet.

— Non. Ouais. Excuse. Je riais parce que tu croyais que je pioncais.

— Qu'est-ce que tu faisais, alors ?

— La sieste.

— Y a une différence ?

— Je suis pas venu exprès pour pieuter ici. Ce serait bizarre. »

Je suis reparti. Faut être dans un état d'esprit particulier pour parler avec Rabbit et j'étais pas dans cet état-là.

Ma mère a fini par m'emmener faire une radio de

mon poignet, juste par prudence. On a attendu une éternité, rien que pour s'entendre dire qu'y avait pas de lézard, à part que ça me faisait un mal de chien.

« Je pense que tu vas devoir arrêter », a dit maman pendant qu'on poireautait. Je voyais pas de quoi elle parlait. Arrêter quoi ? D'attendre dans les hôpitaux ? D'aller quelque part avec elle ?

Je l'ai lorgnée pour montrer que je captais pas.

« Arrêter le skate, elle a dit. Je pense pas que tu puisses encore en faire. Pas pour le moment, en tout cas.

— Pourquoi ?

— Parce que, pendant les deux ans à venir, ta vie va consister à pousser et à porter. Alicia ne te dira pas merci si tu te casses une jambe et que tu la laisses tout faire toute seule.

— C'est Rabbit qui a déconné.

— Ouais, bien sûr, c'est la première fois qu'on vient aux urgences. »

C'est vrai que j'avais eu deux ou trois petites fractures, des doigts et des orteils. Rien qui m'empêcherait de promener un bébé.

« Pas question de ranger mon skate.

— Tu es un irresponsable.

— Oh, eh, j'ai jamais demandé à avoir un gosse. »

Ma mère a pas moufté. Elle aurait pu m'en dire des tonnes, mais elle l'a pas fait. Et j'ai continué le skate, et je me suis pas ramassé d'autres gamelles. Mais uniquement parce que j'ai eu du bol. Et parce que Rabbit a plus jamais pris la Cuvette pour une chambre à coucher après ça.

***

Mark a emménagé bien avant que je déménage. Est-ce qu'une personne peut être le contraire d'une autre ? Si oui, alors Mark est le contraire de papa, à tout point de vue, sauf qu'ils sont tous les deux anglais de la même taille et de la même couleur, avec les mêmes goûts en matière de femmes. Vous comprenez ce que je veux dire. Pour tout le reste, ils étaient des contraires. Mark aimait l'Europe, par exemple, et les habitants de l'Europe. Et des fois il éteignait la télé pour ouvrir un livre. Et il lisait un journal avec des mots dedans. Je l'aimais bien. Enfin, assez bien, quoi. Et j'étais content qu'il soit là pour maman. Elle allait être une grand-mère de trente-deux ans – une grand-mère de trente-deux ans *enceinte* –, ce qui était un pas en arrière pour elle. Et Mark était un pas en avant. Donc elle allait se retrouver exactement où elle était avant, ce qui était pas le pire qui pouvait arriver.

Maman a fini par m'annoncer qu'elle était enceinte. Elle me l'a dit pas trop longtemps après l'avoir su, mais très longtemps après que, moi, je l'avais su. Des fois je regrettais de pas pouvoir lui dire : « Ecoute, t'inquiète pas pour ça. Je crois que j'ai été téléporté dans le futur, donc je sais déjà tout. » C'est ce que je ressentais quand je voyais qu'elle avait pas le cran de m'annoncer la nouvelle.

Sans me vanter, je pense que j'aurais deviné même si j'avais pas été téléporté, parce que Mark et elle étaient pas doués pour la dissimulation. Ça a commencé juste avant mon déménagement. Maman a arrêté de

240

boire son verre de pinard au dîner. J'aurais pas su que beaucoup de femmes arrêtent de boire de l'alcool quand elles sont enceintes si y avait pas eu Alicia. Mais je savais, et maman savait que je savais, alors elle se remplissait un verre tous les soirs et y touchait pas, croyant que je tomberais dans le panneau. L'ennui, c'est que c'était moi qui débarrassais la table après le dîner, donc cinq soirs de suite j'ai ramassé son verre plein en disant : « Maman, tu finis pas ton vin ? » Elle : « Non, merci, j'en ai pas tellement envie. Mark, tu le veux ? » Lui : « S'il le faut. » Et il sifflait le jaja en regardant la télé. C'était dingue. Si j'avais pas percuté, j'aurais dit un truc genre : « Maman, pourquoi tu te sers un verre de vin chaque soir si tu le bois pas ? » Et elle se serait sûrement mise à boire de la flotte pendant le repas. Mais comme je savais de quoi il retournait, je disais rien.

Et puis, un matin, Mark nous a proposé de nous déposer tous les deux, moi au bahut et maman à son bureau, parce qu'il était obligé de prendre la bagnole pour son boulot. Et on était en retard, parce qu'elle était dans la salle de bains, en train de vomir. Et, puisqu'il savait pourquoi et que je savais pourquoi, personne disait rien. C'est pas insensé ? Il disait rien parce qu'il voulait pas être le premier à me mettre au parfum. Et je disais rien parce que j'étais pas censé savoir. Je le regardais, il me regardait et c'était comme si on écoutait un chien aboyer ou un DJ à la radio, quelque chose qu'on entend tout le temps sans éprouver le besoin de dire quelque chose. Et puis y a eu une gerbe vraiment sonore et j'ai fait une grimace sans le vouloir et Mark l'a remarquée et il m'a dit : « Ta mère ne se sent pas très bien.

— Ah, j'ai dit. Bon. »

Quand elle est ressortie, il lui a dit : « Ça va ? » Elle lui a fait les gros yeux pour qu'il la ferme et a répondu : « Je trouvais pas mon téléphone.

— Je viens de dire à Sam que tu ne te sentais pas très bien.

— Pourquoi tu lui as dit ça ?

— Parce que tu vomissais si fort que les murs tremblaient, j'ai dit.

— Il va falloir qu'on se parle, elle a dit.

— Pas maintenant, a dit Mark. J'ai un rendez-vous urgent.

— Je sais, a dit maman. Passe une bonne journée. » Elle l'a embrassé sur la joue.

« Appelle-moi plus tard, il a dit. Tiens-moi au courant si... »

Après son départ, j'ai dit : « T'inquiète. Quoi que tu aies à m'annoncer, ça m'embêtera pas. »

Et tout d'un coup j'ai pensé à un truc affreux. Supposons que je me sois gouré, que le futur soit faux et que maman m'annonce qu'elle avait une grave maladie. Le cancer ou n'importe. Je venais de lui dire que ça m'embêterait pas.

« Je veux dire, si c'est une bonne nouvelle, ça m'embêtera pas, j'ai rectifié. Si c'est une mauvaise nouvelle, ça m'embêtera. » C'était complètement nul, parce que tout le monde est embêté par une mauvaise nouvelle et généralement content quand c'est une bonne nouvelle.

« Si c'est une bonne nouvelle, je serai content ou

pas embêté, j'ai dit. Si c'est une mauvaise, je serai embêté. »

Mon père disait souvent que, quand on est au fond du trou, faut arrêter de creuser. C'était une de ses expressions préférées. Ça voulait dire que, quand on s'est mis dans la merde, faut pas en rajouter. Il se disait toujours ça à lui-même. « Si t'es au fond du trou, Dave, arrête de creuser. » J'ai arrêté de creuser.

« Tu as deviné ? a dit maman.

— J'espère.

— Comment ça ?

— Si j'ai tort, c'est que tu as un truc grave.

— Non, j'ai rien de grave.

— Bon, j'ai dit. Alors j'ai deviné.

— Tu avais déjà deviné une fois.

— Ouais, mais cette fois-là je m'étais gouré.

— Pourquoi tu supposes toujours que je suis enceinte ? J'avais jamais pensé avoir un autre enfant.

— Intuition masculine.

— Les hommes n'ont pas d'intuition.

— Sauf moi. »

C'était pas tout à fait vrai, si on y réfléchit logique-ment, en laissant le futur hors du coup. Je m'étais complètement planté la première fois et, la deuxième, j'avais vu qu'elle buvait plus de vin et je l'avais entendue gerber dans la salle de bains. Pas besoin d'avoir beaucoup d'intuition.

« Ça t'embête vraiment pas ? elle a dit.

— Vraiment pas. Je veux dire, c'est plutôt bien. Ils seront copains, non ?

— J'espère. Ils auront le même âge, en tout cas.

— Qu'est-ce qu'ils seront l'un pour l'autre ?

— J'y ai réfléchi. Mon bébé sera l'oncle ou la tante du tien. Et mon petit-fils sera plus âgé que mon enfant de quelques mois. J'en suis à mon quatrième mois et Alicia au huitième.

— C'est fou, non ?

— Ça doit arriver souvent. Je pensais pas que ça nous arriverait à nous.

— Quel effet ça te fait ?

— Oh, du bien. Je veux dire, au début je pensais pas le garder. Et puis je sais pas... C'est le moment, non ?

— Pour toi, peut-être. »

Et je me suis marré, pour montrer que je la charriais.

Tout d'un coup ma mère n'était plus ma mère. On était des amis qui s'étaient retrouvés dans la même galère la même année. C'était une drôle de période dans ma vie, vraiment, si vous ajoutez à ça les voyages dans le futur. Rien ne tombait juste. Les choses arrivaient quand elles voulaient, et pas quand elles étaient censées arriver, comme dans un film de science-fiction. On peut tous en rire maintenant, mais... Non, en fait, c'est pas vrai. On peut en rire seulement quand on est dans un très, très bon jour.

***

J'ai compris qu'il y avait deux futurs. Il y a celui où j'ai été propulsé. Et il y a le *vrai* futur, celui qu'on doit attendre de voir, celui qu'on peut pas visiter, celui qu'on atteint seulement en vivant les jours intermédiaires... Il était devenu moins important. Il avait presque disparu, en fait. Partiellement, en tout cas. Avant la grossesse d'Alicia, je passais beaucoup de temps à imaginer ce qui allait m'arriver. Comme tout le monde, quoi. Mais après j'ai arrêté. J'avais l'impression... je sais pas... L'an dernier, des élèves de l'école en bas de la rue sont allés faire un stage d'escalade en Ecosse, et tout a foiré. Ils ont trop tardé à rentrer, le mono était pas un escaladeur de première et, bref, la nuit est tombée, ils sont restés coincés sur une corniche et il a fallu les secourir. Y en a combien parmi ces jeunes sur la corniche cette nuit-là qui se sont dit : « Est-ce que je vais choisir l'option littérature ou français ? Est-ce que je veux être photographe ou web-designer ? » Aucun, je parie. Cette nuit-là, l'avenir qu'ils voyaient, c'était plutôt un bain, un sandwich grillé, une boisson chaude. Un coup de téléphone chez eux. Eh ben, avoir une copine enceinte quand on est encore au lycée, c'est comme ça tout le temps. Alicia et moi on était sur une corniche, si on veut, et on pensait à la naissance de Roof (sauf qu'on l'appelait pas encore Roof) et peut-être à la première semaine de sa vie, mais pas beaucoup plus loin que ça. On n'avait pas perdu espoir. C'était juste une autre forme d'espoir, pour d'autres motifs. On espérait juste que les choses ne tourneraient pas à la cata.

Seulement voilà, on était quand même bien obligés de penser à notre avenir, parce qu'on pense qu'à ça, la moitié du temps, quand on a seize ans, pas vrai ? Tout le monde – le bahut, la fac, les profs, les parents – veut connaître vos projets, vos désirs, et vous pouvez pas leur répondre simplement que vous voulez que tout aille bien. Ça vous mènerait pas très loin.

Alicia était enceinte de cinq mois quand on a passé le bac, et de sept mois quand on a eu les résultats. Ses notes étaient nulles, vraiment, et les miennes correctes, mais on s'en foutait complètement à l'époque. N'empêche que j'ai dû me fader les jérémiades de sa mère qui disait qu'Alicia avait été durement affectée et que c'était injuste parce que les garçons surfaient toujours sur les problèmes comme si de rien n'était. J'aurais pu lui répliquer que, quand j'avais connu Alicia, elle voulait être mannequin. C'était pas ce que ses parents souhaitaient entendre. C'était pas le portrait qu'ils se faisaient d'elle.

Alors on a passé l'été à réfléchir à ce qu'on allait faire, et à attendre. La partie réflexion nous a pris environ dix minutes. Je me suis inscrit en fac et Alicia a décidé de prendre une année de congé, avec l'idée de réattaquer les études quand le bébé aurait un an. Mais la partie attente... Ça nous a pris les deux mois entiers. On pouvait rien y faire.

14

Je skatais tout seul dans la Cuvette et, tout d'un coup, ma mère est apparue. Elle était tout essoufflée, mais ça l'a pas empêchée de m'engueuler parce que mon portable était éteint.

« Il est allumé, j'ai dit.

— Alors pourquoi tu réponds pas ?

— Il est dans la poche de ma veste. »

J'ai montré ma veste, qui était sur le banc de pierre juste au bord de la Cuvette.

« A quoi ça sert ?

— J'allais y jeter un œil dans une minute, j'ai dit.

— Drôlement utile quand on a une copine enceinte », elle a dit.

On perdait notre temps à nous disputer sur mon assiduité au téléphone, sauf que maman était la seule à savoir qu'on perdait du temps puisqu'elle avait une information qu'elle m'avait pas encore communiquée.

« Qu'est-ce que tu fais ici, d'ailleurs ? »

J'aurais dû me douter pourquoi elle avait couru depuis la maison jusqu'à la Cuvette mais, pour une raison ou une autre, je faisais un blocage. En fait, nous devinons tous la raison. J'avais le trouillomètre à zéro.

« Alicia a ses contractions ! » elle a crié, comme si je l'avais empêchée de parler depuis deux minutes. « Dépêche-toi ! Cours !

— D'accord, j'ai dit. OK, d'accord. »

J'ai ramassé mon skate et je me suis mis à courir, sauf que je courais sur place. C'était comme si je chauffais mon moteur. Pour tout dire, je savais pas où courir.

« Je dois courir où ?

— Chez Alicia. Vite. »

Je me rappelle que ça m'a fait comme un nœud dans le bide quand elle m'a dit de courir chez Alicia. Je faisais des rêves éveillés et des cauchemars sur l'accouchement depuis quatre semaines. Dans mes cauchemars, ses parents étaient pas là quand ses contractions commençaient et elle accouchait dans un bus ou un taxi, et j'étais là, avec elle, sans savoir quoi faire. Dans mes rêves, j'étais ailleurs et je recevais un message disant qu'Alicia avait accouché, que le bébé et la mère étaient en pleine forme, et que j'étais passé à côté. Alors quand maman m'a dit que je devais foncer chez Alicia, j'ai pigé que j'étais pas passé à côté du tout et qu'il y avait encore une possibilité qu'elle accouche à l'étage du bus 43.

Maman m'a stoppé dans mon élan pour m'embrasser sur la joue.

« Courage, mon chéri. N'aie pas peur. C'est une chose magnifique. »

Je me rappelle ce que je pensais en cavalant dans Essex Road vers la maison d'Alicia. Je pensais : pourvu que je transpire pas trop. Je voulais pas schlinguer pendant que je ferais ce que j'aurais à faire. Et puis je pensais : pourvu que j'aie pas trop soif. Parce que, même si on mettait une bouteille de flotte dans le sac qu'on emporterait à l'hosto, je pourrais pas en boire, hein ? Parce que ce serait l'eau d'Alicia. Et je pourrais pas demander un verre d'eau aux infirmières, parce qu'elles seraient là pour s'occuper d'Alicia, pas de moi. Et je pourrais pas me tirer aux toilettes pour boire au robinet, parce que Roof choisirait sûrement ces cinq minutes-là pour naître. Comme vous voyez, j'étais inquiet pour moi, pas pour Alicia et le bébé, sauf que je m'inquiétais pour moi justement parce que je savais que je devais pas m'inquiéter pour moi.

La mère d'Alicia m'a ouvert la porte. Andrea. Andrea m'a ouvert la porte.

« Elle est dans le bain, elle a dit.

— Ah, j'ai dit. Bon. »

Et je suis allé m'asseoir dans la cuisine. Attention, je me suis pas assis genre mec qui prend ses aises. Je balisais, alors j'ai juste posé une fesse sur une des chaises et j'ai commencé à tapoter du pied par terre. Mais la mère d'Alicia m'a quand même regardé comme si j'avais un petit vélo dans la tête.

« Tu ne veux pas la voir ? elle a dit.

— Si. Mais elle est dans son bain », j'ai dit.

Andrea s'est marrée.

« Tu peux entrer, elle a dit.

— Vraiment ?

— Mon Dieu, elle a fait. Le père du bébé de ma fille ne l'a jamais vue toute nue. »

J'ai rougi. J'étais à peu près sûr d'avoir vu toutes les parties de son corps. Mais pas toutes en même temps.

« Tu vas en voir beaucoup, elle a dit. Ça ne me gêne vraiment pas que tu la voies dans son bain. »

Je me suis levé. J'hésitais encore.

« Tu veux que je vienne avec toi ? »

J'ai fait non de la tête et je suis monté. J'espérais encore que la porte de la salle de bains serait fermée à clé.

On n'avait plus fait l'amour depuis qu'on s'était remis ensemble. Donc depuis plusieurs mois j'avais perdu le contact avec la personne qui se trouvait sous ses T-shirts trop larges et les pulls de son frère, si vous voyez ce que je veux dire. J'en ai pas cru mes yeux. C'était plus la même personne. Son ventre était assez gros pour héberger un môme de deux ans et ses seins avaient cinq fois la taille qu'ils avaient la dernière fois que je les avais vus. Toutes les parties de son corps paraissaient à la limite de l'explosion.

« Huit minutes », elle a dit. Sa voix aussi était bizarre. Plus grave, plus âgée. En fait, j'ai eu l'impression qu'elle avait trente ans et moi sept. On allait dans des directions d'âge opposées. Comme je savais pas ce que voulaient dire ses « huit minutes », j'ai laissé tomber.

« Tu veux les chronométrer maintenant ? »

Elle a désigné sa montre d'un signe de tête. Je savais pas quoi en faire.

On était allés dans des cours de prénatalité, même si, à me voir, c'est difficile à croire. Après le désastre de Highbury New Park, où tous nos camarades de classe étaient des profs ou des têtes grises, maman nous avait trouvé un truc plus adapté à l'hosto. Là, y avait des gens de notre âge, plus ou moins. C'est là que j'ai rencontré la fille qui m'a appris à changer une couche dans les toilettes du McDo. Et c'est là aussi que j'ai rencontré toutes ces filles qu'elle a citées ce jour-là, Holly et Nicola et les autres. Y avait pas tellement de papas. N'empêche que la prof de l'hosto nous a parlé du chronométrage des contractions et tout ça. Mais d'abord y a maman qui débarque à la Cuvette pour me dire qu'Alicia va accoucher, ensuite je fonce chez Alicia, puis dans la salle de bains où je trouve une femme nue qui ressemble pas du tout à Alicia dans la baignoire... Donc, pendant un moment, ma tête s'est complètement vidée. Voyant que je pigeais pas ce qu'elle voulait, elle m'a engueulé :

« Chronomètre les contractions, tête de nœud », elle a dit. Et sur un ton pas aimable, je précise. Elle était fumasse et remontée. Encore un peu et je bazardais la montre dans la flotte et puis je rentrais chez moi. Dans les douze heures qui ont suivi, j'ai failli rentrer chez moi environ cinq cents fois.

Tout d'un coup, elle a fait un bruit affreux, affreux. On aurait cru une bête, même si je peux pas vous dire laquelle, parce que je suis pas très calé en animaux. Ce que j'avais entendu de plus approchant jusque-là, c'était un âne, dans un pré à côté de notre hôtel en Espagne. La montre a failli se retrouver dans la flotte de nouveau, cette fois parce que j'ai fait un bond en arrière.

« C'était... ? » elle a dit.

Je l'ai regardée. Elle savait pas ? Elle pensait qu'y avait quelqu'un d'autre dans la pièce ? Ou un âne ?

« C'était... c'était toi », j'ai dit. Et j'ai eu du mal à le dire. Ça faisait pas sympa.

« Pas le bruit, espèce de crétin d'andouille, elle a dit. Je sais bien que c'était moi. Le temps. Combien de minutes ? »

J'étais soulagé de pas avoir compris, parce que ça voulait dire qu'elle était pas en rogne. D'un autre côté, je savais pas combien de minutes ça faisait, et je savais qu'elle allait se mettre en rogne.

« Je sais pas, j'ai dit.

— Oh, la vache. Putain mais pourquoi tu sais pas ? »

Pour ce qui est du langage grossier, la prof nous avait prévenus. Elle avait dit que nos partenaires pouvaient nous traiter de tous les noms et dire des choses qu'elles pensaient pas, à cause de la douleur et tout ça. Mais j'avais pas imaginé qu'elle commencerait à jurer avant l'accouchement, donc c'était mauvais signe.

« Tu m'as pas dit quand t'as eu la dernière, j'ai répondu. Alors je peux pas savoir. »

Elle s'est mise à rigoler. « Excuse, elle a dit. T'as raison. »

Ensuite elle a cherché ma main, elle l'a serrée et elle a dit : « Je suis contente de te voir », et elle a un peu pleuré. « J'ai vraiment la pétoche », elle a dit.

Et, je sais que ça paraît con, mais une des choses dont je suis le plus fier dans ma vie, c'est que j'ai pas dit : « Moi aussi. » J'ai eu envie de le dire, bien sûr.

C'était déjà terrifiant, alors que ça avait même pas commencé. J'ai juste dit : « Tout ira bien », et j'ai serré sa main aussi. Ça l'aidait pas beaucoup, ce que j'ai dit, mais c'était mieux que dire : « Moi aussi » et me mettre à chialer et/ou à me calter à Hastings. Ça, ça l'aurait pas aidée du tout.

Sa mère nous a emmenés à l'hosto et Alicia n'a pas accouché dans la bagnole. Elle voulait que sa mère roule à quatre-vingt-dix miles à l'heure, et zéro à l'heure sur les ralentisseurs. Si vous avez déjà été en voiture à Londres, ou n'importe où, d'ailleurs, vous savez déjà que, même à trois heures du matin, on peut pas faire du quatre-vingt-dix à l'heure, en partie à cause de la circulation et en partie parce qu'il y a des ralentisseurs tous les dix centimètres. Et il était pas trois heures du matin. Il était trois heures de l'après-midi. Autrement dit, on a roulé à trois à l'heure environ, ce qui était trop lent quand on passait pas sur des ralentisseurs et trop rapide quand on passait dessus. Je voulais dire à Alicia d'arrêter de braire comme une ânesse, parce que ça me mettait les nerfs, mais je savais que je pouvais pas.

Pas besoin de m'inquiéter pour la soif. Y avait un lavabo dans notre salle à l'hosto et, n'importe comment, on avait tout le temps. A un moment donné, y avait tellement peu d'activité que je suis sorti dans la rue pour acheter un Coca et une barre au chocolat. J'avais imaginé quelque chose genre « Poussez ! Poussez ! Je vois la tête ! » avec mézigue en train de courir de... En fait, je voyais pas d'où ni vers où j'aurais pu courir. D'un côté d'Alicia à l'autre, je suppose. N'empêche, j'avais eu tort de me prendre le chou pour ce qui était d'aller boire en lousdé au robinet ou de devoir arrêter la bagnole pour accoucher devant une poste ou je sais pas où. Combien d'enfants naissent chaque année dans ce pays ? Réponse : environ six cent mille. J'ai vérifié sur Internet. Et combien naissent dans un bus ou au bord d'une route ? Environ deux ou trois. (Je dis ça au pif. J'ai voulu vérifier aussi, j'ai tapé « Bébés nés dans des bus au Royaume-Uni » sur Google, mais ma recherche ne correspondait à aucun document.) C'est pour ça qu'on en parle dans les journaux de temps en temps : parce que c'est rare. Un accouchement, c'est lent. Lent et puis rapide. Sauf si vous mettez au monde un de ces deux ou trois bébés qui naissent dans le bus.

N'importe, l'infirmière est venue nous accueillir à la porte du service maternité, nous a montré notre compartiment dans la salle, et Alicia s'est couchée sur le lit. Sa mère lui a fait un massage et j'ai déballé le sac qu'on avait préparé depuis des siècles. Ils nous avaient dit de préparer un sac, dans le cours. J'avais emballé des sous-vêtements et un T-shirt propres, et Alicia avait emballé quelques fringues aussi. Et on avait plein de chips, de biscuits et d'eau. On avait mis aussi un lecteur de CD portable et de la musique. La prof du cours prénatal avait dit que la musique est bonne pour la relaxation et on avait mis un temps fou à choisir des chansons et à graver des CD cool. Même la mère d'Alicia en avait gravé un, ce qu'on a trouvé un peu bizarre, mais elle a dit qu'on la remercierait pour ça. J'ai branché le lecteur de CD et j'ai mis mon CD, ce qui vous semblera peut-être égoïste. Mais mon idée, c'était que ma musique ne gênerait pas trop au début, alors j'en profitais tout de suite. Et, comme ça déménageait pas mal et que le rythme était rapide, ça pouvait donner de l'énergie à Alicia. Le premier morceau était « American Idiot » de Green Day.

« Eteins ça avant que je te tue, elle a dit. Je veux pas entendre des Américains idiots. » Donc fin de ma musique. J'ai mis son CD.

« C'est quoi, cette merde ? elle a dit. C'est horrible. »

Son CD, c'était surtout du R&B, mélangé avec un peu de hip-hop. Et la toute première chanson était « Sexy Back » de Justin Timberlake, qu'elle avait commencé à écouter dans ses cours de danse pour femmes enceintes. Personne n'a envie d'entendre le mot « sexe » en accouchant, de même que vous avez pas envie de regarder une pub McDonald's pendant que vous dégueulez, et je lui avais dit de pas mettre ça. On s'était même disputés.

« Je t'avais dit que ça te plairait pas », j'ai dit. J'ai pas pu résister. Je savais que c'était pas le moment, mais je savais aussi que j'avais eu raison.

« J'ai pas choisi ça, a dit Alicia. C'est toi qui as dû le mettre.

— Quelle menteuse », j'ai fait. J'aimais pas Justin Timberlake (et j'aime toujours pas), alors ça me plaisait pas qu'elle prétende que c'était mon choix. Mais ce qui me foutait les boules, avant tout, c'était l'injustice. Je lui avais dit que c'était de la merde ! Je lui avais dit que ce serait pas bon pour ses contractions ! Et maintenant elle me disait que c'était mon idée.

« Laisse tomber, a dit Andrea.

— Mais c'est elle qui le voulait !

— Laisse tomber.

— C'était pas moi, a dit Alicia. C'était toi.

— Elle laisse pas tomber, j'ai dit. Elle insiste. »

Andrea s'est approchée de moi, a passé son bras autour de mon épaule et a chuchoté dans mon oreille.

« Je sais, elle a dit. Mais toi tu dois laisser tomber. Pendant tout le temps que nous passerons ici, nous ferons tous ce qu'elle dit et nous serons d'accord avec elle et nous lui donnerons ce qu'elle veut. D'accord ?

— D'accord.

— C'est un bon entraînement.

— Pour ?

— Avoir un enfant. Il faut laisser tomber environ cinquante fois par jour. »

Ça a fait tilt quand elle a dit ça. Je savais qu'Alicia allait avoir un bébé. J'avais même vu le bébé, si je peux dire. Mais, pendant qu'on était à l'hosto, je pensais qu'avoir le bébé était le clou du spectacle et qu'ensuite, une fois qu'il serait né, la mission serait remplie, on n'aurait plus qu'à terminer les chips qui restaient et à rentrer chez nous. Mais c'était qu'un début, pas vrai ? Oui, on rentrerait à la maison. Mais on rentrerait avec le bébé et on s'engueulerait pour Justin Timberlake ou n'importe quoi avec le bébé, tout le temps, à jamais. Ça valait le coup de passer l'éponge sur Justin Timberlake quand je pensais à ça.

« Je mets mon CD ? » a dit Andrea.

Personne a rien dit, alors elle l'a mis et c'était parfait, bien sûr. Ça nous passait au-dessus de la tête, mais c'était doux, tranquille et de temps en temps y avait ce que j'appellerais de la musique classique dedans, et, si ça parlait de sexe et de drague et tout ça, alors c'était chanté d'une manière qu'on comprenait pas, ce qui était très bien. Ça nous emballait pas tellement d'avoir la mère d'Alicia à l'accouchement. Mais on aurait été emmerdés sans elle. Je me serais énervé et j'aurais mis les voiles avant que Roof soit né, laissant Alicia avec sa musique débile qui lui pompait le moral pendant qu'elle essayait de sortir le bébé. En vérité, on avait besoin d'un parent, pas d'un enfant.

Les contractions sont restées les mêmes un certain temps, puis elles ont ralenti, puis elles se sont complètement arrêtées pendant deux heures. L'infirmière nous a reproché d'être venus trop tôt et nous a dit de rentrer chez nous, mais la mère d'Alicia a pas apprécié et l'a engueulée. Nous, on l'aurait pas engueulée. On serait rentrés et Alicia aurait fini par accoucher dans le bus. Quand les contractions se sont arrêtées, Alicia s'est endormie et c'est à ce moment-là que je suis sorti pour acheter mon Coca.

Elle dormait toujours quand je suis revenu. Y avait une seule chaise dans la chambre et la mère d'Alicia était assise dessus. Elle lisait un bouquin intitulé *Le Dictionnaire des (futures) mamans*. Je me suis assis et j'ai joué au jeu des briques sur mon portable. On entendait une femme qui passait un sale quart d'heure à côté, et ses cris transformaient en bouillie ce qu'il y avait dans mon estomac. Y a certains moments qu'on oubliera jamais, et on le sait tout de suite, même s'il se passe pas grand-chose.

« C'est normal, a dit la mère d'Alicia au bout d'un instant.

— Quoi ?

— Tout. L'attente. Les gémissements à côté. C'est la vie.

— Je suppose. »

Elle essayait d'être sympa, alors je lui ai pas répondu que c'était justement ça qui m'ennuyait. J'avais pas particulièrement envie que la vie soit comme ça. J'avais pas envie que la femme d'à côté fasse ce boucan. Pas envie qu'Alicia soit obligée d'en faire autant quand elle s'y remettrait. Je savais même pas si j'avais envie de Roof.

« C'est curieux, a dit Andrea. La dernière chose qu'on souhaite, quand on a une fille de seize ans, c'est un petit-fils. Mais maintenant que ça se produit, c'est vraiment bien.

— Ouais », j'ai dit, parce que je savais pas quoi dire d'autre, à part : eh ben, tant mieux pour vous. Et ça, je pouvais pas, je savais pas comment tourner la chose pour que ça ait pas l'air sarcastique.

« J'ai cinquante ans, elle a dit. Et si Alicia avait eu son bébé à l'âge où je l'ai eue, elle, j'aurais soixante-huit ans. Et je serais vieille. D'accord, tu penses sûrement que je suis déjà vieille. Mais je peux courir, jouer et... Enfin, ce sera bien. Quelque part, je suis ravie que ça arrive.

— Tant mieux.

— Toi aussi ? »

J'ai gambergé. C'est pas que je savais pas ce que je voulais dire. Ce que je voulais dire, c'était : « Non, pas vraiment. Vu que j'ai déjà fait la connaissance de mon fils quand j'ai été propulsé dans le futur et qu'il m'a eu l'air d'un brave gosse, ça la foutrait mal de dire que je veux pas de lui. Mais je me sens pas dans la peau d'un père, je suis trop jeune pour ça, et je sais pas comment je vais gérer les quelques heures à venir, alors les années, n'en parlons pas. » Mais je pouvais pas dire ça, hein ? Parce que comment j'aurais expliqué le futur, TH et le reste ?

C'est peut-être pour ça que j'ai été téléporté. Peut-être que Tony Hawk a simplement voulu m'éviter de dire des choses que j'aurais regrettées un jour. Je sais pourquoi Andrea avait envie de parler. L'attente nous donnait l'impression d'avoir très peu de temps pour dire ce qu'on avait sur le cœur, comme si on allait mourir dans cette chambre. Si ç'avait été un film, je lui aurais dit combien j'aimais Alicia, combien j'aimais notre bébé, combien je l'aimais, elle, et on aurait pleuré, on se serait embrassés et Alicia se serait réveillée et le bébé serait sorti sans forcer, comme une fleur. Mais on était pas dans un film et je les aimais pas énormément.

Je sais pas quoi raconter pour la suite. Alicia s'est réveillée peu après, les contractions ont recommencé et, cette fois, c'était du sérieux. Il faut beaucoup compter, quand on accouche. On compte le temps entre les contractions, et puis on compte les centimètres. Le col de l'utérus se dilate, ce qui veut dire que le trou s'élargit, et l'infirmière vous dit quelle taille il fait et, quand il atteint dix centimètres, c'est parti. Je sais toujours pas bien ce que c'est que ce col. Je sais pas s'il est visible en temps normal.

En tout cas, Alicia a atteint les dix centimètres sans problème et, là, elle a arrêté de braire comme une ânesse pour rugir comme une lionne à qui on arrache un œil avec un bâton. Elle avait pas seulement l'air d'être en pétard. Elle était vraiment en pétard. Elle m'a traité de tous les noms, elle a traité sa mère de tous les noms, et ma mère aussi, et l'infirmière. Je trouvais que les noms qu'elle me réservait étaient pires que ceux qu'elle lançait aux autres et, si Andrea m'avait pas systématiquement retenu, j'aurais foutu le camp, d'autant plus que, disons-le franchement, je cherchais n'importe quelle excuse pour changer de crèmerie. Pour moi, c'était pas un endroit où quelque chose d'heureux pouvait se produire. C'était plutôt le genre d'endroit où des bombes explosaient, où des jambes détachées fusaient et où des vieilles dames en robe noire se mettaient à hurler.

Pendant un bon bout de temps, on a vu la tête du bébé. Pas moi, parce que je voulais pas regarder, mais elle était là, disait Andrea, ce qui signifiait que le bébé allait venir bientôt. Sauf qu'il venait pas, parce qu'il était coincé, alors l'infirmière a dû couper quelque chose. Ça a l'air de s'enchaîner vite, raconté comme ça, mais ç'a été très lent jusqu'à ce moment-là. Et puis, quand l'infirmière a coupé ce qu'elle avait à couper, le bébé s'est extirpé en douceur. Il était affreux. Il était couvert de matière, du sang et une espèce de glaire, et je crois même un peu de merde d'Alicia, et sa figure était toute ratatinée. Si j'avais pas vu ça déjà, j'aurais pensé qu'y avait un truc qui clochait. Mais Alicia riait, Andrea pleurait et l'infirmière souriait. Pendant un instant, j'ai rien ressenti.

Et puis Alicia a dit : « Maman, maman, c'est quoi cette musique ? »

J'avais pas remarqué qu'y avait de la musique. On avait mis le CD d'Andrea en boucle depuis des heures et ça m'entrait par une oreille pour sortir par l'autre. Il a fallu que je regarde le lecteur pour entendre un mec chanter un air lent en s'accompagnant au piano. C'était pas le genre de truc que j'écoutais normalement. Mais le genre de truc que j'écoutais normalement était super pour faire du skate et absolument nul pour accoucher.

« Je ne connais pas le titre de la chanson, elle a dit. Mais le chanteur s'appelle Rufus Wainwright.

— Rufus », a dit Alicia.

Je sais pas pourquoi ça m'a touché plus que quand il s'est extirpé, mais c'est comme ça. J'ai craqué.

« Pourquoi tu pleures ? a dit Alicia.

— Parce qu'on vient d'avoir un bébé, j'ai dit.

— C'est seulement maintenant que tu le remarques ? »

Et pour dire la vérité, oui.

***

Ma mère est arrivée environ une heure après la naissance de Roof. Andrea avait dû l'appeler, parce que je l'avais pas fait. J'avais oublié. Elle est arrivée à bout de souffle parce qu'elle avait pas eu la patience d'attendre l'ascenseur. « Où il est ? Où il est ? Laissez-moi le voir », elle a dit.

Elle a dit ça d'une drôle de voix, en faisant semblant d'être toute chamboulée, mais elle faisait semblant de faire semblant. Elle était vraiment chamboulée, ça se voyait. Elle a regardé ni Alicia ni moi ni Andrea – pas en face, en tout cas. Ses yeux balayaient la chambre à la recherche d'un petit baluchon qui pouvait être un bébé. Elle a fini par le trouver dans mes bras et elle me l'a arraché.

« O mon Dieu, elle dit. C'est toi. »

J'ai pas capté tout de suite. J'ai cru qu'elle disait « C'est toi ! » comme ça se dit à quelqu'un qu'on a jamais vu mais dont on a beaucoup entendu parler ou à quelqu'un qu'on a pas vu depuis un bail et qu'on s'attendait pas à revoir. Alors j'ai pensé qu'elle était toute remuée de le connaître. Mais ce qu'elle voulait dire, c'était que Roof était mon portrait craché. Andrea avait déjà dit que c'était le portrait craché d'Alicia et de Rich et d'une quinzaine d'autres personnes de sa famille, alors j'aurais été complètement azimuté si j'avais pensé qu'il fallait les prendre au sérieux. Il fallait pas. Pas à ce moment-là. Elles étaient toutes les deux branques. Elles parlaient vite, elles riaient beaucoup, et des fois elles se mettaient à chialer presque avant d'avoir fini de rire. Donc inutile d'espérer une opinion sincère de leur part sur quoi que ce soit.

Ma mère a serré le bébé contre elle, puis l'a tenu à distance pour pouvoir le regarder encore.

« Comment ça s'est passé ? » elle a dit sans quitter des yeux sa figure.

J'ai laissé Alicia expliquer les contractions, les antalgiques et le bébé coincé, en me contentant d'écouter.

Et, en écoutant, j'ai commencé à patiner dans le cirage : qui était qui ? Alicia faisait plus vieille que ma mère, subitement, parce qu'elle avait eu son bébé et que ma mère était encore à quelques mois de l'accouchement, et c'était ma mère qui posait les questions et Alicia qui avait les réponses. Donc ma mère était la petite sœur d'Alicia, donc ma mère était ma belle-sœur. Et ça tenait debout, parce que Andrea faisait beaucoup plus vieille que ma mère, si bien qu'on avait du mal à les imaginer comme les deux grands-mères de Roof. Andrea avait plutôt l'air d'être la mère de ma mère. Et je savais pas au juste qui j'étais. C'est un sentiment bizarre de pas savoir qui on est par rapport aux autres personnes dans une pièce, surtout quand on est tous plus ou moins apparentés.

« Il s'appelle Rufus, j'ai dit.

— Rufus, a dit ma mère. Ah. Bien. »

C'était clair que ça lui plaisait pas.

« Y avait un nommé Rufus qui chantait quand il est né, j'ai expliqué.

— Ça aurait pu être pire, alors, hein ? Il aurait pu s'appeler Kylie. Ou Coldplay. Coldplay Jones. »

Au moins, ma mère a été la première à la faire, celle-là. Dans les semaines qui ont suivi, j'ai entendu cette vanne environ dix mille fois. « Ça aurait pu être pire, alors, hein ? Il aurait pu s'appeler Snoop. Ou Arctic Monkey. Arctic Monkey Jones. » Ou Madonna ou Sex Pistol ou 50 Cent ou Charlotte. Généralement ils choisissent le nom d'une chanteuse ou d'un groupe, mais des fois ils remplacent la chanteuse par un rappeur. Et ils ajoutent toujours le nom de famille après avoir dit le nom du groupe pour bien montrer comment ce serait drôle. « Ou Sex Pistol. Sex Pistol Jones. » Ils ajoutent pas le nom de famille après le nom de la chanteuse, parce que c'est pas tellement drôle. « Ou Charlotte. Charlotte Jones. » Charlotte est un nom normal pour une fille, non ? Y a pas de vanne là-dedans. N'empêche, ils remettent ça tout le temps et je me sens toujours obligé de rire. A la fin, j'ai arrêté de dire pourquoi il s'appelait Rufus, parce que j'avais peur de me mettre à distribuer des coups de boule.

Mais c'est le nom de famille qui a retenu l'attention d'Andrea.

« Ou Burns », elle a dit.

Ma mère a pas capté, sûrement parce que « burns » est pas un mot qui frappe. Quand on entend « Burns », on pense à quelque chose qui brûle[1] avant de penser à un membre de la famille d'Alicia. Pas nous, plus maintenant, mais autrefois oui, comme la plupart des gens.

« Pardon ?

— Burns, a dit Andrea. Coldplay Burns. »

Andrea plaisantait pas sur le nom de famille de Roof. On avait jamais parlé de ça, et on allait le faire tôt ou tard, mais une heure après sa naissance, ça me paraissait trop tôt plus que trop tard. Seulement, même si c'était une question sérieuse, c'était difficile de pas se marrer. C'était la façon dont elle l'avait dit. Elle faisait une telle fixette sur le nom de famille qu'elle avait dit le prénom comme un prénom normal.

---

1. *Burns* : brûle.

« Vous avez dit Coldplay *Jones*, mais ce sera Coldplay *Burns*, n'est-ce pas ? » a dit Andrea.

J'ai chopé le regard d'Alicia. Elle faisait un effort pour pas se marrer, elle aussi. Je sais pas pourquoi on se retenait. Peut-être parce qu'on voyait qu'elles étaient sérieuses toutes les deux. Mais si on avait rigolé, ça les aurait arrêtées.

« A moins qu'Alicia et Sam se marient dans les prochaines semaines et qu'Alicia prenne le nom de Sam. Deux scénarios qui me semblent hautement improbables. »

Ma mère a souri poliment.

« Je crois que, dans les cas comme celui-ci, on peut choisir le nom de famille, non ? Peu importe. Ce n'est pas le moment d'en discuter.

— Je crois qu'il n'y a rien à discuter. Je suis certaine que nous voulons tous donner à cet enfant le meilleur départ possible dans la vie et... »

Oh malheur. Alicia et moi, on s'était engueulés au sujet de sa mère. Alicia dit qu'elle est cool mais que, des fois, elle parle sans réfléchir. Pour moi, ça tient pas la route. Je veux dire, des tas de gens parlent sans réfléchir, c'est clair, mais c'est bien à ça qu'on juge s'ils sont sympas ou non. Parce que, regardez, si vous dites un truc raciste à quelqu'un sans réfléchir, ça signifie que vous êtes raciste, et puis c'est tout. Ça signifie que vous êtes obligé de réfléchir avant de parler pour éviter de sortir un truc raciste. Autrement dit, le racisme est là tout le temps et vous devez faire un effort pour l'empêcher de sortir. Andrea est pas raciste, mais elle est snob, et elle est obligée de gamberger à fond pour s'empêcher de dire un truc snob. Qu'est-ce que ça signifiait, cette allusion au meilleur départ dans la vie pour Roof ? Réponse évidente : ça signifiait rien. Ça n'avait aucune importance qu'il s'appelle Coldplay Jones ou Coldplay Burns. C'est plutôt le fait de s'appeler Coldplay n'importe quoi qui serait un problème, ha ha. Mais y a pas de différence entre les noms de famille. On peut pas se douter que M. Burns est plus bourge que M. Jones rien qu'en lisant leurs noms sur une liste.

Mais c'était pas ce qu'elle voulait dire. C'était en rapport avec les familles. Elle essayait de dire que Rufus Jones quitterait l'école à seize ans pour être papa et faire un boulot de merde sans passer le bac et se mettrait probablement à fumer du crack. Alors que Rufus Burns irait à l'université et serait docteur ou Premier ministre ou ce que vous voulez.

« Pardon ? a dit ma mère. Vous pouvez m'expliquer ça ?

— Ça me semble évident, a dit Andrea. Sans vouloir vous offenser, je...

— Sans vouloir m'offenser ? Comment ferez-vous ? Comment pourrais-je ne pas être offensée par ce que vous allez dire ?

— Je ne porte aucun jugement sur votre famille. Je parle seulement des faits.

— Et quels sont les faits concernant ce bébé ? Il n'a même pas une heure. »

C'était comme un film d'horreur, ou un truc sorti de la Bible. Deux anges, un bon et un méchant, qui se disputent l'âme d'un petit bébé. Ma mère était l'ange bon, et je dis pas ça seulement parce que c'était ma mère.

266

Juste à ce moment-là, avant qu'Andrea puisse nous exposer les faits concernant ce bébé, le père d'Alicia est entré. Il a vu qu'y avait de l'électricité dans l'air, parce qu'il a dit « Bonjour » d'une toute petite voix, comme s'il avait peur que ce simple mot fasse exploser quelqu'un.

« Bonjour, Robert », a dit maman. Et elle s'est levée, elle lui a fait une bise et lui a tendu Roof. « Félicitations. »

Robert l'a tenu un moment dans ses bras et a eu la larme à l'œil.

« Comment ça s'est passé ? il a dit.

— Elle a été remarquable, a dit Andrea.

— C'est toi », a dit Robert et, cette fois, je savais ce que ça voulait dire. Que le bébé était le portrait craché d'Alicia.

« Il a déjà un prénom ?

— Rufus, j'ai dit. Roof.

— Roof ? » a dit Alicia. Et elle a rigolé. « Ça me plaît. Où t'as été chercher ça ?

— Je sais pas, j'ai dit. Je croyais... » J'allais dire : « Je croyais que tout le monde l'appelait comme ça », mais je me suis retenu.

« Rufus, a dit son père. Ouais. Excellent. Ça lui va bien.

— Rufus Jones », a dit Alicia.

Pas la peine de vous raconter le chambard que ça a provoqué. Mais elle en a pas démordu : à partir de ce jour, il a été Rufus Jones et l'est resté. C'était une façon pour Alicia de nous passer un message, à moi et à ma mère. Je sais pas exactement lequel. Mais c'était un message gentil.

15

Rufus est né le douze septembre. Si les contractions d'Alicia ne s'étaient pas arrêtées, il serait né le onze septembre, ce qui aurait été génial, vraiment, sauf que des tas de gens ont dû naître un onze septembre depuis le onze septembre. De toute façon, j'avais assez de soucis à me faire sans en rajouter pour des choses qui sont pas arrivées.

Le treize septembre, j'ai emménagé chez Alicia. Après le déjeuner, elle est rentrée chez elle et je suis rentré chez moi, j'ai pris des affaires et maman et Mark m'ont accompagné jusqu'au coin de la rue. Je me suis senti mal pendant presque toute la journée. La nostalgie du foyer peut-être, mais comment savoir, vu que j'avais jamais été loin de chez moi très longtemps ? J'étais allé en vacances avec maman, et j'avais dormi une nuit à Hastings, c'était à peu près tout.

« Tu verras bien comment ça se passe, a dit maman. C'est pas définitif. Personne ne s'attend à ce que tu cohabites là-bas jusqu'à... mettons... enfin... très long-temps, quoi. » Je lui en ai pas voulu de pas finir sa phrase. Y avait pas moyen de la finir.

Elle avait raison. Quelque part, je le savais. Mais

« pas définitif », ça voulait dire combien de temps ? Deux jours ? Une semaine ? Un an ?

Je me suis rappelé ce que disait mon père quand il a arrêté de fumer. Il disait : « La question que tu dois te poser tout le temps, c'est : est-ce que j'ai envie d'une clope maintenant, en cette seconde ? Parce que si c'est non, alors n'en fume pas. Et si tu penses que tu peux survivre à cette seconde, alors t'es déjà à la seconde suivante. Et tu dois vivre comme ça. » C'est ce que je me suis dit. Est-ce que je veux rentrer chez moi maintenant, à la minute même ? Et si je pense que je peux tenir une minute de plus, je serai déjà à la minute suivante. J'ai essayé de pas m'inquiéter pour le lendemain, la semaine suivante, le mois suivant.

C'était pas une façon de vivre très relaxante, quand même. Ailleurs que chez soi.

Andrea nous a tous fait entrer et on est allés dans la chambre d'Alicia. On l'avait un peu redécorée pendant l'été, conformément à mes prévisions. On avait retiré le poster de Donnie Darko et mis l'espèce d'alphabet rose, si bien que la chambre était moins violette qu'avant. Alicia était couchée sur le lit et donnait la tétée à Roof.

« Regarde, Roof, elle a dit. C'est papa. Il est venu vivre avec nous. »

Elle essayait d'être gentille, je suppose, mais je me sentais pas beaucoup mieux pour autant. Ce qui aurait détendu l'atmosphère, c'est que Roof se retourne et dise, genre : « Youpi ! Papa ! » Mais il l'a pas fait, parce qu'il avait seulement un jour.

« Cohabiter avec vous, a dit maman.

269

— Vivre avec nous », a dit Alicia.

Y a des tas de choses qui méritent pas qu'on s'engueule, à mon avis. Au lycée, vous entendez tout le temps des conneries sur qui va écraser qui. Arsenal va écraser Chelsea. Chelsea va écraser Arsenal. Et moi je me dis, voyez, laissons-les d'abord jouer. Ils font match nul une fois sur deux, de toute façon. Personne ne sait. Laissons le futur arriver, je pensais. Et c'était nouveau pour moi, cette idée, vu que j'avais passé la moitié de ma vie à me prendre la tête en me demandant ce qui allait arriver.

Y avait pas assez de place pour tout le monde, mais personne bougeait. Maman et moi on était assis sur le bout du lit. Andrea était debout sur le seuil. Mark était appuyé contre le mur à côté de la porte. Personne disait rien, on faisait tous semblant de regarder Roof téter, ce qui revenait à mater les nichons d'Alicia. C'était pas grave pour maman ou Andrea, mais pour un mec c'était plus délicat. J'avais connu cette situation dans ce fameux cours prénatal, mais c'étaient des nichons sur un poster. Ceux d'Alicia étaient réels. Forcément. J'ai lorgné Mark. Il avait pas l'air gêné, mais j'arrivais pas à savoir si c'était du lard ou du cochon. Le truc, c'est que, si vous détournez les yeux – comme je venais de le faire pour voir si Mark regardait –, ça montre que vous y pensez, ce qui est tout aussi gênant. Donc, quoi que vous fassiez, vous avez l'impression de mal faire.

« Il est perturbé maintenant, a dit Alicia. Je crois qu'il y a trop de monde autour de lui.

— Je vais attendre dehors », a dit Mark, ce qui prouvait qu'il en avait marre de regarder le plafond.

Ma mère et Andrea n'ont pas eu l'air d'entendre Alicia.

« Moi aussi, j'ai dit.

— Toi, c'est pas pareil, a dit Alicia, tu vis ici. »

Maman a pas pipé, mais je voyais que ça la turlupinait. C'était tout ce qui la turlupinait, d'ailleurs. Elle avait visiblement pas compris qu'Alicia venait de faire discrètement allusion aux personnes qui étaient de trop.

« J'ai dit, TOI TU VIS ICI, a répété Alicia.

— Moi aussi, a dit Andrea.

— Non, pas ici, a dit Alicia. Pas dans cette chambre.

— Sam non plus, a dit maman. C'est juste un séjour provisoire.

— Je crois qu'Alicia est en train de dire qu'elle veut que tout le monde s'en aille sauf moi, j'ai fait.

— Et Roof, elle a ajouté d'une voix de bébé.

— J'ai compris l'allusion », a dit maman, ce qui était drôle, vu que je venais de lui dire justement qu'elle saisissait pas. « Appelle-moi plus tard », elle a dit, et elle m'a fait une bise.

Alors maman et Andrea sont sorties et on a refermé la porte derrière elles.

« Bon, a dit Alicia. Nous y voilà, Roof. Maman et papa. C'est toute ta famille. » Et elle a rigolé. Elle était tout excitée. Mon déjeuner commençait à tourner dans mon estomac, comme s'il avait voulu filer à la maison avec maman et Mark.

J'avais pas apporté beaucoup d'affaires, juste deux sacs de jeans, de T-shirts et de sous-vêtements. Mais j'avais quand même pris mon poster de TH et j'ai vu que c'était une erreur dès que je l'ai posé sur le lit.

« Qu'est-ce que c'est que ça ?

— Quoi ?

— Sur le lit.

— Ça ?

— Ouais.

— Oh, rien, c'est juste, tu sais... Il tète bien ?

— Oui. Et non, je sais pas.

— Tu sais pas quoi ?

— Je sais pas ce que c'est. Le poster.

— Oh, juste... » Je lui avais déjà demandé si Roof tétait bien. Y avait pas grand-chose d'autre à dire, sauf ce qu'elle voulait savoir.

« C'est mon poster de Tony Hawk.

— Tu veux l'accrocher ici ?

— Oh. Ici ? Non, j'y avais pas pensé.

— Alors pourquoi tu l'as apporté ? »

Que répondre ? J'avais jamais dit à Alicia que je parlais à Tony Hawk. Elle le sait toujours pas. Et ce jour-là, le jour où j'ai emménagé avec ma copine et mon fils, n'était pas un bon jour pour le dire.

« Ma mère a menacé de le foutre en l'air si je le laissais la maison. Je vais le mettre sous le lit. »

Et il y est resté, sauf quand j'en avais besoin.

16

Je me suis réveillé au milieu de la nuit. J'étais pas dans mon lit, et y avait quelqu'un couché à côté de moi, et un bébé qui chialait.

« Oh, merde. » J'ai reconnu la voix. La personne dans le lit avec moi était Alicia.

« A ton tour », elle a dit.

J'ai pas répondu. Je savais ni où ni quand j'étais, et je savais pas ce que « à ton tour » voulait dire. J'avais rêvé que je participais à un tournoi de skate à Hastings. Il fallait monter et descendre les marches du perron de l'hôtel où j'avais dormi.

« Sam, elle a dit. Réveille-toi. Il est réveillé. A ton tour.

— Bien », j'ai dit. Maintenant je savais ce que « mon tour » signifiait, et où et quand j'étais. Roof avait environ trois semaines. Il s'était pas passé une minute sans qu'on soit avec lui. Chaque soir on s'écroulait comme si on n'avait pas dormi depuis des mois ; et chaque nuit il nous réveillait au bout d'une ou deux ou, si on était vernis, trois heures, et on savait pas où on était ni d'où venait le boucan, il fallait tout se rappeler à nouveau. C'était étrange.

« Il peut pas avoir faim, elle a dit. Il a eu une tétée y a une heure et il me reste plus rien. Alors soit il a un rot qui passe pas, soit il a une couche sale. Il a pas été changé depuis des heures.

— Je suis pas doué pour ça, j'ai dit.

— Tu te débrouilles mieux que moi. »

C'était vrai. Les deux étaient vrais. J'étais pas doué, mais j'étais meilleur qu'Alicia. J'étais content d'être meilleur qu'elle. J'avais supposé qu'elle ferait ça mieux que moi, mais elle arrivait jamais à attacher correctement la couche et le caca de Roof débordait toujours dans son espèce de body. Je suis resté allongé, content de moi, et je me suis rendormi aussi sec.

« T'es réveillé ?

— Pas vraiment. »

Elle m'a donné un coup de coude. En plein dans les côtes.

« Aïe.

— T'es réveillé maintenant ?

— Ouais. »

Cette petite douleur dans les côtes m'était pas inconnue mais, sur le moment, j'ai pas compris pourquoi. Puis je me suis rappelé qu'elle m'avait tapé comme ça quand j'avais été propulsé dans le futur. Cette nuit-là était cette nuit-ci. Je m'étais rattrapé. Tout était pareil, mais tout était différent.

Alicia a allumé la lampe de chevet pour regarder si j'étais bien réveillé. Je me suis rappelé que, quand je l'avais vue la nuit de ma propulsion, je l'avais trouvée affreuse. Mais je la trouvais pas affreuse maintenant. Elle avait l'air fatiguée, la figure un peu bouffie, les cheveux gras, mais elle était comme ça depuis quelque temps et je m'y étais habitué. Elle était différente, je le voyais bien. Mais, encore une fois, tout était différent. Je crois pas que je l'aurais aimée autant si elle était restée la même. Ça aurait été comme si elle avait pas pris Roof au sérieux.

Je me suis levé. Je portais un T-shirt d'Alicia et le caleçon que j'avais mis ce matin-là, peu importe quel matin c'était. Le bébé dormait dans un berceau au pied du lit. Il avait la figure toute rouge à force d'avoir pleuré.

Je me suis penché et j'ai approché mon nez. La dernière fois, quand j'y connaissais rien, j'avais respiré par la bouche pour pas renifler l'odeur. Je savais pas encore que le caca de bébé sentait presque bon. « Ouais, faut le changer. »

Dans le futur, j'avais dit que c'était pas la peine de le changer, alors que j'étais sûr du contraire. Maintenant, inutile de faire semblant. Je l'ai posé sur la table, j'ai déboutonné son pyjama et son body, je les ai remontés derrière ses fesses, j'ai ouvert la couche et je l'ai torché. Ensuite j'ai plié la couche, je l'ai foutue dans un sac, j'en ai mis une neuve et je l'ai reboutonné. Facile. Comme il pleurait, je l'ai pris dans mes bras, je l'ai serré contre ma poitrine, je l'ai bercé et il s'est calmé. Je savais comment le tenir sans que sa tête parte en arrière. Je lui ai chantonné un petit air aussi, un truc inventé. Il aimait bien, je crois. En tout cas, il avait l'air de s'endormir plus vite quand je chantonnais.

Alicia s'était rendormie aussi, j'étais seul dans le noir avec mon fils contre ma poitrine. La dernière fois, j'avais été tourneboulé, j'étais resté debout dans le noir en me posant toutes ces questions. Je me rappelle encore lesquelles. Oui, j'habitais ici maintenant et on survivait tant bien que mal. On se tapait sur les nerfs réciproquement, mais le bébé nous occupait. Quel genre de papa j'étais ? Pas mal, jusque-là. Comment je m'entendais avec Alicia ? Très bien, même si on avait des fois l'impression d'être en classe, en train de faire une expérience de sciences naturelles qui durait vingt-quatre heures sur vingt-quatre. On se regardait jamais beaucoup l'un l'autre. On était côte à côte, on regardait l'expérience. Roof ressemblait quand même pas à une grenouille disséquée ou ce que je sais. D'abord, il était vivant et il changeait de minute en minute. Et puis, on devient pas gaga devant une grenouille disséquée, à moins d'être frappadingue.

J'ai remis Roof dans son berceau, je me suis coulé dans les plumes et Alicia a passé ses bras autour de moi. Son corps était chaud et je me suis serré contre elle. La respiration de Roof est devenue comme bégayante et il s'est mis à ronfler. J'avais remarqué que les bruits de Roof rendaient la chambre plus paisible. On s'attendrait plutôt à l'inverse, non ? On penserait plutôt que le seul moyen de rendre une chambre paisible au milieu de la nuit est de pas faire de bruit du tout. Eh ben non. A mon avis, ça s'explique par le fait qu'on a peur que le bébé s'arrête subitement de respirer, alors ses ronrons, ses halètements sont comme le battement de notre cœur, ils nous informent que tout va bien sur terre.

« Tu m'aimes vraiment, Sam, hein ? » a dit Alicia.

Je me suis rappelé que la dernière fois, dans le futur, j'avais rien dit. J'étais mieux fixé maintenant.

« Ouais, j'ai dit. Bien sûr. »

Je savais toujours pas si c'était vrai. Mais je savais que, si je le disais, ça aurait plus de chances de se réaliser, parce qu'elle se sentirait plus proche de moi, et moi plus proche d'elle et que, à la longue, on finirait peut-être par s'aimer pour de bon, et la vie serait plus facile dans ces conditions.

Je vais vous dire un truc. Vous allez dans le futur et, après, vous pensez : bon, ça va, maintenant je sais ce que c'est. Mais, comme je l'ai déjà dit : si vous savez pas la sensation que ça fait intérieurement, alors vous savez rien. Le futur m'avait paru atroce quand j'y étais allé. Mais, maintenant que je le connaissais de l'intérieur, je trouvais que c'était pas si mal.

Et puis, environ trois heures après que j'ai pensé ça, tout a commencé à se déglinguer.

***

Le matin, je suis allé à la fac, pour la troisième fois en trois semaines peut-être. La dernière fois que j'y étais allé, environ une semaine après la naissance de Roof, je m'étais battu. Je me battais jamais. Personne m'emmerdait, j'emmerdais personne et, au lycée, rien m'avait jamais paru assez important pour que j'aie envie de cogner quelqu'un.

Je parlais à un mec qui avait été au bahut avec moi devant une salle de cours et voilà ce gars avec du gel dans les cheveux qui se pointe et se plante là pour nous écouter. Je lui fais un salut de la tête, mais il a pas l'air d'avoir des intentions pacifiques.

« Pourquoi tu hoches la tête, connard ? » il me fait, et il commence à imiter mon hochement, mais plutôt à la manière d'un arriéré en train de donner des coups de boule. « Tu me provoques ? »

J'ai su illico qu'on allait se rentrer dedans. Enfin, qu'il allait, lui, me rentrer dedans, en tout cas. Moi, j'étais pas forcément prêt à le cogner, mais j'allais bien être obligé, si je voulais pas me faire casser la gueule bêtement. Je savais pas pourquoi il tenait à me buter mais, visiblement, c'était à ça que menait la conversation. C'était gros comme une montagne. Rien n'aurait pu le calmer même s'il avait voulu, ce qui était pas le cas.

« N'importe, il me dit, merci de t'occuper de mon môme. Ça m'économise un peu de thunes. »

Il m'a fallu un instant pour piger de quoi il parlait. Son môme ? je me demandais. Quand est-ce que je me suis occupé du môme de quelqu'un ?

« C'est le mien. Tu le savais, au moins ?

— Désolé. Je sais pas ce que...

— Ouais, t'en sais pas lourd, hein, petit con ? »

Je voulais qu'il me pose une question simple, à laquelle je puisse répondre par oui ou par non. Je veux dire, j'aurais pu répondre non à la dernière, parce qu'il était clair que j'en savais pas lourd. Mais je sentais qu'un non aurait pas arrangé mes affaires.

« Il sait même pas de quoi je parle, il a dit à mon pote du bahut. Le bébé d'Alicia, pauvre mec. Elle t'a dit que c'était le tien. »

278

Ah. D'accord.

« T'es qui, d'abord ? j'ai dit.

— Aucune importance.

— Ah pardon, j'ai dit, si t'es le père du bébé d'Alicia, c'est important. Je suis sûr que ça intéresserait Alicia, déjà. Et moi. Comment tu t'appelles ?

— Ça lui dirait sûrement rien. Une pute comme elle peut pas se rappeler.

— Alors comment tu sais que c'est ton bébé ? Ça peut être celui de n'importe qui. »

Bizarrement, ça l'a foutu en rogne, alors que je tirais une conclusion évidente. Y avait pas beaucoup de logique dans ce qu'il disait, et pas beaucoup non plus dans sa susceptibilité.

« Approche », il a dit, et il a fait un pas vers moi. Voyant que c'était pas une lumière, j'étais sûr que c'était un cogneur et que j'allais déguster. J'ai pensé que je devais frapper le premier, juste pour pouvoir dire à Alicia que je m'étais pas laissé faire. J'ai levé le pied et, comme il avançait, il se l'est bloqué dans les couilles. C'était pas vraiment un coup de pied. C'était plutôt un arrêt de volée, parce que je l'ai touché avec ma semelle.

Et ça a suffi. Il est tombé en se tenant les valseuses et en râlant, et il a commencé à se rouler par terre comme un footballeur pendant la Coupe du monde. J'en revenais pas. Pourquoi chercher la bagarre quand on est aussi nul ?

« T'es mort », il a dit mais, comme il était vautré sur le sol en le disant, ça m'a pas terrifié. Entre-temps, quelques mecs étaient venus voir ce qui se passait, et certains se foutaient de sa gueule.

Pour tout vous dire, j'avais une autre raison de vouloir le frapper. C'était pas seulement pour pouvoir raconter à Alicia que je m'étais défendu. Je voulais l'étendre parce que je croyais tout ce qu'il m'avait dit. J'ai pigé que c'était le mec avec qui Alicia sortait juste avant qu'on se connaisse et, en y réfléchissant, tout collait. Elle l'avait pas plaqué parce qu'il la tannait pour faire l'amour. Ça tenait pas debout. Rompre avec quelqu'un parce qu'il veut coucher avec vous, et coucher avec un autre tout de suite après ? Et ensuite... Merde ! Putain de merde ! J'étais tombé dans le panneau... C'était elle qui avait voulu qu'on fasse l'amour en commençant sans capote, non ? Pourquoi ? D'où lui était venue cette idée ? Elle avait dit que c'était pour mieux me sentir mais la vérité c'est qu'elle pensait déjà être enceinte. Et ce mec l'avait déjà larguée ! Il fallait donc qu'elle trouve un gogo pour lui faire porter le chapeau dès que possible ! Tout devenait très clair maintenant. Comment j'avais pu être aussi aveugle ? Ça arrive tout le temps, des mecs qui découvrent que les enfants de leurs copines sont pas les leurs. Ça arrive peut-être même *chaque* fois. Regardez *EastEnders*[1]. Dès que quelqu'un a un bébé dans *EastEnders*, il se demande qui est le père.

Donc je suis rentré directement après les cours pour avoir une explication avec elle.

---

1. Feuilleton télévisé diffusé depuis 1985 par la BBC, mettant en scène la vie quotidienne de diverses familles.

« Ça s'est bien passé, à la fac ? » elle a dit. Elle était couchée sur le lit, en train d'allaiter Roof et de regarder la télé. C'était à peu près tout ce qu'elle faisait, les premières semaines.

« D'après toi ? » j'ai dit.

Elle m'a regardé. Elle voyait que j'étais de mauvais poil, mais elle savait pas pourquoi.

« Qu'est-ce que tu veux dire ?

— Je me suis battu.

— Toi ?

— Oui, moi. Pourquoi pas moi ?

— C'est pas ton genre.

— Aujourd'hui, si.

— Tu t'es battu comment ? Tu vas bien ?

— Ouais. C'est pas moi qui ai commencé. Il m'a provoqué, je lui ai mis un coup de tatane et... » J'ai haussé les épaules.

« Et quoi ?

— Et rien. Ça s'est arrêté là.

— Un seul coup ?

— Ouais.

— Qui c'était ?

— Je sais pas son nom. Tu le sais peut-être, toi. Il dit qu'il est le père de Roof.

— Ce salaud de Jason Gerson.

— Donc tu sais de quoi je parle. »

Une partie de moi a eu envie de gerber. La partie estomac, très probablement. Et une autre partie pensait : « Ça y est, je suis hors du coup. C'est le bébé d'un autre, je peux rentrer chez moi. » Ça, c'était probablement la partie cerveau.

281

« Tu peux m'expliquer qui est ce salaud de Jason Gerson ? » J'ai dit ça tranquillement, mais j'étais pas tranquille du tout. Je voulais la tuer.

« Le gars avec qui je sortais avant toi. Celui que j'ai arrêté de voir parce qu'il insistait trop pour coucher avec moi. »

A un autre moment, ça aurait pu être marrant. Ça remontait à quand ? Moins d'un an ? Et maintenant la fille qui me disait qu'elle avait arrêté de voir Jason Gerson (ce salaud de) parce qu'il voulait coucher avec elle était allongée sur un lit en train de donner le sein à un bébé.

« Comment tu sais que c'était lui ?

— Parce que je sais qu'il va à la même fac que toi et que c'est un enfoiré. C'est tout à fait lui, de dire ça. Je suis désolée, chéri. Ça a dû être affreux.

— Ça colle, pourtant, non ?

— Quoi ?

— Tout se recoupe.

— Qu'est-ce qui se recoupe ?

— Je me demande. Disons que tu t'es retrouvée enceinte. Et disons que le mec qui t'a mise enceinte t'a larguée. T'avais besoin d'un autre copain en vitesse, pour lui faire croire que c'était lui le père. Et t'as couché avec lui aussi sec, et puis tu lui as dit : si on essayait sans capote, rien qu'une fois ? Et... »

Elle m'a regardé. Elle avait déjà commencé à chialer avant que j'aie fini. Je pouvais pas la regarder.

« C'est ce que tu penses ?

— C'est juste pour dire.

— Juste pour dire quoi ?

— Rien.

— Ça n'a pas l'air de rien.

— J'énonce des faits, c'est tout.

— Vraiment ? Parlons des faits, alors. On s'est rencontrés quand ? »

J'ai gambergé. Je voyais où elle voulait en venir. J'ai rien dit.

« Y a environ un an, exact ? Parce que c'était à l'anniversaire de ma mère, et son anniversaire tombe la semaine prochaine. »

Pourquoi j'avais pas réfléchi à ça en rentrant ? Pourquoi j'avais pas fait le calcul ? Parce que, si j'avais fait le calcul, je me serais épargné des tas d'emmerdes.

« Et quel âge a Roof ? »

J'ai vaguement haussé les épaules, ce qui pouvait paraître signifier que je savais pas.

« Il a trois semaines. Donc, à moins que j'aie eu une grossesse de onze mois, il peut pas être le fils de Jason. Sauf si tu crois que je couchais avec lui en même temps qu'avec toi. C'est ce que tu crois ? »

J'ai encore haussé les épaules. A chaque haussement d'épaules, je m'enfonçais davantage, mais le problème, c'était que j'avais encore les boules à cause de Jason, de la bagarre, de ce qu'il avait dit, et je voulais pas faire machine arrière. Même s'il était clair pour moi maintenant que je m'étais gouré sur toute la ligne, j'étais incapable de changer de cap. J'avais plus de gouvernail. Cette histoire de onze mois de grossesse aurait dû clore la question, franchement, mais rien à faire.

« J'aurais couché avec lui quand ? Avant le petit

283

déjeuner? Parce que je passais tous mes après-midi et toutes mes soirées avec toi. »

Haussement d'épaules,

« De toute façon, a dit Alicia, si tu me fais pas plus confiance que ça, alors tout tombe à l'eau, hein? C'est ça, le plus triste. »

Ça aurait été un bon moment pour dire que ça me rendait triste aussi, mais je l'ai pas fait.

« Je crois que tu veux que tout tombe à l'eau.

— Qu'est-ce que ça signifie?

— T'aurais les mains libres, pas vrai?

— Qu'est-ce que ça signifie? »

Je comprenais très bien. Mais lui demander tout le temps ce que ça signifiait, ça me donnait quelque chose à dire.

« Je sais que tu veux pas habiter ici. Ce que tu veux, en fait, c'est que je te dise de retourner chez ta petite maman. Ça m'étonne que tu te sois donné le mal de frapper Jason. T'avais sûrement envie de l'embrasser, plutôt.

— Merde, je suis pas...

— JE SAIS QUE T'ES PAS PÉDÉ! NOM D'UN CHIEN!

— Vous allez bien, là-dedans? a dit la voix d'Andrea derrière la porte.

— VA-T'EN! Je dis pas que t'es pédé, imbécile. Bon sang. J'étais certaine que tu répondrais ça. C'est pathétique. Tu voulais sûrement l'embrasser parce que, si c'était lui le père, t'aurais plus besoin d'habiter ici. »

Ah. C'était exactement ce que je pensais. J'ai pas

284

précisé que, si j'avais mis un coup de tatane à ce salaud de Jason Gerson, c'était seulement parce qu'il me fonçait dessus, pas parce qu'il avait dit qu'il était le père de Roof.

« C'est pas vrai, j'ai dit. Je suis content que Roof soit mon fils. »

Je savais pas ce qui était vrai et ce qui était pas vrai. C'était trop compliqué. Chaque fois que je regardais notre beau bébé, j'étais épaté d'être pour quelque chose dans son existence. Alors oui, j'étais content que Roof soit mon fils. Mais quand ce salaud de Jason Gerson avait dit ça, j'avais vraiment voulu l'embrasser, d'une manière non pédé. Alors non, j'étais pas content que Roof soit mon fils. J'avais jamais eu de conflit comme ça avant, un conflit que je comprenais pas bien, où les deux camps avaient raison et tort à la fois. C'était comme si je m'étais brusquement réveillé sur le skate-board de TH en haut d'une de ces rampes verticales d'enfer. Comment j'étais arrivé là ? J'étais pas entraîné pour ! Descendez-moi de là ! On était passés d'une engueulade sur le film qu'on voulait voir à une engueulade sur la signification de nos vies en l'espace de dix secondes.

« Tu crois que t'es le seul à avoir ta vie gâchée, hein ? Tu crois que j'aurais pas eu de vie de toute façon, alors aucune importance si j'ai un bébé, elle a dit.

— Je sais bien que tu allais avoir une vie. Tu me l'as dit toi-même. Tu voulais être mannequin. »

Quand on donne un coup de pied dans les couilles, même un simple arrêt de volée, y a toujours un moment où on se demande pourquoi on a fait ça. Eh ben, j'en étais au même point. Pourquoi j'avais dit ça ? Je savais pourquoi elle m'avait dit qu'elle voulait être mannequin. Elle l'a dit parce qu'elle voulait savoir si je la kiffais. En plus, c'était il y a longtemps, quand on commençait juste à se connaître et qu'on essayait de se dire des trucs sympa. On a dit des tas de conneries. Faut jamais ressortir un passage d'une conversation sympa pour le resservir dans une conversation saumâtre. Au lieu d'avoir un bon souvenir et un mauvais, vous en avez deux merdiques. Quand je me rappelle comment j'avais biché quand j'avais compris pourquoi Alicia me disait ça... Mouais, c'est là que ça coince. Je veux pas me rappeler.

J'avais pas d'arrière-pensée en disant ça. Ou plutôt je savais que c'était dégueulasse à dire, et je l'ai dit pour blesser, mais c'est seulement après coup que j'ai commencé à réaliser pourquoi c'était dégueulasse. Et, pendant qu'Alicia pleurait sur le lit, j'ai énuméré les raisons.

— J'avais eu l'air de me foutre d'elle. J'avais eu l'air de penser qu'elle était pas assez jolie pour être mannequin.

— J'avais eu l'air de penser qu'elle était conne, parce qu'elle avait rien trouvé de mieux à dire quand on avait parlé de nos projets.

— J'avais eu l'air de lui reprocher d'être grosse et bouffie, et pas du tout avec la silhouette mannequin.

« C'est drôle, non ? elle a dit quand elle a été capable de parler de nouveau. Ma mère et mon père pensent que tu m'as démolie, que tu m'as coulée et tout ça. Et j'ai essayé de prendre ta défense. Toi et ta mère vous pensez que c'est moi qui t'ai démoli, qui t'ai coulé et tout ça. Je sais bien que j'allais jamais être, disons, une astrophysicienne ou une grande écrivaine ou rien de ce que mes parents rêvaient que je fasse. Mais j'allais être quelque chose. Oh, rien d'extraordinaire. Juste quelque chose. Et quelle chance il me reste maintenant, d'après toi ? Regarde-moi. Tu t'es battu à la fac ? Pauvre malheureux. Au moins tu es allé à la fac aujourd'hui. Moi, où je suis allée ? A la cuisine et retour. Alors arrête, d'accord ? Arrête de dire que j'ai bousillé ta vie. Tu as la moitié d'une chance. Qu'est-ce que j'ai, moi, comme chance ? »

Elle m'en avait jamais dit autant depuis des semaines. Des mois, peut-être.

Après un trop long moment, je me suis calmé, je lui ai demandé pardon, on s'est enlacés, on s'est même un peu embrassés. On avait plus fait ça depuis des siècles. C'était notre première engueulade. Ça préparait le terrain pour les suivantes.

Alicia et Roof se sont endormis, je suis sorti avec mon skate et, quand je suis revenu, ma mère était là, assise à la table de la cuisine avec Roof sur ses genoux.

« Voilà papa, elle a dit. Alicia m'a ouvert, mais elle est partie se promener. Je voulais qu'elle prenne l'air. Je l'ai trouvée un peu fatiguée. Et il n'y a personne d'autre ici.

— Rien que nous trois, alors, j'ai dit. Sympa.

— Ça se passe bien, à la fac ?

— Ouais, très bien.

— Alicia m'a parlé de tes petits ennuis.

— Oh, j'ai dit. Ça. C'était rien. »

Elle m'a regardé.

« Sûr ?

— Ouais. Sincèrement. »

Et j'étais sincère. Ça, c'était rien, vraiment.

17

Deux jours après la castagne à la fac et l'engueulade, mon père m'a appelé pour m'inviter à manger dehors. Il m'avait passé un coup de fil le jour de la naissance de Roof, mais il s'était jamais donné la peine de venir voir le bébé ni rien. Il prétendait avoir trop de boulot sur les bras.

« Tu peux amener le bébé, si tu veux, il a dit.

— Au restaurant ?

— Fiston, tu me connais. Les quelques trucs que j'ai pu faire dans la vie m'ont pas appris grand-chose, alors j'ai pas beaucoup à transmettre, question expérience. Mais y a une chose que j'ai retenue : quand on est un jeune papa, c'est beaucoup plus facile de se faire servir dans un pub et tout.

— Pourquoi on refuserait de te servir dans un pub ?

— Pas moi, banane. Toi. T'as pas l'âge. Mais si t'as un bébé avec toi, on te pose pas de questions. »

J'ai pas voulu lui dire que je pouvais boire dans un restaurant de toute façon, si j'étais accompagné d'un adulte. Maman me filait toujours un verre de vin au dîner pour m'apprendre à boire avec modération. Pour

289

une fois qu'il avait un conseil à me donner, ça l'aurait démoralisé de découvrir qu'il était inutile.

J'ai attendu d'être sûr que personne me voyait et j'ai sorti le poster de Tony Hawk de dessous le lit pour le fixer au mur avec les vieux bouts de Patafix qui étaient restés sur le dos. Les coins cornaient mais il a tenu assez longtemps pour que je lui parle de la venue de mon père.

« Il était naturel pour mon père d'aider ses enfants autant qu'il le pouvait, mais il s'est surpassé en fondant la National Skateboard Association (NSA) », a dit Tony.

Tony faisait pas souvent de blagues quand on tchat-chait, mais celle-là était bonne. Je veux dire, c'est pas une blague dans le bouquin. Son père a vraiment fondé la NSA, rien que parce que son fils était skateur. Mais c'était une blague dans cette conversation. Mon père essaierait même pas de faire un feu si j'avais froid.

« Ouais, ben, mon père est pas comme ça, j'ai dit. Mon père... » Je savais pas par où commencer. Ça me gênait de raconter qu'il détestait les Européens et tout ça.

« Pour Frank et Nancy Hawk – merci pour votre soutien immortel », a dit Tony. C'est écrit au début de *Hawk – Activité : skateboard*. Et, comme son père est mort, quand il dit « soutien immortel », ça montre à quel point il pense encore à lui.

« Si j'écrivais un livre, je citerais pas mon père, même si c'était une autobiographie, j'ai dit. J'écrirais : "Je suis né avec seulement une mère."

— J'étais un accident ; ma mère avait quarante-trois

ans et mon père quarante-cinq quand j'ai fait mon apparition. »

Il sait que j'étais un accident aussi. Et il sait que mes parents étaient le contraire des siens.

« Quand mon père aura quarante-cinq ans, j'en aurai... » J'ai compté sur mes doigts. « Vingt-huit !

— Comme mes parents étaient assez vieux à ma naissance, ils ont dépassé le cadre strictement parental pour se couler dans une mentalité de grands-parents.

— Mon père est même pas assez vieux pour être un père, alors encore moins un grand-père.

— Nous avons dispersé ses cendres sur l'Océan, mais j'en ai gardé un peu pour plus tard. Dernièrement, mon frère et moi avons répandu le reste au Garden Center. »

Le père de Tony est mort d'un cancer. C'est la partie la plus triste de son livre. Mais je comprenais pas pourquoi il me disait ça pendant qu'on était censés parler de l'inutilité du mien.

« Je suis désolé », j'ai dit. Je savais pas quoi dire d'autre, alors j'ai détaché le poster, je l'ai roulé et je l'ai remis sous le lit.

Donc papa a rappliqué, a dit bonjour à Alicia et a expliqué à qui voulait l'entendre que le bébé était mon portrait craché, puis on a mis Roof dans son panier et on l'a emmené au restaurant italien de Highbury Park. Il y avait une table au fond avec une banquette en cuir et on a posé le panier là pour qu'il soit pas dans le passage. Des tas de gens sont venus le voir.

« Ils doivent penser qu'on est un couple de lopettes avec un enfant adopté », a dit mon père. C'était sa façon de dire qu'on paraissait avoir le même âge, alors que c'était pas le cas et que ça l'est toujours pas.

Il a commandé deux bières et m'a fait un clin d'œil.

« Eh ben voilà, il a dit quand elles sont arrivées. Je bois une mousse avec mon fils et son fils. Mon fils et mon petit-fils. Nom de Dieu.

— Quel effet ça te fait ? j'ai dit, histoire de dire quelque chose.

— Pas aussi pire que ça aurait pu. Peut-être parce que j'ai même pas trente-cinq balais. » Il a lorgné la table d'à côté, où deux filles mangeaient des pizzas et rigolaient. Je savais pourquoi mon père matait.

« Tu les as vues, ces deux-là ? il a dit. Faut être un sacré escaladeur pour les grimper. »

Si vous visitiez la Terre en venant d'une autre planète, vous comprendriez pas la moitié de ce que dit mon père, même en ayant appris la langue. Mais ça viendrait vite. Il dit soit qu'il est fauché, soit qu'il a vu une fille qui lui plaît, soit que les Européens sont des cons. Il a un million d'expressions pour ça, et pratiquement pas un mot pour autre chose.

« Oh, il a fait, un deuxième conseil. Rien de tel qu'un bébé pour draguer.

— Très bien, j'ai dit. Merci. »

Aucune des filles ne s'intéressait à nous, ou à Roof.

« Je sais ce que tu penses, il a dit. Tu penses : vieux branleur, à quoi ça me sert de savoir ça, puisque j'ai une copine ? Mais ça te sera utile. Un de ces jours.

— Roof sera peut-être plus un bébé, ce jour-là », j'ai dit. Il s'est marré.

« T'es sûr ?

— Merci, j'ai dit.

— Comprends-moi bien. C'est une jolie fille, Alicia. Et sa famille a l'air vachement sympa et tout. Mais...

— Mais quoi ? » Il me gonflait vraiment.

« On sait jamais ce qui peut arriver. »

J'ai claqué mon verre de bière sur la table, parce que j'en avais marre de lui, et une des filles – celle que j'avais remarquée, avec des grands yeux bruns et des longs cheveux bouclés – s'est tournée pour voir ce qui se passait.

« Pas la peine de m'inviter au resto si c'est pour me dire ça ! j'ai fait. C'est déjà assez dur comme ça.

— C'est pas seulement dur, fiston. C'est impossible.

— Comment tu le sais ?

— Oh, simple supposition. Je suis jamais passé par là, moi. Tu parles.

— D'accord, mais comment tu sais pour moi et Alicia ? On est différents.

— Rien du tout, c'est pareil pour tout le monde. On peut pas rester dans une même chambre avec un bébé sans se taper sur les nerfs. »

Je pouvais pas dire le contraire. Le jour de l'engueulade, on avait commencé à se taper sur les nerfs.

« Moi et ta mère, on a fini comme frère et sœur. Et pas dans le bon sens non plus. Pas d'inceste ni rien dans ce goût-là. »

J'ai fait une grimace. Ses vannes étaient à gerber, la plupart du temps. Inceste, adoption homo, il en ratait pas une.

« Excuse-moi, mais tu sais très bien ce que je veux dire. On passait notre temps à surveiller cette chose. Toi. Et, toute la journée, c'était : il respire ? Il a fait caca ? Faut le changer ? C'était tout ce qu'on se disait. On se regardait jamais. Quand t'es plus vieux, ça passe, parce que t'as généralement eu une vie avant et t'auras une vie après. Mais quand t'as seize berges... J'avais connu ta mère que cinq minutes. C'était dingue.

— Vous habitiez où ? »

Je leur avais encore jamais demandé ça, ni à lui ni à ma mère. Je savais qu'on n'avait pas toujours habité au même endroit, mais je m'étais jamais intéressé à l'époque qui précédait mes souvenirs. Maintenant, ça valait le coup de le savoir.

« Chez sa mère. Ta grand-mère. On l'a probablement tuée, à force. Ce que ça chialait !

— Maman me disait l'autre jour que j'étais un gentil bébé. Comme Roof.

— Oh, t'étais un moutard en or. Non, c'était elle qui chialait tout le temps. On s'est mariés quand on a appris que t'étais dans les tuyaux, alors c'était pas pareil. Y avait davantage de pression, si tu veux. Et l'appart de ta grand-mère était minuscule. Tu t'en souviens ? »

J'ai fait oui de la tête. Elle est morte quand j'avais quatre ans.

« Encore que... je vais te dire, c'était pas tellement différent, en fait. Une piaule, c'est une piaule, non ? Ce que je veux dire, c'est que personne ne peut t'obliger à continuer comme ça. Continue à te conduire en père, ça oui, sinon t'auras affaire à moi... » A mourir de rire :

mon père nullard qui me disait de me conduire en bon père ! « Mais en même temps... Faut pas que ça te pourrisse la vie. Les liaisons durent pas cinq minutes à ton âge. Et quand t'as un môme en plus, ça peut se réduire à trois minutes. N'essaie pas de faire durer ça toute ta vie si t'es même pas sûr de pouvoir tenir jusqu'à l'heure du thé. »

Mon père est sans doute l'adulte le moins intelligent que je connaisse. Il est sans doute la *personne* la moins intelligente que je connaisse, si on laisse de côté Rabbit, qui compte pas vraiment comme une personne. Alors comment ça se fait qu'il soit le seul à m'avoir dit quelque chose d'intelligent de toute l'année ? Tout d'un coup j'ai compris pourquoi TH m'avait raconté cette histoire sur les cendres de son père. Il voulait que je traite mon propre père comme un vrai papa, quelqu'un qui pouvait avoir quelque chose d'intéressant à me dire, qui pouvait réellement m'être utile. Si TH avait essayé de me faire comprendre ça un autre jour, il aurait perdu son temps. Mais il est vrai que TH est un génie, non ?

D'un autre côté, peut-être que si mon père m'avait pas dit tout ça, je me serais pas engueulé avec Alicia en rentrant. Elle a voulu savoir où on avait placé Roof dans la bagnole, je lui ai dit qu'on avait mis son panier sur le siège arrière et qu'on avait roulé très lentement, et elle a pété les plombs. Elle dit des trucs sur mon père, ce qui m'aurait fait ni chaud ni froid en temps normal, mais, comme il m'avait aidé, j'ai pris sa défense. Et prendre sa défense, ça revenait à dire des tas de trucs que j'aurais pas dû dire sur les parents d'Alicia.

Je crois pas que mon père ait grand-chose à voir avec la crise qu'on a eue deux jours plus tard, pourtant. C'était parce que j'étais assis sur la télécommande et que je bougeais pas de là, si bien que les chaînes changeaient tout le temps. Je sais plus pourquoi je faisais ça. Probablement parce que je voyais que ça la rendait folle. Et mon père avait certainement rien à voir avec la crise du lendemain, au sujet d'un T-shirt qui traînait par terre depuis une semaine. C'était entièrement ma faute. La partie T-shirt en tout cas. C'était le T-shirt d'Alicia, mais je l'avais emprunté et c'était moi qui l'avais jeté par terre quand je l'avais enlevé. Mais, comme c'était pas mon T-shirt, je l'avais laissé là. Je me disais pas : eh oh, c'est pas mon T-shirt. Et je me disais pas : eh oh, je le ramasse pas même si je l'ai porté, parce que c'est pas mon T-shirt. C'est juste que je le voyais pas, parce que c'était pas le mien, de la même manière qu'on voit pas les magasins sans intérêt, les pressings ou les agences immobilières, etc. J'imprimais pas. A mon avis, pourtant, c'était pas une raison pour que ça finisse comme ça a fini, avec toutes les fringues de la chambre bazardées sur le plancher et piétinées.

Tout partait en couille. C'était comme un prof qui perd le contrôle de sa classe. Ça allait bien pendant un moment, puis une chose arrivait, puis une autre, puis tous les jours une autre, et tout ça parce qu'y avait pas de limite. Ça s'enclenchait tout seul.

Quand je suis retourné chez moi, cela n'avait rien à

voir avec les disputes. Du moins, c'est ce qu'on s'est dit. J'avais chopé un méchant rhume et je toussais et j'éternuais la moitié de la nuit et j'empêchais Alicia de dormir alors qu'elle avait besoin d'un max de sommeil. Et elle aimait pas me voir prendre Roof dans mes bras et lui refiler mes microbes, même si sa mère disait que c'était bon pour son système immunitaire.

« Je vais dormir sur le divan du salon, si tu veux, j'ai dit.

— T'es pas obligé.

— Ça ira.

— Tu préfères pas un lit ? Pourquoi tu prendrais pas la chambre de Rich ?

— Ouais. Ça peut le faire. » Je sais que j'avais pas l'air très emballé. « Mais c'est juste la porte à côté, non ?

— Oh. Tu veux dire que je t'entendrai quand même ?

— Sûrement. »

On faisait tous les deux semblant de réfléchir. Est-ce que l'un de nous allait avoir le courage ?

« Tu pourrais aussi retourner dans ton ancienne chambre », a dit Alicia. Et elle a ri, pour bien montrer que c'était une idée folle.

J'ai ri aussi, et puis j'ai fait semblant de penser à quelque chose qui lui avait échappé.

« On en mourra pas si c'est juste pour une nuit, j'ai dit.

— Je vois ce que tu veux dire.

— Juste en attendant que j'arrête de tousser la moitié de la nuit.

— T'es sûr que ça t'embête pas ?

— Je crois que c'est un bon plan. »

Je suis parti ce jour-là, et je suis jamais revenu. Chaque fois que je passe voir Roof, ses parents me demandent comment va mon rhume. Même encore maintenant, après tout ce temps. Vous vous rappelez quand j'ai été propulsé dans le futur pour la deuxième fois ? Quand j'ai emmené Roof pour sa piqûre ? Quand Alicia a dit : « J'ai vraiment attrapé un rhume » et qu'elle s'est marrée ? C'était pour ça qu'elle rigolait.

La première nuit chez moi a été triste. J'ai pas pu dormir, parce que ma piaule était trop silencieuse. J'avais besoin d'entendre la respiration de Roof. Ça me semblait pas normal qu'il soit pas là, ce qui veut dire que ma propre chambre, la chambre où j'avais dormi presque toutes les nuits de ma vie, me semblait pas normale non plus. J'étais chez moi, là où je voulais être. Mais chez moi, c'était ailleurs maintenant, et je pouvais pas être dans les deux endroits à la fois. J'étais avec ma mère, mais je pouvais pas être avec mon fils. Ça faisait un drôle d'effet. Ça me le fait toujours depuis.

« Est-ce que ton père t'a dit quelque chose quand vous êtes allés à la pizzeria ? m'a demandé ma mère au bout de la deuxième nuit.

— Genre ?

— Je sais pas. C'est quand même une coïncidence. Tu vas manger avec lui et, brusquement, te voilà de retour à la maison.

— On a eu une conversation.

— Oh malheur, elle a fait.

298

— Quoi ?

— Je ne veux pas que tu l'écoutes.

— Il avait raison. Il a dit que j'étais pas obligé d'habiter là-bas si je voulais pas.

— Tu m'étonnes. Y a qu'à voir son parcours.

— Tu m'avais dit la même chose. »

Elle a pas répondu tout de suite, puis :

« Je disais ça du point de vue d'une mère. »

Je l'ai regardée pour voir si elle plaisantait, mais pas du tout.

« Et lui, il disait ça de quel point de vue ?

— Pas d'une mère, c'est certain. Evidemment. Mais pas d'un père non plus. Du point de vue d'un mec. »

Tout d'un coup, j'ai imaginé Roof, Alicia et moi en train de nous prendre la tête comme ça un jour. Peut-être que toute la vie était un malentendu sans fin. Peut-être qu'Alicia m'en voudrait toujours à cause de mon rhume et que, même si on disait pareil – comme mon père et ma mère maintenant –, elle admettrait jamais qu'on avait dit pareil.

« N'empêche, elle a dit. Tu es ici seulement parce que tu as un rhume.

— Je sais.

— Donc ça n'a rien à voir avec ce que disait ton père.

— Je sais.

— Donc voilà.

— Ouais. »

Le soir où je suis rentré à la maison avec mon rhume, je suis allé direct dans ma piaule pour parler à Tony Hawk. J'avais emporté le poster avec moi, évidemment.

299

« J'ai juste chopé une petite crève, je lui ai dit. Donc je suis rentré pour quelques jours.

— Je savais que, même si j'aimais encore Cindy, nous vivions dans deux univers différents qui ne s'accordaient pas, a dit Tony. En septembre 1994, nous nous sommes séparés. Il a fallu ce triste événement pour nous faire prendre conscience de l'importance des liens parentaux. »

Je l'ai regardé. Bon, d'accord, il avait tout de suite vu juste pour le rhume. Mais j'avais vraiment pas besoin qu'il parle de l'importance des liens parentaux. Qu'est-ce qu'il y avait dans ma vie, à part Roof ? J'allais à la fac environ une fois par mois, j'avais jamais le temps de skater et mon seul sujet de conversation était le bébé. Il me décevait. Il me faisait pas réfléchir du tout.

« Ce ne fut pas une séparation moche, il a dit. Nous étions tous deux déterminés à offrir la meilleure vie possible à Riley.

— Merci pour rien », j'ai dit.

Mais le truc avec TH, c'est qu'il en dit toujours plus long qu'on croit sur le moment.

18

Sur Internet, y a des masses de trucs sur les ados qui ont des bébés. Je veux dire, y a des masses de trucs sur n'importe quoi, sur Internet. C'est ça qui est génial. Quel que soit votre problème, ça se trouve quelque part et vous vous sentez moins seul. Si vous avez les bras qui deviennent verts tout d'un coup et que vous avez envie de parler à d'autres gens de votre âge qui ont les bras verts, vous trouverez le site correspondant. Si je décidais que je peux faire l'amour uniquement avec des profs de maths suédoises, je suis sûr que je trouverais un site pour les profs de maths suédoises qui veulent faire l'amour uniquement avec des Anglais de dix-huit ans. Donc c'est pas tellement étonnant qu'on trouve toutes les infos qu'on veut sur les ados et la grossesse, quand on y réfléchit. Avoir un môme pendant l'adolescence, c'est pas comme avoir les bras verts. On est bien plus nombreux dans le premier cas.

La plupart des trucs que j'ai trouvés, c'étaient des mecs comme moi qui se plaignaient. Je peux pas leur jeter la pierre, remarquez, parce qu'on a vraiment de quoi se plaindre. Eux, ils se plaignaient parce qu'ils avaient pas de logement, pas de thunes et pas de boulot à moins de dépenser plus pour faire garder leurs mômes que ce qu'ils auraient gagné en bossant. Je me suis pas souvent senti veinard mais, en lisant ça, j'ai trouvé que j'avais du bol. Nos parents nous foutraient jamais à la porte.

Et puis je suis tombé sur ce petit rapport écrit en partie par le Premier ministre. La plupart des faits cités étaient débiles – on disait par exemple que, le plus souvent, les adolescentes tombaient enceintes par accident ! SANS BLAGUE ????? Et certains étaient curieux – par exemple, un ado sur dix ne se rappelait pas s'il avait eu des rapports sexuels la veille ou non, ce qui est quand même incroyable quand on y pense. A mon avis, ça signifiait qu'un ado sur dix était tellement défoncé la veille qu'il savait pas ce qui s'était passé. Ça pouvait pas signifier qu'ils étaient juste oublieux, comme quand on se rappelle pas où on a rangé ses affaires. J'ai eu envie d'aller raconter ça à maman. Genre : « Maman, je sais que j'aurais pas dû. Mais au moins je m'en suis souvenu le lendemain ! »

J'ai appris que la Grande-Bretagne avait le pire taux de grossesses adolescentes en Europe, ce qui, je précise, signifie le plus haut. Je le précise parce que j'ai pas compris tout de suite. Sur le moment, j'ai cru qu'ils entendaient ça dans l'autre sens, que notre taux de grossesses adolescentes était bas et que le Premier ministre voulait qu'on s'améliore. Et j'ai appris que, au bout d'une quinzaine d'années, quatre-vingts pour cent des pères adolescents perdaient complètement le contact avec leurs enfants. Quatre-vingts pour cent ! Huit sur dix ! Quatre sur cinq ! Ça voulait dire que, d'après les probabilités, je connaîtrais plus Roof dans quinze ans. Non merci, pas question.

J'avais les boules en sortant de chez moi et je les avais encore en arrivant chez Alicia. J'ai frappé à sa porte trop fort, si bien qu'Andrea et Rob étaient remontés contre moi avant même de m'ouvrir. J'aurais probablement pas dû y aller, mais il était déjà dans les neuf heures du soir et Alicia allait généralement se coucher vers les dix, donc j'avais pas le temps de me calmer. A la façon dont je voyais les choses, ça pouvait pas être moi qui cesserais de voir Roof. Si je devais perdre contact avec lui, la seule possibilité était qu'Alicia m'empêche de le voir ou déménage sans me laisser d'adresse. Donc ce serait entièrement sa faute.

« Qu'est-ce que c'est que ce raffut ? a dit Andrea en ouvrant la porte.

— Faut que je voie Alicia, j'ai dit.

— Elle est dans son bain. Et on vient de coucher Roof. »

Je savais pas si j'avais encore le droit de voir Alicia dans son bain. Le jour de la naissance de Roof, Andrea m'avait plus ou moins forcé à entrer dans la salle de bains. Depuis, j'avais vécu avec elle, puis déménagé de nouveau, mais sans qu'on ait vraiment rompu, sans qu'on en ait même parlé, tout en sachant l'un et l'autre ce que ça allait donner. Alors qu'est-ce que ça voulait dire ? Est-ce que c'était un problème ou non de voir Alicia à poil ? Voilà le genre de trucs que le Premier ministre aurait dû écrire sur Internet. Peu importait qu'on se rappelle ou non ce qu'on avait fait la veille. La veille, c'était du passé. Tant pis pour hier, c'était trop tard. On voulait être renseignés sur les soirs suivants, les soirs où on voulait parler à une copine ou ex-copine à poil sans savoir s'il fallait une porte entre les deux.

« Alors qu'est-ce que je fais ? j'ai demandé à Andrea.

— Va frapper à la porte. »

C'était, je dois l'admettre, une réponse sensée. Je suis monté et j'ai frappé à la porte.

« Je sors dans une seconde, a dit Alicia.

— C'est moi.

— Qu'est-ce que tu fais ici ? Ton rhume est guéri ?

— Non », j'ai dit. Mais, malin, j'ai fait en sorte que mon « non » ressemble un peu à « don » pour montrer que j'avais encore le nez bouché. « Faut que je te parle.

— De quoi ? »

J'avais pas envie de parler de mes rapports avec Roof dans quinze ans à travers une porte de salle de bains.

« Tu peux sortir ? Ou je peux entrer ?

— Oh, merde. »

Je l'ai entendue sortir de la baignoire, et puis la porte s'est ouverte. Elle avait mis un peignoir.

« Je pensais avoir dix minutes tranquilles.

— Désolé.

— Qu'est-ce qu'il y a ?

— Tu veux parler ici ?

— Roof dort dans notre chambre. Ma chambre. En bas, il y a papa et maman.

— Tu peux te remettre dans la baignoire si tu veux.

— Tiens donc, pour que tu puisses mater ? »

J'étais là depuis deux minutes à peine et elle m'énervait déjà. Je voulais pas mater quoi que ce soit. Je voulais savoir si j'allais perdre le contact avec mon fils. Je lui avais dit qu'elle pouvait continuer son bain parce que j'étais gêné de l'avoir interrompu.

« J'ai des choses mieux à regarder », j'ai dit. Je sais pas pourquoi j'ai choisi ces mots-là en particulier. Peut-être que c'était même pas ce que je voulais dire, que j'avais sauté des mots, comme « à faire », par exemple. Peut-être que j'avais voulu dire : « J'ai des choses mieux *à faire* qu'à te regarder. » J'étais en pétard et elle faisait sa coquette. C'était ma façon de dire « t'es pas si belle que ça », voyez.

Alors j'ai dit : « Des personnes. » Pour rectifier. J'ai remplacé « des choses » par « des personnes », parce qu'Alicia est pas une chose.

« Qu'est-ce que tu veux dire ?

— Ce que j'ai dit. »

Je pensais pas qu'elle ait pu interpréter ça autrement, voyez.

« Donc tu sors déjà avec une autre ? Tu couches avec une autre fille ? »

J'ai pas répondu tout de suite. Je comprenais pas sa logique.

« Qu'est-ce que tu racontes ?

— Petit salaud. "Oh, j'ai attrapé un rhume." Sale menteur. Fous le camp. Je te déteste.

— Où t'es allée chercher ça ? » On criait tous les deux maintenant.

« T'as des personnes mieux à regarder ? Ben va donc les regarder !

— Non, je... »

Elle me laissait pas en placer une. Elle me poussait dehors et Andrea est arrivée en courant.

« Qu'est-ce qui se passe ici ?

— Sam est venu pour me dire qu'il sortait avec une autre.

— Charmant, a dit Andrea.

— N'espère pas revoir Roof un jour, a dit Alicia. Je te laisserai pas l'approcher. »

Je le croyais pas. C'était complètement dément. Une demi-heure plus tôt, j'avais peur de perdre le contact avec Roof dans les quinze ans à venir, alors j'étais venu en parler à Alicia et, du coup, j'avais perdu le contact dès maintenant, le premier jour de ces quinze ans. J'avais envie de l'étrangler, mais j'ai juste tourné les talons et j'ai commencé à m'éloigner.

« Sam, a dit Andrea. Alicia. Je me moque de ce que Sam a fait. Tu ne dois pas proférer de menaces comme ça, sauf s'il s'est produit quelque chose d'extrêmement grave.

— Tu trouves pas que c'est grave ? a dit Alicia.

— Non, a dit Andrea. Je ne trouve pas. »

Tout a fini par s'expliquer. Alicia s'est habillée, Andrea nous a fait une tasse de thé à tous les deux et on s'est assis à la table de la cuisine pour causer. Ça paraît plus intelligent que ça l'était en réalité. Elles m'ont laissé parler et j'ai enfin pu leur dire que je sortais pas avec une autre fille, que j'avais aucune intention de sortir avec une autre fille et que ces histoires de « personnes mieux à regarder » étaient des paroles en l'air qui signifiaient rien. Puis j'ai expliqué que j'étais arrivé de mauvais poil à cause de ce qu'avait écrit le Premier ministre dans son rapport, ou son exposé ou ce que vous voulez, à savoir que j'allais perdre le contact avec Roof et que j'étais pas d'accord.

« Donc, quand Alicia a voulu t'empêcher de le voir dès ce soir, c'était le bouquet », a dit Andrea. Et Alicia a presque rigolé, mais pas moi.

« Comment ça se fait ? j'ai dit. Comment ça se fait que tous ces pères perdent le contact avec leurs enfants ?

— Les choses s'enveniment », a dit Andrea.

J'arrivais pas à imaginer qu'elles puissent s'envenimer au point de m'ôter l'envie de voir Roof. Je pourrais jamais cesser de le voir, ça me paraissait physiquement impossible. Ce serait comme ne plus voir mes pieds.

« Quelles choses ?

— Combien de disputes faudrait-il pour que tu renonces à Roof ? Des disputes comme celle de ce soir.

— Des centaines, j'ai dit. Des centaines et des centaines.

— Bien, elle a dit. Mettons que vous en ayez deux par semaine pendant dix ans. Ça fait mille. Et il te restera encore cinq ans à vivre avant d'atteindre les quinze ans. Tu vois ce que je veux dire ? Les gens renoncent. Ils baissent les bras. Ils se fatiguent. Un jour, tu détesteras peut-être le nouvel ami d'Alicia. Tu seras peut-être obligé d'aller vivre dans une autre partie du pays pour ton travail. Ou à l'étranger. Et, quand tu viendras à la maison, tu seras peut-être déprimé de voir que Roof ne te reconnaît pas vraiment... Il y a des tas de raisons. »

On a rien répondu, Alicia et moi.

« Merci, maman », a dit Alicia au bout d'un moment.

Comme je l'ai dit, le futur, on peut rien y faire. Je parle du vrai futur, celui dans lequel on peut pas être téléporté. Faut se croiser les bras et attendre. Quinze ans ! Je pouvais pas attendre quinze ans ! Dans quinze ans, j'aurais un an de plus que David Beckham aujourd'hui, deux ans de moins que Robbie Williams, six de moins que Jennifer Aniston. Dans quinze ans, Roof pourrait commettre le même genre d'erreur que moi et ma mère avant moi, devenir un père et faire de moi un grand-père.

Seulement voilà, j'avais pas le choix, j'étais bien obligé d'attendre. A quoi bon essayer d'accélérer les choses ? Et par quel moyen, d'ailleurs ? Je pouvais pas réduire quinze ans de connaissance de Roof en deux ou trois, hein ? Ça aurait servi à rien. Peut-être que même quinze années réelles suffiraient pas pour le connaître.

Je déteste le temps. Il fait jamais ce qu'on veut.

J'ai demandé à voir Roof avant de repartir. Il dormait à poings fermés, les mains près de la bouche, avec des petits ronflements. On l'a regardé tous les trois pendant un moment. Ne bougeons plus, j'ai pensé. Que tout le monde reste comme ça. On aura aucun mal à traverser ces quinze ans si on reste comme ça, sans rien dire, à regarder un enfant grandir.

19

Je vous raconte ça comme si c'était une histoire, avec un commencement, un milieu et une fin. Et c'est bien une histoire, en un sens, parce que la vie de chacun est une histoire, non ? Mais c'est pas le genre d'histoire qui a une fin. Elle a pas encore de fin, en tout cas. J'ai dix-huit ans, Alicia aussi, Roof bientôt deux, ma sœur un et même ma mère et mon père sont encore jeunes. Le milieu de l'histoire va durer longtemps, à perte de vue, et je suppose qu'il y a beaucoup de nids-de-poule et de virages sur le chemin. Vous avez peut-être quelques questions à poser et je vais essayer d'y répondre.

Au sujet du bébé de ta mère. Comment ça s'est passé, tout ça ?

Le bébé de ma mère, Emily, est né dans le même hôpital que Roof, mais dans la chambre d'à côté. Mark était là, bien sûr, et j'ai amené Roof en bus deux heures plus tard.

« Voilà mamie, j'ai dit en entrant. Et voilà tata. »

Maman avait déjà l'habitude d'être appelée mamie,

mais peu de femmes se font appeler mamie pendant qu'elles donnent le sein à un bébé. Et peu se font appeler tata à l'âge de deux heures.

« Bon sang, a dit Mark. Quel sac de nœuds. » Il rigolait, mais maman voyait pas pourquoi.

« Pourquoi un sac de nœuds ? elle a dit.

— Elle est au monde depuis cinq minutes et elle a un neveu plus âgé qu'elle, deux demi-frères de mères différentes, une mère qui est une grand-mère et Dieu sait quoi encore.

— Quoi encore ?

— Euh... Rien. Mais ça fait beaucoup.

— C'est juste une famille, non ?

— Une famille où personne n'a le bon âge.

— Oh, sois pas ringard. Ça existe pas, le bon âge.

— Faut croire que non », a dit Mark.

Il lui donnait raison parce qu'elle était heureuse et parce que c'était inutile de parler de tout ça dans une chambre d'hôpital juste après la naissance d'un bébé. Mais ça existe bel et bien, le bon âge, non ? Et seize ans, c'est pas le bon, même si vous essayez d'en prendre votre parti. Maman me répétait ça depuis que j'étais né, ou presque. On avait eu des bébés au mauvais âge, avec les mauvaises personnes. Mark s'était gouré la première fois, maman *idem*, et qui sait s'ils se gouraient pas encore cette fois-ci ? Ils étaient pas ensemble depuis si longtemps. Alicia et moi, on avait beau adorer Roof, c'était stupide de prétendre qu'on avait été bien inspirés en le mettant au monde, et c'était stupide de prétendre qu'on serait encore ensemble à trente ans, ou même à dix-neuf.

310

Mais est-ce que c'était important, au fond, qu'on ait tous choisi la mauvaise personne pour faire un enfant ? Pas sûr. Parce que ça dépendait de la suite, non ? Si je surmontais tout ça, si j'allais à l'université, si je devenais le meilleur graphiste de tous les temps et si j'étais un bon père pour Roof, alors je pourrais me réjouir que papa et maman soient mes parents. Avec un autre père et une autre mère, tout aurait été différent. C'était peut-être mon père qui m'avait transmis le gène du graphisme, même s'il dessine comme un manche. On a appris les gènes récessifs en biologie : son gène du graphisme était peut-être comme ça.

Il doit y avoir des tas de gens célèbres dont les parents n'auraient jamais dû être ensemble. Est-ce qu'ils auraient été célèbres avec d'autres père et mère ? Le prince William, disons ? Bon d'accord, mauvais exemple, parce que, même avec une autre mère, il aurait toujours été le prince William. Prince Quelque chose, en tout cas. Le prénom William était peut-être une idée de Diana. Et il voulait pas forcément être prince. Mieux : Christina Aguilera. Elle a écrit des chansons pour dire qu'elle avait eu un père violent et tout ça. Mais elle serait pas Christina Aguilera sans lui, hein ? Et elle aurait pas pu écrire ces chansons si son père avait été sympa.

Ça fait réfléchir.

Ce jour dans le futur, quand tu as emmené Roof au dispensaire... Il a vraiment eu lieu ?

Oui. C'est malin, le futur. C'est malin dans sa version Tony Hawk, en tout cas. Quand j'arrive à ces passages de ma vie, ceux que j'avais déjà visités, il se passe à peu près la même chose que la première fois, mais pour des raisons différentes – et ressenties différemment. Ce jour-là, par exemple, Alicia m'a effectivement appelé parce qu'elle avait un rhume et j'ai effectivement dû emmener Roof au dispensaire. Mais je connaissais son nom à notre arrivée, donc personne ne peut dire que j'avais rien appris entre-temps, ha ha.

Il a pas eu sa piqûre, pourtant, donc cette partie était exacte. Ce qui s'est passé, c'est qu'il s'est mis à chialer dans la salle d'attente quand je lui ai dit que ça ferait pas mal. Je crois qu'il a pigé parce que, en temps normal, je lui dis pas à l'avance qu'il aura pas mal, donc il a pensé que ça allait faire mal, sinon je lui en aurais pas parlé du tout. Alors je me suis dit : qu'elle s'en charge elle-même, je veux pas me coltiner ça.

Il me semble me rappeler que Mlle Miller nous a expliqué un jour, dans un cours sur les religions, que certaines personnes croyaient qu'il fallait vivre et revivre sa vie inlassablement, comme dans un jeu informatique à plusieurs niveaux, jusqu'à ce qu'on la réussisse. Je sais pas de quelle religion il s'agit, mais je pense que je pourrais y croire. Je suis peut-être hindou ou bouddhiste ou autre chose sans le savoir. J'ai vécu cette journée au dispensaire deux fois maintenant, et je me suis planté les deux fois, sauf que je m'améliore légèrement. La première fois, ç'a été le ratage intégral, vu que je connaissais même pas le vrai prénom de Roof. La deuxième, je connaissais son prénom et je savais m'occuper de lui, mais j'étais pas encore assez au point pour lui faire passer l'épreuve. J'aurai probablement pas droit à un troisième essai, parce que c'est plus le futur. C'est le passé. Et Tony Hawk m'a encore jamais téléporté en arrière. Seulement en avant. Donc, en rentrant du dispensaire, je me demandais si j'allais avoir un autre enfant un jour, quand je serais plus vieux. Dans ce cas, peut-être que, lui aussi – ou elle aussi –, je devrais l'emmener chez le toubib pour une piqûre et, cette fois, j'aurais tout bon : je donnerais son nom exact, je lui dirais que ça ferait pas mal et il ou elle pourrait chialer tant qu'il ou elle voudrait, il ou elle n'y couperait pas. Ce serait le jour parfait. Alors je pourrais passer à la suite, sans être obligé de recommencer ma vie inlassablement.

Oh, encore une chose. Je l'ai pas emmené au magasin de jouets pour tuer le temps après, donc j'ai économisé les 9,99 livres de l'hélicoptère. Comme quoi, j'apprends. Lentement, mais j'apprends.

Tu parles toujours à Tony Hawk ? Et il te répond toujours ?

Vous verrez.

Et les études ?

Ça va, merci. Enfin, je m'en sors, quoi. Les profs sont compréhensifs et tout. Je suis pas sûr d'arriver au bout, cela dit, pas dans les temps, en tout cas. Vous vous rappelez ce que je vous ai dit au sujet de ma mère et de mon grand-père ? Qu'ils avaient raté la première marche ? Eh ben, j'ai grimpé la moitié de l'escalier.

Mais je vois pas trop comment je pourrais aller plus haut. Je risque même de redescendre, si je trouve pas le moyen de rester où je suis.

Peut-être que Roof me dépassera. C'est comme ça dans notre famille. On sait que, si on déconne, y aura un autre môme pour prendre la relève et faire mieux.

Tes rapports avec Alicia ?

Je savais que vous me demanderiez ça.

Y a quelque temps – juste après qu'Alicia a guéri de son rhume –, on a fait l'amour de nouveau, pour la première fois depuis la naissance de Roof. Je sais plus très bien comment c'est arrivé, ni pourquoi. C'était un dimanche soir et on avait passé la journée avec Roof, tous les trois ensemble, parce qu'on supposait qu'il aimait avoir ses deux parents avec lui. D'habitude, on se relayait pour les week-ends. J'allais chercher Roof chez Alicia et je l'emmenais en balade ou à la maison pour qu'il puisse être un peu avec sa petite tante. Je pense pas que ça le dérangeait beaucoup. C'était plutôt nous qui nous sentions coupables. Coupables de le forcer à vivre dans la chambre d'une fille de seize ans et de lui avoir fourgué des parents pas vraiment à la hauteur. Aller ensemble dans le même parc ou le même zoo, c'était dans le domaine du faisable. C'était dur, mais au sens où c'est dur de retenir sa respiration pendant cinq minutes, par exemple, voyez, pas au sens où un examen de maths est dur. Autrement dit, c'était à la portée du premier imbécile venu.

On l'a emmené à Finsbury Park, qui existait pas

encore quand j'étais môme, ce qui est mieux parce que vous êtes pas là à vous dire que, quatre ou cinq ans plus tôt, vous crapahutiez sur ce pont de singe. Andrea et Robert avaient filé vingt balles à Alicia, donc on a bouffé au café, Roof a eu des frites et une glace, et environ quatre passages à ces machines pleines d'œufs en plastique transparent avec des boules dedans. On a parlé de rien. Je veux dire, on a pas parlé de la vie et tout ça. On a parlé d'œufs en plastique, de canards, de bateaux, de balançoires et des gosses qui avaient des scooters Thomas la Locomotive. Et, quand Roof était sur les balançoires ou jouait dans le sable, alors l'un de nous pouvait s'asseoir sur un banc.

Une fois, ma mère m'a demandé de quoi on parlait, Alicia et moi, quand on gardait Roof ensemble, et je lui ai dit qu'on parlait de rien, que je restais en retrait. Elle a estimé que c'était un signe de maturité mais, en vérité, j'avais peur d'Alicia. Quand elle voulait me faire une scène, elle se foutait pas mal de l'endroit où on était, alors je jugeais plus prudent de m'asseoir pour la regarder pousser Roof sur une balançoire que de rester debout à côté d'elle. Sinon, c'était un coup à se faire traiter de tous les noms au milieu d'un terrain de jeu avec un tas de badauds qui viennent mater. Je dis pas que c'était jamais ma faute. Ça l'était, la moitié du temps. J'oubliais le lieu du rendez-vous, le matos, la bouffe et la boisson. Je sortais des vannes débiles sur des sujets qu'elle prenait pas à la rigolade, comme son poids. Je la charriais parce que je commençais à la considérer comme une frangine, ou une mère (la mienne, pas celle de Roof) ou une vieille copine de classe. Ça la faisait pas marrer parce que, de son côté, elle me considérait pas comme ça.

Le jour où on est allés à Finsbury Park, ç'a été le pied, vraiment. Pas d'engueulade, Roof était content, le soleil brillait. On a fait durer le plaisir. J'ai raccompagné Alicia chez elle pour l'aider avec Roof, le faire manger et le mettre au lit. Et puis Andrea m'a demandé si je voulais rester dîner. Après le dîner, on est allés dans la chambre d'Alicia pour que je puisse voir Roof dormir avant de rentrer, elle m'a pris dans ses bras et, une chose menant à une autre, on a fini dans la chambre de son frère. Le plus dingue, c'est qu'on avait toujours pas de capotes. Il a fallu qu'elle aille de nouveau en piquer dans la chambre de ses parents.

Ça faisait un bail que j'avais plus fait ça. Je me débrouillais tout seul, si vous voyez ce que je veux dire. Jusqu'à ce soir-là, j'avais pas eu envie de coucher avec Alicia, parce que je voulais pas qu'elle s'imagine qu'on était un couple. Mais je pouvais quand même pas coucher avec une autre, hein ? Ça aurait été l'engueulade finale, si elle l'avait su. Et j'avais encore les jetons. Mettre une autre fille enceinte ? Autant creuser ma tombe. J'aurais passé mes journées à aller de gosse en gosse, avec un détour par la fac de temps en temps, jusqu'à la fin de ma vie.

Donc j'ai couché avec Alicia. Résultat ? Elle s'est imaginé qu'on était un couple. On était allongés sur le lit de son frère, après, et elle a dit : « Alors, qu'est-ce que tu en penses ?

— De quoi ? »

Je jure que j'omets rien. « Alors, qu'est-ce que tu en penses ? » ont été ses premiers mots sur le sujet.

« Si on retentait notre chance ? elle a dit.

— Quand est-ce qu'on a parlé de ça ?

— Maintenant. »

Quand je dis que j'omets rien, c'est la vérité. Mais c'est la vérité pour autant que je m'en souvienne, ce qui est pas exactement pareil. On a fait l'amour, puis on est restés silencieux un moment, puis elle a dit : « Alors, qu'est-ce que tu en penses ? » Est-ce qu'elle l'a dit pendant l'amour ? Ou pendant le silence ? Est-ce que je me suis endormi une minute ? Aucune idée.

« Ah », j'ai fait, parce que j'étais surpris.

« C'est tout ce que t'as à dire ? "Ah" ?

— Non. Sûr que non.

— Alors, qu'est-ce que t'as à dire d'autre ?

— C'est pas un peu tôt ? »

Comprenez : c'est pas un peu tôt après l'amour ? Et pas : c'est pas un peu tôt après mon déménagement ? Je sais que j'avais déménagé depuis un bout de temps déjà. C'était pas si tôt que ça.

Elle a ri.

« Ouais, elle a dit. Bon. Tu veux attendre que Roof ait quel âge avant de te décider ? Quinze ans ? Ça te paraît bien ? »

J'avais cru qu'un détail m'avait échappé, mais pas du tout. C'était pas comme si j'avais raté un épisode. J'avais raté tout le film, depuis le début, tout ce qui s'était passé pendant ces derniers mois. Elle avait pensé que, depuis mon rhume, je réfléchissais à la situation, alors que pour moi ma décision était claire.

« Quand je suis parti, t'étais d'accord, non ?

— Ouais. Mais les choses ont changé depuis. Ça s'est calmé. C'était difficile quand Roof était bébé. Mais on sait à quoi s'en tenir maintenant.

— Ah bon ?

— Ouais. Je pense.

— Bon, j'ai dit. Alors tant mieux.

— Ça veut dire oui ? »

Ces deux dernières années ont passé comme un rêve, en grande partie. Les choses sont arrivées trop lentement, ou trop vite et, la moitié du temps, je pouvais pas croire qu'elles arrivaient vraiment. L'amour avec Alicia, Roof, la grossesse de maman... Ma projection dans le futur ne m'a pas paru plus irréelle que tout ça.

Si je devais dire à quel moment je me suis réveillé, je dirais que c'est à ce moment-là, quand la porte de la chambre de Rich s'est ouverte et que la mère d'Alicia est entrée.

Elle a poussé un cri. Elle criait parce qu'il faisait noir dans la chambre et qu'elle s'attendait pas à y trouver quelqu'un. Et elle criait parce que ceux qu'elle y trouvait étaient à poil.

« Dehors ! elle a dit quand elle a eu fini de pousser son cri. Dehors. Habillés. En bas dans deux minutes.

— Quel est le problème ? » a dit Alicia, mais d'une voix tremblante, ce qui montrait qu'il y avait un peu de mou dans son aplomb apparent. « On a fait un enfant ensemble.

— Je te dirai quel est le problème quand tu seras en bas. » Et elle a claqué la porte.

On s'est rhabillés sans rien dire. C'était bizarre. On

flairait les emmerdes à plein nez et je me sentais beaucoup plus jeune que quand on avait découvert la grossesse d'Alicia. On avait presque dix-huit ans, notre fils dormait dans la chambre à côté et on allait se faire engueuler pour avoir couché ensemble. Je peux vous dire une chose, que j'ai apprise au cours de ces deux années. L'âge n'est pas fixe. Vous pouvez toujours vous dire que vous avez dix-sept ans, ou quinze ou n'importe, et que votre acte de naissance est là pour le prouver. Mais la vérité de l'acte de naissance n'est qu'une partie de la vérité. Ça dérape, d'après mon expérience. Vous pouvez avoir dix-sept, quinze, neuf ou cent ans dans la même journée. Faire l'amour avec la mère de mon fils après une longue période d'abstinence m'avait donné l'impression d'avoir vingt-cinq ans, je dirais. Et puis je suis passé de vingt-cinq à neuf en deux secondes, un nouveau record du monde. Je comprenais pas pourquoi ça me rajeunissait d'avoir été surpris au lit avec une fille. L'amour est censé vous vieillir, pas l'inverse. Sauf si vous êtes vieux, je suppose. Là, ça peut marcher dans l'autre sens. Voyez ce que je veux dire, rapport au dérapage ?

Andrea et Robert étaient assis à la table de la cuisine quand on est descendus. Andrea avait un verre de vin devant elle et elle fumait, ce que je l'avais encore jamais vue faire avant.

« Asseyez-vous, tous les deux », elle a dit.

On s'est assis.

« On peut avoir un verre de vin ? » a dit Alicia.

Andrea a fait comme si elle avait pas entendu et Alicia a fait la tronche.

« Tu vas répondre à ma question maintenant ? a dit Alicia.

— Quelle question ? a dit Robert.

— J'ai demandé à maman quel était le problème. »

Ils ont pas moufté. Robert a regardé Andrea d'un air de dire : à toi de répondre.

« Tu ne te rends pas compte ? a dit Andrea.

— Non. C'est pas la première fois qu'on fait l'amour, tu sais. »

Maintenant je n'avais plus neuf ans. J'allais sur mes quatorze et j'approchais à grande vitesse de mon âge réel, peut-être même au-delà. J'étais du côté d'Alicia. Et, du moment que j'étais plus un sale gosse, j'avais du mal à voir où était le drame. D'accord, personne n'a envie d'imaginer ses proches en train de baiser, mais c'est une pensée qui peut créer un petit malaise tout au plus. Pas de quoi se foutre en pétard. On était sous les couvertures, donc y avait rien de visible. En plus, on avait fini. On était pas en pleine action. Et, comme l'avait dit Alicia, Roof était la preuve vivante que c'était pas une nouveauté. C'était peut-être parce qu'on était dans la piaule d'un autre. Andrea aurait pas fait tout ce cinéma si elle nous avait surpris dans la chambre d'Alicia, je pense. D'abord, elle serait pas entrée. Voyant que personne ne semblait capable d'expliciter nos torts, j'ai essayé cette hypothèse.

« C'est parce qu'on était dans la chambre de Rich ? j'ai dit.

— Quelle différence ça fait ? » a dit Andrea. Donc c'était pas ça. « Dis quelque chose, Robert. Pourquoi c'est toujours à moi de manier le bâton ? »

Robert a plissé les yeux. Il a tripoté son piercing d'oreille.

« Eh bien... », il a dit. Et puis il a calé.

« Oh, c'est fou ce que tu m'aides, elle a dit.

— Eh bien, il a répété, je partage la, euh, la gêne de votre mère. Et...

— C'est un peu plus que de la gêne, elle a dit.

— En ce cas, ça me dépasse, a dit Robert. Nous savons que Sam et Alicia ont, euh, des rapports sexuels réguliers, donc... »

Ah bon ? j'ai pensé. J'étais pas sûr.

« C'est vrai ? a dit Andrea.

— Pas tout à fait, j'ai dit.

— Oui, a dit Alicia exactement au même moment.

— Bon. Pourquoi ? a dit Andrea.

— Pourquoi ? a dit Alicia.

— Oui, pourquoi ? »

Ça tournait à la mégaprise de tête. Si j'avais dû choisir entre annoncer à ma mère qu'Alicia était enceinte et expliquer aux parents d'Alicia pourquoi on faisait l'amour, j'aurais choisi la conversation avec ma mère sans hésiter. Ç'avait été affreux, mais elle avait surmonté l'épreuve. J'étais pas sûr de pouvoir surmonter celle-ci.

« Tu l'aimes ? Tu veux vivre avec lui ? Tu crois que cette liaison a un avenir ? Tu n'envisages pas de coucher avec un autre, un jour ? »

J'étais pas amoureux d'Alicia, pas vraiment. Pas comme quand je l'avais rencontrée. Je l'aimais bien, et c'était une bonne mère, mais je voulais pas vraiment vivre avec elle. J'envisageais tout à fait de coucher avec une autre, un jour, moi. Je savais pas si ça nous empêchait d'être ensemble maintenant, mais je savais qu'on avait déjà assez de soucis comme ça. Andrea me rendait malade, parce que je savais que j'allais être obligé de la faire taire, si Alicia le faisait pas avant moi.

« Maman, c'est le père de Roof.

— C'est pas une raison pour qu'il te saute », a dit Andrea. Elle avait pété un câble. J'étais largué.

« Ma foi, a dit Robert, il fallait bien qu'elle y passe à un moment ou à un autre.

— Quoi ? » Andrea l'a fusillé du regard. Encore un peu et elle sortait un couteau à pain pour lui couper la langue.

« Désolé. Une blague idiote. Je voulais juste dire... enfin quoi, s'il est le père de son bébé... »

Alicia s'est marrée en douce.

« Et tu trouves que cette blague est de bon goût, sans doute ?

— Bah, le bon goût et l'humour ne vont pas toujours ensemble.

— Epargne-nous ton laïus sur la théorie de la comédie. Tu ne vois donc pas ce qui se passe, Robert ?

— Non.

— Je ne veux pas qu'elle rate sa vie comme j'ai raté la mienne.

— Je suis pas en train de rater ma vie, a dit Alicia.

— Tu ne t'en rends pas compte, a dit Andrea. Tu crois que tu fais ce que tu dois en couchant avec le père de tes enfants, parce que tu veux que tout le monde reste ensemble. Et puis une décennie passe,

322

et puis une autre, et tu t'aperçois que jamais plus personne ne te désirera et que tu as gâché tes plus belles années en t'accrochant à un homme que n'importe quelle femme sensée aurait quitté depuis belle lurette.

— Bon sang, maman ! a dit Alicia. On voulait juste faire un essai pour quelque temps.

— Je crois que tu n'as pas tout saisi, Alicia », a dit Robert. Andrea n'arrivait pas à le regarder dans les yeux. Elle en avait trop dit, et elle le savait.

Il y a eu beaucoup de larmes, cette nuit-là. Je suis monté avec Alicia et j'ai ajouté mon grain de sel, avec autant de tact que possible. J'ai pas eu besoin d'en dire long, en fait. Dès les premiers mots, elle a fait : « Je sais, je sais » et elle s'est mise à pleurer. Je l'ai prise dans mes bras.

« C'est injuste, hein ? elle a dit.

— Oui », j'ai dit, mais sans savoir vraiment ce qui était injuste, ni pourquoi.

« Je voudrais qu'on puisse tout recommencer de zéro, elle a dit. On n'a pas eu les mêmes chances que les autres.

— Quel genre de chances ?

— D'être ensemble. »

Il me semblait qu'on avait eu au moins deux chances. On en a eu une avant Roof, par exemple, et on l'a gâchée. Puis on en a eu une après sa naissance, et on en a pas mieux profité. Je voyais mal ce qui pourrait être différent si on recommençait de zéro. Y a des gens qui sont pas faits pour être ensemble. C'était notre cas. A mon avis, elle pensait pas ce qu'elle disait. Elle essayait d'être romantique. Ça me gênait pas. J'ai cherché quelque chose à dire, un truc de circonstance.

« Même si je t'aime encore, j'ai dit, nous vivons dans deux univers différents qui ne s'accordent pas. Je ne veux pas que ce soit une séparation moche. Je crois que nous sommes tous deux déterminés à offrir la meilleure vie possible à Roof. Essayons de lui rendre les choses plus faciles. »

Elle m'a repoussé pour me regarder.

« D'où ça sort, ça ? elle a dit.

— Tony Hawk, j'ai dit. Quand il s'est séparé de Cindy. »

En redescendant, j'ai entendu Andrea et Robert s'engueuler. J'ai pas pointé le nez dans la cuisine pour leur dire au revoir.

Quand tu as été projeté dans le futur, tu as demandé à ta mère de te donner une note sur dix, tu te rappelles ? Eh bien, toi-même, tu te donnerais combien ?

D'accord. Bonne question. Mais je comprends pourquoi ma mère ne savait pas quoi répondre. Je vais vous donner deux moyennes différentes. D'abord, une note pour les petites choses quotidiennes – la fac, Roof, tout ça. Là, je me mettrais huit sur dix. Je peux m'améliorer mais, dans l'ensemble, j'ai bon. Tout ce qu'Alicia fait avec Roof, je suis capable de le faire. Je lui prépare à manger, je le mets au lit, je lui lis des histoires, je lui donne son bain. Je travaille bien, je suis pas en retard, je m'applique dans mes études, ainsi de suite. Je m'occupe d'Emily de temps en temps, je m'entends bien avec Mark et son fils. Mais si vous me demandez de donner une note sur dix à ma vie... J'ai peur de pas pouvoir mettre plus que trois. C'est pas ce que j'avais imaginé. Etonnant, non ?

20

Je suis réveillé par la sonnerie de mon portable. Apparemment, je suis à l'étage d'un bus qui descend Upper Street. Y a une jolie fille, dix-neuf ou vingt ans, assise à côté de moi. Elle me sourit, je lui souris.

« Qui c'est ? » elle demande. Elle parle de mon portable, ce qui doit vouloir dire qu'elle me connaît.

Oh, la vache. On dirait qu'il m'a encore téléporté. Cette fille me connaît et je la connais pas, et je sais pas où m'emmène ce bus et...

« Je sais pas, je dis.

— Pourquoi tu regardes pas ? »

Je sors mon portable de ma poche. Je le reconnais pas. Il est tout petit.

C'est un texto d'Alicia, disant : « TU ES OÙ ? »

« Qu'est-ce que je réponds ? je demande à la fille.

— Ben, t'as qu'à lui dire où tu es.

— Upper Street.

— Bravo », elle dit, et elle me passe la main dans les cheveux.

« Je réponds ça, alors ?

— Oh ! la la !, elle fait. T'es gâteux ? Qu'est-ce que ce sera quand t'auras soixante ans ! »

Vu. Donc j'ai pas encore soixante ans. C'est déjà ça.

« Je réponds juste "Upper Street", alors ?

— Ça vaut plus la peine, dit la jolie fille. On descend ici. »

Elle s'est levée, elle a appuyé sur le bouton « arrêt demandé » et elle est descendue. Je l'ai suivie. J'étais incapable de poser une seule question. Apparemment, la jolie fille et moi, on avait rendez-vous avec Alicia. Qui avait eu cette idée ? Si c'était moi, je cherchais les embrouilles. Est-ce qu'Alicia savait que la jolie fille venait ? Ou est-ce que ça devait être une surprise ?

On est descendus au Green et on a remonté la rue jusqu'à un restaurant chinois que j'avais jamais vu, peut-être parce que j'avais encore jamais été dans cette partie du futur. Je commençais à avoir l'impression d'être allé dans presque toutes les autres.

Y avait pratiquement personne au resto, donc on a repéré Alicia tout de suite. Elle s'est levée en faisant signe. Elle était avec un mec de son âge, quel que soit l'âge qu'elle avait.

« On a cru que vous vous étiez dégonflés, a dit Alicia en rigolant.

— Excusez-nous, on est un peu en retard », a dit la jolie fille.

Le mec s'est levé aussi. Tout le monde souriait comme dans une pub pour un dentifrice. Autrement dit, les dents souriaient, mais pas le reste. Même moi je souriais, et je savais pas de quoi il retournait.

« Voici Carl, a dit Alicia. Carl, Sam.

— Salut », j'ai dit. On s'est serré la main. Il avait

l'air bien, ce Carl, même s'il avait une gueule à être musicien dans un groupe. Il avait les cheveux longs, bruns, avec la raie sur le côté et un bouc.

Les filles, debout, se souriaient mutuellement. Elles attendaient que je dise quelque chose mais, comme je connaissais pas le nom de la jolie fille, j'avais pas grand-chose à dire.

« Inutile de compter sur lui, a dit Alicia en roulant des yeux. Je suis Alicia.

— Je suis Alex », a dit la jolie fille. Et on s'est assis. Alex m'a serré le genou sous la table, sans doute pour me faire comprendre que tout se passerait bien.

Je commençais à être un peu nerveux. Je suppose que, si j'avais pas été dans le futur, j'aurais été nerveux pendant tout le trajet en bus à l'idée qu'Alex allait faire la connaissance d'Alicia. Donc, d'une certaine manière, je m'étais épargné une demi-heure d'angoisse en ignorant ce qui se passait.

« Il s'est bien tenu ? » a dit Alicia. Elle me regardait, mais je savais même pas de qui elle parlait, alors encore moins s'il s'était bien tenu, donc j'ai vaguement hoché la tête, un truc à mi-chemin entre un oui et un non.

« Qu'est-ce que ça veut dire ? » a demandé Alex.

J'ai haussé les épaules.

« Comme Sam semble avoir momentanément perdu les pédales, a dit Alex, je vais répondre. Il a été adorable. Sauf qu'il voulait pas nous laisser partir, c'est pourquoi on a cinq minutes de retard. »

« Il » doit être Roof, j'ai pensé. On avait laissé Roof

quelque part. Est-ce que c'était normal ? Est-ce qu'on avait bien fait ? Vu que personne ne râlait, il fallait croire que c'était normal.

« Je sais pas comment fait la mère de Sam pour les mettre au lit quand elle les a tous les deux sur les bras, a dit Alex.

— Non », j'ai dit. « Non » était à peu près le premier mot que je prononçais, et ça mangeait pas de pain. On risque pas de se gourer beaucoup avec un « non ». Je commençais à me sentir à la hauteur. « J'en serais complètement incapable, j'ai dit.

— Qu'est-ce que tu chantes ? a dit Alicia. Tu l'as fait plein de fois. »

Raté. Je m'étais encore gouré.

« Ouais, d'accord, j'ai dit, mais... c'est dur, hein ?

— Pas pour toi, a dit Alex. Tu t'en sors très bien. Alors tais-toi ou on va croire que tu te vantes. »

J'avais des raisons de me vanter. Je pouvais coucher deux mômes tout seul ? Roof habitait chez moi de temps en temps ?

Mais, bon, je l'ai fermée et j'ai écouté les filles tchatcher. Carl disait rien de toute façon, il parlait ni de son groupe ni de rien, donc en me taisant j'avais l'air de faire acte de solidarité masculine. Les filles, elles, parlaient de Roof et de leurs études. J'avais connu Alex en cours, donc elle suivait le même cursus que moi, quel qu'il soit. Alicia suivait des cours de mode à mi-temps à Goldsmiths. Elle était radieuse. Elle avait l'air heureuse et reposée et, sur le moment, je m'en suis voulu de l'avoir rendue malheureuse et de l'avoir fatiguée. Alex me plaisait beaucoup. Je m'étais bien démerdé, de ce côté. Elle était vraiment jolie, et sympa et drôle en plus.

A chaque instant, j'apprenais des trucs sur ma vie. J'ai appris ceci :

— J'ai cru comprendre que j'allais en fac à mi-temps. Alicia faisait des études aussi maintenant, donc on se partageait Roof. En plus, j'avais un boulot et je gardais Emily de temps en temps. Pour les détails (rapport au boulot, à Roof, à Emily et à la fac), j'ai pas pu en savoir plus.

— J'avais bazardé mon skate. Carl en faisait aussi et Alicia lui avait dit que je touchais ma bille avant de remballer. Je regrettais ça. J'étais sûr que ça me manquait.

— Roof s'était levé à 5 h 15 ce matin. Alex était restée au lit. Donc elle devait dormir chez moi quelquefois. J'espérais qu'on mettait au moins trois capotes chaque fois qu'on faisait l'amour.

— J'étais à la bourre en permanence et c'était ma première sortie depuis des siècles. *Idem* pour Alicia, sauf qu'elle avait pas besoin de s'occuper d'Emily. Alex avait l'air de me plaindre. Peut-être qu'elle sortait avec moi par bonté d'âme, je savais pas. Je m'en foutais, d'ailleurs. Autant profiter de la grâce qui passe. Elle était canon.

Tout ça m'a donné un coup de fatigue. La situation se présentait bien dans ce restaurant chinois avec ces gens, mais le chemin était long entre là-bas, c'est-à-dire le présent, et ici. Y en avait, du boulot à se taper, des engueulades à se farcir, des mômes à surveiller, du fric à trouver, du sommeil à perdre. Mais c'était dans mes cordes. Je le voyais bien. Sinon, j'aurais pas été assis là en ce moment, pas vrai ? Je crois que c'est ce que Tony Hawk voulait me faire comprendre depuis le début.

Photocomposition *CMB* Graphic
44800 Saint-Herblain

Achevé d'imprimer par GGP Media GmbH, Pößneck
en Janvier 2009
pour le compte de France Loisirs,
Paris

Nº d'éditeur : 54476
Dépôt légal : Février 2009
Imprimé en Allemagne